河北省青年拔尖人才项目资助出版

失落与回归：
人的本质视域下的默多克小说研究

刘晓华　著

南开大学出版社

天　津

图书在版编目(CIP)数据

　失落与回归：人的本质视域下的默多克小说研究 /
刘晓华著. 一天津：南开大学出版社，2014.9
　ISBN 978-7-310-04626-3

　Ⅰ . ①失… Ⅱ . ①刘… Ⅲ . ①默多克,Ⅰ.(1919～
1999)－小说研究 Ⅳ . ①I561.074

中国版本图书馆 CIP 数据核字(2014)第 204782 号

南开大学出版社出版发行

出版人:孙克强

地址:天津市南开区卫津路 94 号　　邮政编码:300071

营销部电话:(022)23508339　23500755

营销部传真:(022)23508542　　邮购部电话:(022)23502200

*

天津午阳印刷有限公司印刷

全国各地新华书店经销

*

2014 年 9 月第 1 版　　2014 年 9 月第 1 次印刷

230×155 毫米　16 开本　13.25 印张　2 插页　190 千字

定价:30.00 元

如遇图书印装质量问题,请与本社营销部联系调换,电话:(022)23507125

序

晓华的博士论文整理出版,我为她感到自豪。

在我的学生里边,晓华是唯一一个从本科到硕士,再到博士,一直是跟我读的。她本科从河北师范大学毕业,此后来到天津的一所职业中学教书,这期间我也调来南开大学工作。于是,她一边教书一边准备来读硕士学位,跟我联系,我才开始了解她。因为在本科教书的时候,我教的都是大班课,两百多人,而晓华是个从不张扬的人,所以此前对她也没有什么印象。2005 年,她如愿考入我们专业读硕士,那个时候南开大学的硕士研究生实行的是两年制,第一年要修完多门课程,拿够学分,实际上只剩下不到一年的时间来考虑学位论文的事,因此,那时我觉得两年制的学生可能在基础和能力上都会有所局限。所以,到毕业时,晓华说要参加博士入学考试,我也只是含糊答应,反正我的录取标准都是考试成绩上见高低,因为,在我看来,所有来参加考试的,都是我的学生,不分远近亲疏。当然,最后的结果是,晓华脱颖而出,这也让我很欣喜,无论如何,我对从河北农村里走出来的学生还是有一种天然的亲近感。而晓华的个性表现,也正是那种河北农村孩子的典型,说得少,做得多,不张扬,不浮躁,全神贯注。

全神贯注,是文学研究者的第一个素养。其实在我看来,人跟人之间没有多少智商的差别,谈不上谁聪明些谁迟钝些,关键是,只要把精神集中到一件事上，你在这件事上就是聪明的。很多平时看上去很聪明机灵的学生，学业却不理想，不过就是没有把精力放在这上面而已。所以，我经常跟学生讲笑话，说武林高手对峙，连眼睛都不能眨，更别说脑子里走神。古龙笔下的小李飞刀跟上官金虹对峙，其实本来厉害的是后者，但他还是输了，原因就是他心里一直怀疑这个小飞刀到底是不是"例不虚发"，就是这么一个杂念，就让他见证了"例不虚发"是真的，只不过已经来不及发出这声感叹了。我所说的这个精力不集中的现象，主要是指有些年轻人研究文学并非出于热爱，更多的是一种惯性的结果，因为他们从小读文学作品，觉得好玩，后来读了大学，读了中文专业，所以觉得文学研究是一种自然而然的选择。而实际上，这未必是他的人生兴趣所在，当然，也就谈不上擅长。其实有不少读硕士学位、甚至博士学位的同学也是这种状况，好歹通过答辩，拿个学位走人。这种结果也就无异于上官金虹最后的失败。

全神贯注是文学研究的基础，但并不是说全神贯注了就一定会赢，还需要有天分。我一直说，在所有研究里，文学研究是最难做的，因为它比较起其他研究来，起码需要调动人的两种认知方式。一种是感性的，或者说审美的，这是基础。读一个作品，没有真正的内心感动，不能产生共鸣，如何能够理解这个审美对象的真髓？所以，如果天生就是重数学思维，过于冷静，就不具备文学研究的前提条件。另外一种认知方式，当然就是理性，或者像康德说的，是纯粹理性。这也是文学研究者与文学创作者的差别所在，历史上有很多作家非常能写，比如托尔斯泰，除了文学作品以外，他的政论、杂记、说教性文字竟有五六十卷之多，包括他的《战争与和平》，里面也有很多政论性的章节，但这些文字却多是感性内容大于理性的明晰思辨，虽然它们更容易引起人的动情，但却很少严密的论述逻辑。所以，不能把它跟康德、黑格尔等人的哲学著述相提并论。比如托尔斯泰写过一篇著名的《论莎士比亚和戏剧》，把莎士比亚贬低得一无是处，洋洋洒洒数万言，但里面充满了感想式的论辩，全然不顾一些基本的事实，原因就是他不喜欢这个作家，不管人们说这个人怎么样前无古人后无来者，他就是不喜欢，所以专挑不喜欢的地方说，因为莎士比亚是个理性主义作家，跟托尔斯泰本人的宗教救世理想全然不符。——这就是作家的表达方式,无可厚非,不仅如此,它还更好地体现了作家的思想风格,这些文字成了理解他们的作品的中介性文字。但是文学研究则不同,除了要保持比别人更高的情绪敏感度,像刘勰说的,"登山则情满于山,观海则意溢于海",还要同时保持高度的理智,也就是说,不能因为看到一个能激发起共鸣的艺术对象而喜不自胜,不能"忘我"。进入到忘我状态,其实就意味着"走神",外位视角没有了,那就和一个观花流泪的情感脆弱的普通读者没有区别。所以我说,一个准备搞文学研究的,是不是干这一行的,应当自我审视一下,看自己是否同时具备感性和理性这两个方面的能力。

就这个条件来说,晓华是在这两个方面都较为突出,也相对平衡的。她一方面有丰富的情感,热爱生活,属于十分容易融入周围世界的那种人。她喜欢孩子,而更重要的是,孩子们都喜欢她。喜欢孩子是每个人都有的,但要让孩子喜欢亲近你,问题不那么简单。孩子要在你那里感受到平等、温情、善意、纯真、依赖,一个过于理性的人很难做到这些。所谓情感,不过就是对对方的体认,一般人能做到这一点,往往是自觉的,而晓华在这一点上,却是自发的,也就是天分。她是自然而然地与对象融合,这种能力使她最终选择了像艾丽丝·默多克这样复杂难解的作家作为自己的研究对象。这就如同,在生活中有些难以接近的人,如果你是一个从不为对方设防的人,便能成功地与对方进行沟通。记得年轻时曾看过秀兰·邓波儿的电影,她常常饰演的就是这种天真、并能以这种天真与各种各样的人交往的小天使,那些脾气古怪的老人都能被她的这种纯真的善意所感化。一般人可以做到观花流泪,但一个好的文学研究者,应当可以做到观枝、观叶、观一切而落泪。这个不是学来的,是需要一些天分。这种天分也正如默多克的丈夫面对一个其貌不扬、并且大他好几岁的女人,却能爱她一生,甚至在她患了老年失智症的时候仍悉心照料,直到她离世。因此,我说,能被抽象所感动,是晓华选择默多克的原因。

当然,面对一个哲学家所写的小说仅有感动还远远不够。要从感动中抽绎出道理来。比如默多克的小说《黑王子》,我们可以为布雷德礼和阿诺之间复杂的关系纠结、感叹,甚至痛心,但不能仅此而已,还要说明作者为什么这样写两个人的关系，或者说，作品里这样写这两个人的关系要表达的是什么意思。也就是说，或者是从推断作者意图入手，或者从推断文本意图入手，或者以某一种理论作为支撑点，来表达对这种关系的认识，总之，要借助于某种预设的基点（当然这个基点需要得到较为普遍的认可），来阐述在文本现象之中发现的"真理"。晓华最初拿给我她写的关于《黑王子》解读的论文的时候，看到她能从"镜像化自我实现"的角度来说明这个问题，觉得非常新颖。这种理解是以解读默多克的作者意图为基点，同时借用了拉康的概念，从而读出了一种现代拯救的思想。这就叫理性思辨的能力。只有具备了这个能力，才有可能进入真正的研究阶段。一般读者是没有这个能力的，因为他们根本不需要去读出这种意味，甚至可以说，如果一边读一部作品一边不停地去想作品为什么这样写，那这种读法就没有通常的乐趣可言了，一般阅读在大多数情况下是需要"体验"的，也就是要进入作品的情境，从而达到通过艺术观赏来摆脱此在现实的目的。但作为一种研究行为，就要超越这个"观赏"阶段，进入到"推理"阶段，才可以发现一种艺术现象的文化建构意义在哪里。

当然，从理智的思维倾向到成熟的思辨的能力，再到清晰的学理表达，是要通过艰苦的训练来培养的。我一直拿晓华在这方面的经验作例子，来说明这个训练过程是怎样完成的。上面说的那篇写《黑王子》的论文，初稿还是比较粗糙的，我提了几次意见，她除了按照我的意见修改之外，自己还不断地修改，这篇论文据她自己说，大大小小修改了13遍，最后发表在《国外文学》上。在这篇论文之后，她的论文便不需要我再特别地修改了，因为这一次细致的修改就是完成了一次系统的训练程序，即，怎么样把一个抽象的论题严密地展开，同时又要体现出论述的力度。我一直说，完美主义是有害的，但是，一个没有完美主义倾向的人是不会付出超常努力的，得过且过的想法是永远无法造就一种境界的。如果从最初就是想过一种平平淡淡的生活，那么完全没有必要来选择读文学研究的学位。如果想通过拿一个文学研究，尤其是外国文学研究的学位，来提高就业机会和薪资待遇，说得好听一些，是一种过于天真的想法，说得不好听一些，则是对这个行当的亵渎。耶稣在登山宝训里说:"引到永生,那门是窄的,路是小的,找着的人也少。"耶稣是劝人们要进窄门,并且应当清楚进这道门是艰苦的。而我要劝大家还是选择文学研究之外的"宽门"吧,文学研究这道窄门虽然可能通向"天堂",但也可能通向"地狱"。这个话说得重了些,但却是我多年来的体会。

文学研究在我看来是一种神圣的事业。这不是因为我从事了这一行而这样说,是因为这一行当本来如此而一直让我且怵且惕。一个文学创作者可以随心所欲地表达自己对生活的理解,可以在虚构和想象中隐秘地实现自己的欲望,只要有人喜欢。但文学研究者不行,立场不能是隐秘的,必须清晰而有力地表达自己的思想,而这个思想必须符合更高的道德水准和人类理想。所以,从事这种研究的人首先要做的是完善自己的人格,否则有什么资格来评判人家的艺术表达和理想叙事?在我的文学研究生涯中,我的两位导师是我的榜样,王智量先生刚直不阿,充满理想情怀,生活中一直保持着草根习性,精神上却始终坚守着托尔斯泰一样的贵族气度;程正民先生如光风霁月,淡泊宁静,一生从不与人争利,外圆而内方,他天生就是精神贵族,那是一种别人学不来的境界。一个人在精神上如果达不到比别人不一样一些的境界,在我看来最好也不要选择做文学研究,即使选择了,也无法胜任这个行当所承载的使命。我说这些话,是觉得晓华可以将这个理念传承下去。大概她毕竟摆脱学生身份还不算久,还没有形成做老师的"优越感",显得不那么自信。但对于年轻学者来说,自我评价稍低一点也许是个优点,只有这样,才给自己留出了提高的余地,才能更准确地发现自己的差距,才能更好地接纳正面的东西,从而在自然而然的情形下完善自我。

晓华毕业的时候,我推荐了她到沧州师范学院。沧州是我的老家,沧州师院是我们老家的最高学府,我当然希望它办得更好,所以,晓华等于是替我完成了一个心愿。她成为这所高等学府的第一位引进博士,并且为这所学校拿到了有史以来第一个国家社科基金项目,又在去年入选河北省首批青年拔尖人才支持计划,在这不到四年的时间里,她给我老家的学校做出了重要贡献。而这期间她还收获了人生中最宝贵的财富——儿子。可想而知,她付出了多少艰辛。好在我们沧州人厚道,学校把她的课集中排在一天,这样,她就可以有更多的时间在家,一边工作,一边可以照看孩子。平心而论,我不希望她生活得太紧张,不希望她因为这些任务和项目承担过多的压力,毕竟将来的路还长,善于调节也是做文学研究的人必备的素质。大家常说老师就像蜡烛,燃烧了自己,照亮了别人,但毕竟还是亮得久些,才能照亮更多的人。其实能不能照亮别人是另一回事,自己在燃烧,这却是我们存在的标志。

是为序。

王志耕

2014 年 5 月 6 日于南开大学

前　言

　　艾丽丝·默多克(Iris Murdoch)是英国文学史上并不多见的兼具小说家与哲学家双重身份的作家,被誉为乔治·艾略特之后最有智慧的英国女作家。1954 年,默多克的第一部小说《网之下》甫一发表,便引起了学界的重视,广受赞誉,所以国外对默多克的研究开始较早。特别是 20 世纪 70 年代之后,大量的博士学位论文和研究专著纷纷涌现,并在卡昂(Caen)首次举办了默多克的专门研讨会,她的作品也成为高等教育的研究对象,并不断出现在舞台、电影荧幕和电视上。早在1987 年,约翰·伯克(John J. Burke)就在《艾丽丝·默多克的经典化》(Canonizing Iris Murdoch)之中预言,默多克是其作品必定会流传的在世作家,她有可能是 20 世纪接下来最重要的作家之一。① 因此,默多克研究在国外开展得比较充分,研究所涉及的范围也比较广泛,无论是研究专著、期刊论文,还是访谈、传记等都比较丰富。

　　与国外默多克研究如火如荼的状态不同,国内的默多克研究却仍是一个有待充实的空间。究其原因,有两个主要因素限制了国内默多克研究的步伐。其一,作为曾担任牛津大学哲学教师的小说家,默多克

---

　　① 参见 Nick Turner, "Saint Iris? Murdoch's Place in the Modern Canon", in *Iris Murdoch: A Reassessment*, edited by Anne Rowe, New York: Palgrave Macmillan, 2007, pp.116—118。

的小说中充满哲思，意蕴丰富，同时也难免晦涩，深奥难解。其二，译文的缺乏。国内对默多克哲学著作和国外默多克研究资料的译介几乎为零，而其小说的中译本目前国内也并不多见，主要有：1985 年由外国文学出版社出版的王家湘所译《沙堡》（*The Sandcastle*），1988 年由春风文艺出版社出版的荣毅、杨月所译《意大利女郎》（*The Italian Girl*），2000 年由译林出版社出版的邱艺鸿所译《独角兽》（*The Unicorn*），2006 年由木马文化事业有限公司发行的阮叔梅所译《网之下》（*Under the Net*），2004 年由译林出版社出版的孟军、吴益华、秦晨所译《大海啊，大海》（*The Sea*，*the Sea*），2004 年由木马文化事业有限公司出版的江正文所译《黑王子》（*The Black Prince*）和 2008 年由译林出版社出版的萧安溥、李郊所译《黑王子》。

我对艾丽丝·默多克的关注始于 2006 年在南开大学攻读硕士学位时，那段时期，正在研究卡夫卡、萨特式的现代主义小说。他们的作品中大量展示了被社会、体制、他人所压抑的个人无力自主的困境，那些被异化的主人公们，身在地狱中，却仍然坚持着对自由的仰望和追逐。这种对自由之难得与可贵的表现，正契合了当时张扬个性、推崇个人意志和自由的我，所以那时的我沉浸于现代主义作品中自得其乐。但是，没有人能够一直年少轻狂下去，也很少有人能够真正承受绝对的个人自由所带来的孤独。一个洒满阳光的午后，我流连于图书馆中，目光偶然扫到了默多克的小说《大海啊，大海》，立刻便被这个充满情感和自然气息的书名所吸引，于是借回家阅读，真可谓手难释卷。这本小说与现代主义作品风格迥异，它讲述了一个骄狂的自我主义者被困于个人幻想，为他人带来悲剧的故事，作者意欲对个人自由进行限制，而强调人向社会的回归以及与他人的真正相遇。应该说，默多克的确是个很会讲故事的人，她能够以其叙述技巧引领读者感受到她的人物所体会到的震惊，并使读者与人物一起思考：这究竟是出了什么问题？我到底错在哪里？于是，默多克为我带来了一个反思自我、反思"自由"的契机。自此，我便被默多克这个作家深深吸引，于是开始四处寻找她的书。而这个过程却并不容易，各大图书馆自不必说，还经常需要从我国香港、台湾地区甚至英国直接购书。当我把默多克的小说看过四分之一的时候,便决定以默多克小说作为博士论文的研究方向。本书即是在我的博士论文基础上增补、修订而成的。对默多克研究得愈深入,我愈体会到默多克思想的意义,它使我从崇尚存在主义式的独立个体的价值,转变到在自我与他者的共生关系中找到小自我与大整体和谐生存的意义。而这正与当今构建和谐社会、和谐文化的生态生存不谋而合。

默多克是一位多产作家,她的创作涉及诗歌、戏剧、小说、哲学,但始终紧紧围绕一个中心问题,那就是在上帝已死的时代,现代西方人如何重新找到本质归属,结束精神流浪。默多克的小说既展示了失去本质后人的挣扎与痛苦,也提出了默多克式本质回归的方式,那就是,在世俗生活中建立人与他人、人与自然、人与社会的本质联系。

本书以"人的本质"这个关键词串联起默多克的所有小说创作,主要从主题角度对默多克小说创作的总体特征进行了探讨。同时,也围绕着"本质"这一概念,对默多克小说创作的艺术特色进行探讨,并以神秘主义诗学来概括默多克小说诗学。

围绕人的本质的失落与回归这一主题,本书共包含一篇绪论、五章正文和一篇结语。

无论是在普通读者中,还是在学术研究领域内,艾丽丝·默多克在中国都还是一个相对陌生的名字。因此,绪论将先简单介绍默多克的生平、创作及其思想,然后对本书的关键词"本质"进行阐述。

本书主体部分共包括五章:

第一章为"失家与返家:默多克对人的本质之思"。本章力图在与同时代作家作品的对比分析中,辨析出默多克笔下人物的独特性,以对默多克毕生关注的主题进行一个概观。默多克的一生几乎横跨了整个20世纪,其间各种流派纷纷热闹登台又迅速退场,但默多克从不盲从,一直坚守自己的舞台。对人的本质的关注就是默多克的阿基米德支点,从50年代的处女作,到90年代的收山之作,这个主题一以贯之。对信仰基督教的人来说,上帝代表着人的本质归属,将世界与人联系在一起。而到了默多克生活的年代,神已被宣判了死刑,这使人与人联系的纽带断裂,人失去本质的归依,成了一个个毫无联系的独立个体,一种偶然。默多克笔下的人就是失去本质归依的现代西方人的代表。失去本质使得他们成为精神流浪者，忍受着失家的痛苦和彷徨，但是他们从未放弃重新回归本质的努力。而在现实中对物质之家的失去与找回常常成为对本质之家的失去与返回的隐喻。

第二章为"'我'是'非他'：求之于自身的本质"。神的秩序被破坏了，人不得不自己重新建立秩序。有的人试图通过对权力的争夺和对灾难的转移在现实中使自己成为掌握秩序者来达成这一目的，还有的人试图借助虚构来达成目的，通过在自我叙述中歪曲他人的现实来为自己建立本质，达成自我实现，这在当今是一种更为隐蔽、也更为广泛的暴力方式。这两种方式都是本质失落的表现，也都是人妄图为自己和他人创造本质的尝试。它们都有一个共同的前提，那就是"我"与"他"的对立，即认为"他"的实现会阻碍、剥夺"我"的实现，其实都体现了当今个人主义的狂妄，最终也都因其固有的悖谬性而无法达到回归本质的目的。

第三章为"'我'是'他'：寄放于他者的本质"。除了上文所论述的仅寻求在自身建立本质的狂妄做法之外，还有一些人把寻求本质的努力建立在"我"是"他"的基础上，即把回归本质的方式完全建立在他者那里。这其实反映了人们对传统方式的怀念，就像当初人们把本质归属寄放在上帝那里一样。一种从表面看来更接近于传统的模式是现代的造神运动。出于对本质失落的恐惧和对回归本质的渴望，人们有意地神化并膜拜某个人物，期望他能填补上帝离去的空缺。但是，上帝已经死了，把希望寄托在现代的造神运动上必定是要失望的。最终，人们会发现他们所膜拜的不过是一个假上帝。还有一种更为现实也更为普遍的模式，那就是摹仿①身边的人。人们总是从身边的人身上看到自己所欠缺的，既心生羡慕又时刻准备攫取，其结果却总是在这种爱恨交织中导致悲剧。这两种模式都是人在上帝死亡之后的无奈选择，但是，上帝已经死去了，这些现代变种都难以成为拯救现代西方人的良方。

---

① 本书对"摹仿"与"模仿"做了区分。"摹仿"特指法国哲学家勒内·基拉尔（René Gi-rard）在哲学、人类学语境中的意义，其对应英语单词为"mimesis"。在刘舒、陈明珠所译《双重束缚——文学、摹仿及人类学文集》和罗芄所译《浪漫的谎言与小说的真实》两书中，均使用了"摹仿"一词。而"模仿"则是通常所指，其对应英语单词为"imitation"。

　　第四章为"伦理乌托邦:回归本质的道德努力"。默多克的小说,不仅展示了本质失落后人的悲剧处境,以及现代西方人试图在自身或他者那里建立本质的努力及其悖谬性,而且也展现了自己对解决这一问题的探索,那就是渗透于其小说和哲学著作中的对伦理乌托邦的构想。这个乌托邦既反对唯"我"独尊,也反对将"他"神化,而是希望在降低自我与提升他人的基础上达到一种平衡。这一乌托邦的基础来自于默多克对偶然性的认识。她认为,面对充满偶然性的社会现实,人们应该放弃恐惧,不要把它简单看做本质失落后的凌乱无序,而应该正视这个现代性的后果,并在此基础上寻找获得拯救的方法。人的偶然性就是人的独立性和个体性,这表明每个人都是独立的主体,人们之间应该是平等关系、和谐关系、共生关系。因此,应该尊重他人,并在爱的氛围中达成主体之间的对话,这是使人在现代回归本质的道德努力。

　　第五章为"神秘主义诗学:回归本质的艺术努力"。默多克认为艺术与道德在本质上是一样的,她相信艺术的拯救功能,认为艺术也可以带领人回归本质。其独特的神秘主义诗学就传达了这一概念。它是建立在现实主义基础上的神秘主义,是在现实主义叙述的主体上常常加上神秘因素的点缀。它不同于当时盛行的神秘主义对提升自我的满足,而是恰恰相反,是对自我的降低和对他人的提升。神秘主义诗学是默多克的现实观、语言观、个体观和伦理观的集中体现,最终都指向了回归本质的艺术努力。

　　结语部分对全文内容进行了总结,包括默多克的影响和前景,理解默多克的基本前提,其道德哲学的意义以及文学与伦理学的结合。

　　本书在分析作品的时候,采取的是横向选择,不着重于分析不同时期作品的差别之处,而是紧紧抓住这些作品所具有的共同主题:人的本质的失落与回归。这是因为,默多克虽然在不同时期所倾向的思想资源不同,例如,她曾先后倾心于存在主义、马克思、基督教、柏拉图等,但她都是立足于自己的主题对这些思想资源进行了批判的吸收,而其最关注的主题始终没有改变。因此,本书忽略了作品在历时层面所具有的细微差别,而从共时的角度来论述作品,默多克的绝大部分小说都被提及,而重点分析的几部作品也尽量兼顾了各个时期。例如,20 世纪

50 年代的小说《网之下》、《逃离巫师》;60 年代的小说《独角兽》、《意大利女郎》;70 年代的小说《黑王子》、《大海啊,大海》,90 年代的小说《星球消息》。如此一来,我们便可以令人信服地得出结论,认定默多克的小说都体现了人的本质失落与回归这一主题。

　　值此即将付梓之际,我要衷心感谢我的博士导师,我深深敬重的王志耕教授。在繁忙的科研工作和授课任务之下,王老师仍不厌其烦地指导我的写作,对有的地方甚至批阅数次。先生豁达坦荡的品格,勤奋严谨的学者风范,激情洋溢、幽默风趣的授课方法都使我受益良多。还要感谢王立新老师、徐清老师、刘俐俐老师,他们也都曾为我提出了中肯的建议,让我能够不断完善写作。在本书的写作过程中,还有很多人为我提供了帮助。其中南开大学的王旭峰老师曾从香港为我复印资料,天津师范大学的刘建梅老师为我一次次地从天津师范大学的图书馆里借书。还有一些人我甚至并不清楚他们的名字,他们也都辗转为我提供过研究资料。感谢我的家人,他们是我能够克服困难、不断前进的最终动力和最坚强的依靠。感谢沧州师范学院对我的培养和关怀,使我能够心无所虑地投入科研工作之中。

　　当然,作为一名年轻的研究者,这部起步之作难免存在稚拙、疏漏、不妥之处,敬请各位同行专家以及默多克爱好者批评指正。

刘晓华

2014 年元月于天津

目　录

绪　论

第一节　初识默多克

1999 年 2 月 8 日,一位德高望重的英国女性在牛津去世,这位患有老年痴呆症的女人却曾被称为"乔治·艾略特(George Eliot)之后最有智慧的"英国女作家,"其显赫地位当代英国小说家中无人可与之比肩"[①],还曾经两次被封为爵士,她就是艾丽丝·默多克。

1919 年 7 月 15 日,默多克出生于都柏林一个信仰新教的爱尔兰家庭,父亲是公务员,母亲曾是歌剧演员。但是不久后她便跟随父母迁居日后成为其众多小说的背景的伦敦。作为家中的独生女,她虽拥有幸福快乐的家庭生活,但内心却总有一份独孤,她曾表示自己创造人物就是在寻找想象中的兄弟姐妹。但奇怪的是,她的小说中出现的兄弟姐妹们却总是在不停地相互嫉恨、相互伤害。默多克从小就善于思考,喜欢写作。1938 到 1942 年间,她在牛津大学萨默维尔学院研习古典名著,对文学、哲学和历史广泛涉猎。毕业后,她先是在英国财政部工作了两年,然后于 1944 到 1946 年间在联合国救济总署任职,从事难民

---

① Harold Bloom, *Iris Murdoch*, New York: Chelsea House, 1986, p. 7.

救济工作，这些经历都为她日后的小说创作提供了丰富的素材。第二次世界大战结束后，默多克重拾对知识的热情，先后赴剑桥大学和牛津大学学习哲学。学业结束后，默多克受聘于牛津大学圣安妮学院担任哲学讲师，在当时，一个女人在大学研究并教授哲学还是"一件相当新鲜的事情"，加之她才华横溢，很快就成为了那里颇受瞩目的女性。1956年，默多克与比自己小6岁的牛津大学文学教授约翰·贝利结婚，这位在众多追求者中并不算十分出众的人物与默多克相濡以沫，既见证了她的辉煌，也目睹了她的脆弱。默多克喜欢艺术，尤其是绘画，她认为，绘画常常是对其他艺术的"解释性隐喻"，她的小说中出现的大量绘画就起到了这个作用。怀着对艺术的这份热爱，1963年到1967年，默多克在英国皇家艺术学院讲学。1994年之后，这个对语言与美追求了一生的女人，却在老年痴呆症的折磨下，逐渐丧失了对它们的理解和把握。在她去世后，遗体被捐献，为英国医学的阿兹海默氏症研究做着自己的贡献。

艾丽丝·默多克是一位多产作家，在四十余年的写作生涯中，其创作涉及诗歌、戏剧、小说和哲学多个领域，但她的主要成就在哲学和小说创作方面，被认为是"英国小说史上第一个把叙事艺术与专业水准的哲学思考结合起来的人"①。1953年，默多克的第一部哲学著作《萨特：浪漫的理性主义者》(Sartre: Romantic Rationalist)出版，对萨特的存在主义进行了评论。此外，她还有《至善的主权》(The Sovereignty of Good)、《火与太阳：为什么柏拉图抛弃了艺术家》(The Fire and the Sun: Why Plato Banished the Artists)、《形而上学作为道德的指引》(Metaphysics as a Guide to Morals)等哲学著作。默多克在对前辈哲学巨人柏拉图、康德、黑格尔等人分析评判的基础上确立了自己道德哲学的主题。在她写作的年代，弗洛伊德主义、存在主义、分析哲学盛行，这些哲学有一个共同的特点，就是取消形而上学的地位，只注目于当下的分析对象。默多克却逆流而上，重新树起了形而上学的大旗。她认为形而上学可以使人超越当代人对世俗的留恋和沉沦，拥有一个超越

① 陆炜等《20世纪英国文学史》，青岛：青岛出版社，2004年，第234页。

的精神追求。但这个形而上学却不再是神学,因为以人格神为代表的神学时代已经确定无疑地逝去了。她所倚重的形而上学是一种道德哲学,是没有上帝的善,它体现在人与自然、世界、他人日常相处的点点滴滴中。默多克的道德哲学既不会使人因为缺乏超越精神而沉沦于尘世,又不会因为追求过高的超越而弃绝尘世,对二战后西方社会缺乏理想信念的人来说是一种可行的指导原则。

　　1954年,默多克以其第一部小说《网之下》一举成名。从此,她辛勤创作,共发表了二十六部长篇小说。这些小说既拥有广泛的普通读者,也受到了评论者的青睐,曾六次入围布克奖,并于1978年以《大海啊,大海》摘走此奖项。此外,《黑王子》获得了1973年的詹姆斯·泰特·布莱克纪念奖(The James Tait Black Memorial Prize),《神圣与亵渎的爱情机器》(*The Sacred and Profane Love Machine*)获得了1974年的惠特布莱德奖(Whitbread Book Awards)。《网之下》、《钟》(*The Bell*)等多部作品也曾被不同的评论者认为是默多克最优秀的作品。极力捍卫经典的哈罗德·布卢姆(Harold Bloom)就把默多克和她的《好徒弟》(*The Good Apprentice*)与《布鲁诺的梦》(*Bruno's Dream*)列入了西方正典之中。

　　作为具有哲学家和文学家双重身份的作者,默多克能够把深刻的哲理思考和巧妙的情节设置,以及精湛的叙述技巧结合起来。而且,她的小说体现出一种独特的特质,因此缺乏明确的界定。从第一部小说开始,其作品的归类问题就不断引起争议。愤怒青年、存在主义等不同的现实主义、现代主义和后现代主义流派都曾试图将其收入旗下,但又难以贴合。所以一些文学史著作只能在分类完毕之后,把她的小说作为"其他"处理。我们可以借助以下几个关键词来理解默多克的小说。

　　第一个关键词为"现实主义"。默多克推崇传统现实主义的经典作家,她的作品虽创作于现代主义大行其道的氛围中,却始终体现出回归现实主义的特点。

　　乔治·沃特森(George Watson)在《现实主义的加冕》(*The Coronation of Realism*)中认为:"《网之下》和艾米斯与戈尔丁的小说标志着1953年和1954年是英国小说新时代的开始。这些小说家拒绝乔伊斯和伍尔夫：他们将极端的政治和保守的、甚至是过时的技巧混合起来；他们的故事是喜剧性的，并充满了叙述事件。"①从这个归类中我们可以看出，默多克被明确地排除出了现代主义的阵营。当默多克在20世纪50年代开始发表小说的时候，欧洲文坛仍然被现代主义占领，英国的状况却有所不同。英国在经历了20世纪二三十年代由詹姆斯·乔伊斯、弗吉尼亚·伍尔夫和托马斯·艾略特所引领的现代主义实验之后，20世纪50年代却出现了向现实主义的回归。

在这个"愤怒的年代"，以约翰·韦恩(John Wain)和金斯利·艾米斯(Kingsley Amis)为代表的"愤怒青年"占领着文坛，对二战后的等级制度、教育制度、种族制度等展开了批判。《网之下》发表之后，这部小说很快便被纳入了"愤怒青年"一派，默多克也被称为"愤怒的女青年(angry young woman)"。《网之下》这部小说中的确包含着对以电影圈为代表的社会现实的批判，这个制造光影和幻景的地方引领和改变着现实，在这里，人们为了追逐金钱与名利而放弃道德与尊严，虚伪堕落横行。但是这部小说所批判的重点却与愤怒青年的作品有着本质差别。愤怒青年们以"愤怒"这种富含强烈情感的态度表达着对社会的批判，强调个人与社会的对抗。与之不同，默多克既不着意于对社会的批判，也不着意于对个人主义的强化，而是对个人主义的弊端进行了批判，强化人与人、人与社会的融合。因此，默多克把主人公杰克与社会的疏离描写成一种单纯的漠然，而非愤怒。从杰克所说的"我谁也不恨"就能看出他与愤怒青年的本质性区别。在小说的结尾，杰克坚持每天要用半天的时间投入社会工作，就是为了保持与他人和社会的融合。因此，与和《网之下》同年发表的威廉·戈尔丁的《蝇王》对人性恶的展示和对人类前途的悲观不同，与现代主义强调人与人以及人与社会之间关系的分裂、隔膜、异化不同，也与愤怒青年们强调的人对社会的批判和反抗不同，默多克的第一部小说就表现出了其之后的创作中一直反复探讨的独特主题：如何在已经满目疮痍的世界中正确处理人与人

① George Soule, *Four British Women Novelists: Anita Brookner, Margaret Drabble, Iris Murdoch, Barbara Pym*, Lanham: Scarecrow Press, 1998, p. 222.

以及人与社会的关系。因此,她的小说不是仅仅展示现实的破碎性,或对其进行隐喻,更重要的则是对修复和重建工作的探讨。这在一定程度上体现了默多克的理想主义,即脱离既定现实的复杂情况,而以抽象的标准来分析人与社会。

　　虽然第一部小说是被人误归入了愤怒青年所代表的现实主义,但是现实主义的确是默多克一生都在追求的写作原则。英国学者布兰·尼科尔就认为 1958 年发表的《钟》是默多克旨在重现 19 世纪经典现实主义而获得成功的第一个例子[1]。默多克不断公开表示对 19 世纪现实主义小说家们的敬意,也经常从他们那里获取素材,但往往采用改写的形式来彰显自己的主题。从《独角兽》中我们就很容易看到夏洛蒂·勃朗特的小说《简爱》的影子。不过,默多克的主角不再是出身卑微但坚强独立的女家庭教师,而是一个拒绝拯救的"疯女人"(虽然就小说看来,汉娜并不是真的疯了,但是负责看管她的人总是有意无意地向人暗示,她是个疯子);故事的主体也不再是一段浪漫的爱情故事,而是一个沉重的悲剧。如同简爱以家庭教师的身份进入桑菲尔德庄园一样,玛丽安·泰勒也是以家庭教师的身份进入盖兹庄园的,但是她要教的不是孩子,而是被囚禁的女主人汉娜。因为汉娜与邻居偷情,夫妻二人在争吵时丈夫坠落悬崖,变成残废,汉娜便被囚禁了起来,而丈夫则在纽约遥控着一切,并留下一个预言,离开这个囚禁之地她就会死去。这多少令人想起《简爱》中被罗切斯特锁在阁楼上的疯女人伯莎。与丑陋疯癫、被众人抛弃的伯莎不同,汉娜是温柔美丽的,就像传说中纯洁美丽的独角兽,是许多人仰慕和幻想的对象。玛丽安决定拯救汉娜,却遭到汉娜的拒绝,因为她已经习惯于生活在人们的想象之中,最终她以死亡结束了一切。通过对比我们发现,在《简爱》中被歌颂的独立女性、自由意志和浪漫爱情被抛弃了,默多克认为人们的意志和想象会剥夺他人的本来存在,因此,无所不能的强大意志不是她所歌颂的对象,她称颂

　　① Bran Nicol, "The Curse of The Bell: The Ethics and Aesthetics of Narrative", in *Iris Murdoch: A Reassessment*, edited by Anne Rowe, New York: Palgrave Macmillan, 2007, p. 106.

的是谦卑。

　　除了通过改写作品而向 19 世纪的现实主义作家们致敬,默多克所采用的创作手法也主要是现实主义的,只是又对其进行了丰富。她不喜欢现代主义者笔下扁平、单面、抽象的人物,而欣赏现实主义作家们所创造的真实、独立、立体的人物。因此,默多克的小说绝大部分都采用了现实主义作家常采用的第三人称形式,因为这种全知视角更容易从多个角度来塑造不同的人物。与传统现实主义小说家相比,默多克更注重对多个人物生存状态和内心世界的揭示。在她的小说里,常常没有唯一绝对的主角,也没有灰色的小人物,在传统现实主义者那里常被作为边缘人物处理的人,在她这里都拥有了自己鲜为人知的独立生活和内心秘密。例如,在《天使时节》(The Time of the Angels)中,一个次要人物在整部小说中一直费尽心机地想进入中心,最后却被发现他在小说开始之前就已经对几个主要人物的生活有着至关重要的影响①。在《星球消息》(The Message to the Planet)中,玛卡斯•沃勒和卢德斯失去了他们在传统小说中会占据的绝对重要的地位,因为作者还对沃勒的女儿、三个朋友、杰克以及杰克的妻子和情人进行了立体刻画。例如,弗兰卡是个人人称颂的贤妻,能够接受丈夫杰克的情人,还对他们笑颜相待。但随着阅读进行,读者会发现,原来她的内心里压抑着强烈的嫉妒和仇恨,甚至有杀死他们的冲动。而沃勒的女儿表面孝顺父亲,与卢德斯谈恋爱,实际上她却一直在设法离开这两个人,并在父亲死后迅速卷走他的财产,和秘密情人远走高飞了。在大多数情况下,作者都是直接描述不同人物的内心独白,有时候则借助更为复杂的手段。在《神圣与亵渎的爱情机器》中,默多克利用不同人物的多个梦境来塑造人物。这些不同的梦表明,生活本身就是如此凌乱复杂、充满隐私、令人难以捉摸。在《一个偶然的人》(An Accidental Man)中,作者则采用了大量的直接对话和来往书信。这与她此时为剧院写作剧本

---

　　①　Priscilla Martin, "Houses of Fiction: Iris Murdoch and Henry James", in *Iris Murdoch: A Reassessment*, edited by Anne Rowe, New York: Palgrave Macmillan, 2007, pp. 129—130.

的经验有关,但更主要的是,它传达了作者对"偶然的人"的理解。这些本应该用来传递关心和交流的媒介,在制造了热闹假象的同时,却透露了人们心不在焉的客套、口是心非的应付和人前背后的虚伪。

第二个关键词为"现代境遇"。默多克的小说毕竟创作于人类经历了两次世界大战的背景之下,因此,在内容和精神实质上,与现代主义小说一样,都直面了悲剧性的现代境遇。

枪声结束了,但是战争的后遗症却一直伴随着人们,影响了人们的信念和对现实的理解。面对战火肆虐后随处可见的废墟,人们的精神世界也遭到了粉碎性的打击,普遍感受到命运无法自主,只能偶然浮沉,于是,荒诞、偶然、非理性成了主宰人们意识的因素。弗兰茨·卡夫卡、让-保罗·萨特、约瑟夫·海勒等人都对其进行了触目惊心的揭示。卡夫卡在自己的小说中常将荒诞、非理性表现为一种神秘莫测、难以捉摸的权威力量:或者是像《城堡》中那处于远处迷雾中的城堡,它以缺席的在场形式带给人巨大的诱惑和压抑,却又令人无法靠近,难窥真貌,只能怀着渴望与恐惧徘徊其外;又或者是像《判决》中的那个老迈暴戾的父亲,虽难以理喻,却绝对掌握着生死大权,儿子即使对判决不明就里,也只能唯命是从。约瑟夫·海勒在《第二十二条军规》中则把这种荒诞、非理性作为对某种不合理制度和机构的隐喻。而在默多克的小说中,这种荒诞、偶然、非理性因素则体现在一种恶魔似的人物形象上,而这种因素能够发挥作用的根本原因则是人类自身的弱点在作怪。在《一个偶然的人》中,奥斯汀是一个真正的倒霉蛋,他没有钱,没有工作,先后娶的两个妻子也都早早死亡。他深信自己是个偶然的人,注定是充满偶然的生活的牺牲品。他的悲剧当然有其社会成因,但主要来自他懦弱而多疑的性格,来自他对哥哥马修的嫉妒和仇恨。他相信小时候在他向高处攀爬时,马修在上面向他丢了石头,这是否是事实甚至连他自己也搞不清楚,但这种嫉恨却影响了他之后的生活。背着这种被迫害者的角色,奥斯汀生活绝望,不仅折磨自己,也折磨他人,两个妻子就是他的受害人。据称,他第一个妻子贝蒂因溺水而死,但这个解释十分令人怀疑,因为贝蒂是个游泳高手。奥斯汀也曾透露自己以为她与哥哥马修有染而谋杀了她。为了将第二个妻子朵琳娜完全据为己有，并隔绝外界各种可能的危险，奥斯汀总是试图使她过一种类似监禁的生活。朵琳娜知道奥斯汀对她来说意味着死亡，但她所爱的也正是这一点。这种畸形的爱，被抽去了信任、理解和爱护，只剩下了相互折磨。她想逃脱却又无法逃脱，最终凄惨地死亡。奥斯汀就像一个吸血鬼，使身边的人都失去了活力。在《相当体面的失败》(A Fairly Honorable Defeat)中，朱利斯·金不相信人与人之间有坚固不破的感情，认为一些偶然事件就可以破坏爱人之间的信任，于是他精心设计了一个个骗局。他盗用了一对夫妻鲁伯特和希尔达写给彼此的情书，然后在鲁伯特和希尔达以及希尔达的妹妹摩根之间互相传递，使人们相信鲁伯特和摩根之间有越轨行为。他还试图破坏一对同性恋人之间的感情。最终，坚强的人经受住了考验，而脆弱的人则败给了荒诞。相信荒诞、偶然和非理性的力量，这体现了二战后人们自信心和安全感的缺失，它会使人将责任推给外界，而失去承担失败、积极行动的能力。因此，默多克主张要直面悲剧性的现代境遇，不要把荒诞和非理性作为借口，而应多从自身找原因。所以，她探讨荒诞、非理性的主要目的还是要探讨人性自身的问题，而非社会问题。

为了表现这种荒诞和非理性，默多克采用了很多现代主义的手法。

首先是戏仿手法的使用。默多克很善于对传统文学素材进行戏仿，既在对比中凸显了自己的作品诉求，又制造了一种喜剧甚至荒诞的效果。例如，在《大海啊，大海》中，默多克戏仿了关于睡美人、灰姑娘和提香的名画《柏修斯和安朵美达》所讲述的故事。戏剧大导演查尔斯·阿罗比念念不忘初恋情人哈特莉，多年后两人在查尔斯隐居的海边偶遇。此时，哈特莉已为人妻，过着平凡的家庭生活，查尔斯却把她想象成等待拯救的睡美人、灰姑娘和受到海兽威胁的安朵美达，于是不顾他人劝阻和哈特莉的否认、拒绝，展开了一厢情愿的拯救活动。神话传说中期待拯救的女主角在默多克的小说中却拒绝拯救，最终哈特莉与丈夫悄然离开，查尔斯才幡然醒悟，原来需要拯救的不是哈特莉，而是查尔斯自己，他沉迷于自己的臆想，忽视他人的现实，是一个自我中心主义者。

其次是对读者参与的要求。默多克创作了几篇第一人称的艺术家小说,这些小说在叙述模式上打破了像《追忆似水年华》这样的第一人称艺术家小说中叙述者的可靠性,而刻意塑造出了不可靠叙述者,尤以《黑王子》的叙述试验最为大胆。《黑王子》中的布雷德礼一开始就十分坦诚地告知读者,"现在的我"已经明确认识到"当时的我"是幼稚的,犯了很多错误。但是其忏悔录的真实性却被小说中的其他人物解构了。因为在小说的叙述者之外还有一个编者,他在叙述者死后发表其小说时收入了布雷德礼叙述中出现的四个重要人物的后记。他们分别重新讲述了布雷德礼故事的重要环节,做出了不一样的解释。真相到底是什么? 这需要读者进行分辨。

再次是情节的不确定性。默多克的小说中充满了未被解决的谜团。例如,在《一个偶然的人》中,马修是否真的曾向奥斯汀投掷石头,贝蒂之死是意外还是谋杀,朵琳娜之死是意外还是寻求解脱的自杀,这些情节的不确定性增加了人物和读者对荒诞和非理性的理解。

第三个关键词为"神秘性"。默多克小说以现实主义为主体创作风格,并融合现代主义创作手法,但她的小说总体具有一种神秘主义色彩,这是因为默多克力图在小说中恢复人与世界的神秘性。

莫里斯·梅洛一庞蒂曾在《知觉现象学》一书中指出,人的意识乃是所有神秘事物中最具荒谬性的,但是,随着 20 世纪科学技术的迅猛发展,世界的神秘性被逐渐地破解,连人的意识也被精神分析家进行分层处理,并确信可以通过分析梦境来解析人们内心深处的秘密。不过,默多克却在自己的小说中保留了人的神秘性,正像在《好徒弟》中作者借书中人物之口说出的,人类的意识乃是一种无底的神秘。为了维护意识的神秘性,默多克对精神分析存有批判。一方面,精神分析使人远离不确定性和模糊性,使变化和偶然性最小化,而这两者都是默多克小说的主题。[①] 另一方面,默多克认为过分执着于自己的过去和精神状态会使人执迷于自我,而无法充满爱地去关注自身之外的他人与世界。

---

① Peter J. Conradi, "Oedipus, Peter Pan and Negative Capability: On Writing Iris Murdoch's Life", in *Iris Murdoch: A Reassessment*, edited by Anne Rowe, New York: Palgrave Macmillan, 2007, p. 196.

因此，她在多部小说中都塑造了精神分析师被愚弄的情节：他们终日忙于解释他人的梦境，却忘记了现实的意义。在《好徒弟》中，托马斯是一个出色的精神分析师，对自己的专业水平相当自信，但是这个善于窥察他人内心秘密的精神分析师却无法洞悉妻子的内心世界，不知道她的内心需要，也没有发现她有秘密情人，而那个情人竟然是经常出入自己家的好朋友。当托马斯知道这些以后，他感到自己对人类心理的理解和确信都彻底崩溃了。他终于承认在人类的个体意识中有着科学也无法探测到的地方，而那些神秘只能留给"上帝"。在《神圣与亵渎的爱情机器》中，默多克塑造了一个不够格的精神分析师布雷斯·加文达，他也承认自己是个假充内行的人。他有一个妻子和一个儿子，还有一个秘密的情人和一个私生子，自己在欺骗和谎言中却过得心安理得，同时还要忙于探究病人的内心秘密。而病人向他倾诉的却多是谎言，而且都在背后偷偷地嘲笑他。当然，最终，他也对关于意识的那些所谓"深刻"的理论都失去了信念。

除了维护人的意识的神秘性，默多克还试图在小说里保留世界的神秘性。一向以现实主义者自居的她常常在小说中加入一些神秘现象或超现实因素，有人因此还曾将她的小说归入幻想文学。但是，默多克的小说又不像儒勒·凡尔纳和赫伯特·乔治·威尔斯等人所创作的幻想小说那样，完全具有一个架空世界，或以幻想内容为主体，而是在现实主义的基础上偶尔点缀一两点神秘或超现实的因素。然而，也正是这一点点缀恰恰起到了重要的作用。完全的现实主义小说和完全的幻想小说都会因其自始至终的单一性而令人降低对惊异的期待，而在默多克的小说中，偶尔的神秘或超现实因素所造成的突兀性，恰恰给读者带来陌生感，引起人们对现实世界中可能存在的神秘性的关注和思考，因为，在默多克看来，现实本身就应该包含着神秘性。在涉及宗教探讨的几部小说中，宗教神秘自然是必不可少的元素。例如，在《大海啊，大海》中，佛教徒詹姆斯将被人推下大海的查尔斯神奇地拯救了上来，而这种拯救则是人力所无法完成的。但是这些神秘现象和超现实因素本身与信仰无关，而只是作为科学或理性之外的一种现象或一种可能性而得到呈现，以表示对世界神秘性的尊重。除了宗教神秘之外，在没有宗教奇迹的情况下也常有神秘的、超现实的因素介入。例如,在《美与善》(*The Nice and the Good*)的结尾,默多克以极其现实主义的笔法,镇静自若地描写了两个孩子看到飞碟的过程,小说就此戛然而止,未对此进行任何解释和评论。此外,小说中还布满了作者故意设置的神秘。在《好徒弟》中,爱德华看到父亲的影像在水底,然后父亲就失踪了,后来又被在水中发现尸体,但他那天看到的是幻影还是真实,后来在巫师那里他所见到的是梦中的景象还是鬼魂?这些谜团都未被破解。这使她的小说就像生活本身一样充满神秘,令人困惑。

在小说中故意引入这些神秘现象或超现实因素,这与默多克对人与世界之神秘性的尊重相关。默多克认为人具有独特的个体性,一种不可言喻的、不能被他人简单概括的丰富性和复杂性。既然人具有神秘性,那么试图通过主观推测来为他人定性就是错误的,任何企图根据预先的模式来解释他人的人都会犯下可笑的错误,必将无法看到现实的真相。《网之下》中的杰克根据自己的臆想,认为几人之间的感情纠葛是:安娜的妹妹莎黛爱雨果,雨果爱安娜,自己也爱安娜。而雨果说出的真相却是:雨果爱莎黛,莎黛爱杰克,杰克爱安娜,安娜爱雨果,这证明,杰克对每个人的认识都是存在错误的。在经受了这些震惊之后,杰克终于认识到,人与人的相处不应该是以自我为中心的,而应该是一种相互尊重的共存状态。同样,世界也是充满人类理性无法解释的神秘。而面对充满神秘的他人和世界时,我们应该心怀谦卑和敬畏,放弃自己的狂妄自大,只有这样才能找到与他人和世界正确的相处之道。

第四个关键词为"拯救"。作为一位生活在两次世界大战阴影下的道德哲学家,默多克不仅在自己的小说中揭示社会的问题,而且也不懈地探求人的拯救之途。

默多克所有小说都拥有的一个象征就是柏拉图的洞喻。在柏拉图修辞中所设置的洞穴里,一群囚犯被束缚捆绑,无法转身,由于面向墙壁,背对火光,所以他们只能看到投射于白墙上的影子,而无法看到事物的真相,当然也就更无法看到他们所背对的洞口之外日光下的真实世界。默多克认为,事实上大多数人就处于这种洞穴中的生存状态。人们经常会被各种因素蒙蔽意识的眼睛,这些因素或者是来自外界的诱惑，或者是来自内心的幻想，总之，它们会使人无法看到真相，就像柏拉图洞喻中的人，只能看到阴影。默多克所描写的，就是这些不完美的灵魂追寻真实的太阳之光的过程。但是，在默多克这里，洞喻失去了柏拉图意象中的神性层面，降落在世俗中，另外，被柏拉图抛弃的艺术家也被默多克赋予了重要使命。于是，默多克小说中就出现了对探讨人类获救具有重要意义的两类人：圣人与艺术家。

在默多克写作的年代，上帝已经失去了其原先所具有的不可争议的统治地位。关于上帝的争论出现了尖锐对立的局面，一些人彻底宣判了上帝的死刑，对其置之不理，另外一些人则继续为上帝辩护，像 T. S. 艾略特以及和默多克同时代的穆里尔·斯帕克（Muriel Spark）等。但是，默多克在两者之间采取了一个中间路线，即取消上帝的地位，但保留宗教内核中的道德成分。在她那里，"善就是上帝的对等物"①。她只是把传统形而上学作为一个神话经典，发展了后宗教时代的世俗善恶观。② 虽然她曾明确表示，自己在任何可想象的意义上都不是一个信仰者，但是她的确对宗教很感兴趣，也创作了一批思考宗教的小说，《钟》《大海啊，大海》《星球消息》《修女与士兵》（Nuns and Soldiers）、《杰克逊的困境》（Jackson's Dilemma）等作品都具有宗教背景。但是这些小说的目的却不是确立宗教的意义，而是指出宗教的弊端，并主张以没有上帝的善来代替宗教，这样的善取消了人格神，取消了宗教制度和宗教仪式，只以善为目的。在《钟》中，一群世俗的人组成了一个非正式的宗教社团，社团的领导者麦克尔·梅德想献身宗教，但又无法摆脱自己的情感需要，在两者之间饱受折磨，最终因为导致了他人的死亡而明白了爱的重要意义。小说着墨不多的一个人物凯瑟琳的遭遇也表明了情感对宗教的胜利。她被公认为是一个圣洁的女人，马上就要正式进入修道院献身上帝了。但是她却一直秘密而强烈地爱着

① Zahra A. Hussein Ali, "A Spectrum of Image-Making: Master Metaphors and Cognitive Acts in Murdoch's Bruno's Dream", *Orbis Litterarum*, No. 52, 1997, p. 259.

② Michael Giffin, "Framing the Human Condition: The Existential Dilemma in Iris Murdoch's the Bell and Muriel Spark's Robinson", *The Heythrop Journal*, Vol. 48, No. 5, 2007, p. 714.

麦克尔·梅德,这种无以宣泄的精神压力最终导致她精神失常,只能以一个疯子的身份说出自己的真实感受。由此看来,在《钟》中,人们虽然在从事宗教事务,但对宗教并没有深层的信念。在《修女与士兵》中,修女安妮选择离开修道院,因为她觉得修道院不能给自己带来对宗教的真正理解,而在世俗生活中,她才找到了基督精神的要旨。除了基督教以外,默多克还思考了佛教的问题。《大海啊,大海》中的人物詹姆斯就是一个佛教徒。他心怀慈悲,却曾因虚荣心而犯下了严重的错误。在冬季穿越大山时,他深信自己能够以宗教力量保证两个人的取暖,结果却导致同伴冻死。默多克认为詹姆斯是一个迷失的灵魂,一个出卖给魔力的人。所以,对宗教的思考不是默多克的最终目的,她思考宗教是为了思考善。

　　既然宗教被默多克褪去了光环,那么,艺术可以完成拯救人类的使命吗?在许多现代主义艺术家那里,这应该是一个肯定的答案。而默多克却对艺术的功能进行了辩证分析。《网之下》被认为深受萨特的《恶心》影响,但是两者在价值取向上却表现出很大的不同。在《恶心》中,主人公洛根丁是一个存在主义的孤胆英雄,他凭借自己的意识发现了荒谬,又凭借自己的意志和自由选择了获救的途径,那就是投身于艺术创作。我们发现,洛根丁的选择自始至终都是一种与他人和社会疏离的个人奋斗。抛弃他认为因充满偶然故而是荒谬的生活,完全在艺术那里寻求必然,这势必会导致他更加远离他人和生活。而默多克却通过对主人公杰克的塑造而讽刺性地改写了洛根丁的历程。首先,因为杰克对个人意志的盲目自信和对他人意志的忽略而导致他对他人与现实的理解出现了巨大偏差。其次,杰克最后所选择的路不是完全投身于艺术创作,而是用半天的时间投入写作,另外的半天一定要投入社会生活,以保持与他人和社会的接触。没有完全倚重艺术来寻求拯救,这与默多克对艺术家的批判有关。艺术家善于也乐于创造形式,这种通过为混乱赋予秩序的方式集中体现了他们所拥有的自由、权力和意志力量。但是,也正是由于对个人自由、权力和意志力量的迷恋,艺术家常常难以摆脱自我中心主义,导致其与他人和社会的疏离,并最终无法正确认识他人与现实。

　　杰克的最终选择体现了默多克对人类获救之途的展望，认为它也许存在于圣人与艺术家之间的正确融合，就像杰克与雨果的融合。雨果是一个圣人式的人物。他质疑语言，认为语言是制造假象的机器，而沉默才是获得真相的途径。所以，他从不设定理论和模式，而是喜欢亲自感受，投身生活，在特殊性中发现真理。他的确对杰克改变疏离生活的习惯起了最重要的作用，但是，杰克最终保留了对写作的坚持，这表明了他对艺术家的语言拯救人类的信心。诚如大卫·戈登所说："在《网之下》之后，巫师（或艺术家）和圣人被分离了，在某种意义上，默多克在接下来的四十年时间中一直在试图重新弥合他们。"[①]因为，这两者的结合寄托了默多克对人类获救之途的期望，当然，默多克式的方式是否真的有效，这只能留待时间去检验。

第二节　关于"本质"的界定

　　正如前苏联学者鲍·季·格里戈里扬所说："人的本质和存在的问题属于一种'永恒'的哲学问题。"[②]因为它是人的立身之本，是人为处身于广大世界中的渺小个体的自我找到依托的根本问题，既关系到自己的身份认同，也决定着自我对他人与世界的看法。按照马克思主义的经典论述，人的本质属性是其社会性。人在与他人、自然和社会的和谐关系中才能找到本质归属，栖于家园，反之则是本质失落，失去家园。但是，不同的时期、不同的流派对本质的认识也是不同的。在原始思维中，本质栖居于对自然、对神的依凭中；在试图挣脱自然与神的时代，本质寄放于自信、骄傲的理性；在世界大战的血雨腥风中，人成了疏离于自然、神、他人与社会的孤独个体，失却本质之家狼狈流亡，却也从未放弃对返家的探索。存在主义将人的本质悬置于个人自由之中，却恰恰

---

　　① David J. Gordon, *Iris Murdoch's Fables of Unselfing*, Columbia: University of Missouri Press, 1995, p. 120.

　　② 鲍·季·格里戈里扬《关于人的本质的哲学》，汤侠声、李昭时等译，北京：生活·读书·新知三联书店，1984年，第3页。

阻断了人返回本质之家的路径。这种现代主义式的返家方式已被证明是无效的。此后，人们抛弃了自我封闭式的返家之旅，进行了各种后现代式的尝试。生态主义者试图重建人与自然的联系，现代神学家期望人重回信仰，后现代伦理学家在他人那里发现了无限，西方马克思主义哲学家则重新思考了马克思主义的经典论述。

从1919年到1999年，默多克经历了现代主义与后现代主义的洗礼，但其小说的结构模式、主题意义和诗学特征却基本上保持着一致性。对默多克的小说进行整体观照，我们将发现默多克小说的创作实质，那就是对"后上帝时代"人的本质失落与回归这一核心问题的关注。毫无疑问，在传统价值观里，对西方人而言，上帝代表着人的本质归属，将人与人、人与世界联系在一起。但是，在默多克所生活的时代，西方世界已经发生了翻天覆地的变化。

西方文明由两条源流汇聚而成，一条源自于古希腊，属于重理性的文化模式，另一条源自于古希伯来，代表重信仰的文化模式。但19世纪末以来，西方精神的两大支柱——理性与信仰——都受到了前所未有的挑战，一种普遍的虚无思想弥漫开来。卡尔·雅斯贝尔斯认为克尔凯郭尔是对他的时代展开全面批判的第一人，他的批判使人类无法再掩耳盗铃，不得不直面自己所立足的虚无之地，而尼采"注意到欧洲虚无主义的出现，无情地诊断出它的症状"，他们两人是"觉察到已经存在但尚未引起普遍忧虑之现实的先知"[1]。其实，克尔凯郭尔还不是完全的虚无主义者，因为他对上帝是寄予希望的，尼采才是最激进的挑战者，可以说他动摇了支撑传统大厦的所有根基。在《快乐的科学》中，尼采借一个疯子之口呼喊："我们难道丝毫都没有听到为埋葬上帝而掘墓的人的喧嚣声？难道我们还没有闻到腐烂的上帝的臭味？——连上帝也腐烂了！上帝死了！上帝永远死了！是我们把他杀死的！"[2]

"当尼采的狂人疯狂地宣布'上帝死了……我们杀死了他'时，他意

<hr />

① 卡尔·雅斯贝尔斯《现时代的人》，周晓亮、宋祖良译，北京：社会科学文献出版社，1992年，第7—8页。

② 尼采《反基督》，陈君华译，石家庄：河北教育出版社，2003年，第30页。

在表明,绝对道德的根基被粉碎了。"①这声呼喊喝断了人类通往信仰与来生的路。而在今生,人们看到的只是人世的苦难与孤独无助。世界大战的爆发,使无数无辜的生命成了人类贪婪的牺牲品。曾为人类进步做出重大贡献的科学技术成为了人类自相残杀的工具。像自己制造的机器一样,人类丧失了爱的能力,恶的本性从未得到如此广泛、彻底并卓有成效地释放。种族大屠杀使悲剧达到了顶点。面对如此不堪的状况,人类的心灵就像满目创痍的战场一样,一片狼藉。在这种背景之下,人们忽然对自己是谁产生了疑问,也丧失了与他人正常交往的能力,这就是本质失落的悲剧:人丧失了自己的精神家园,变得孤独无依。正如马克斯·舍勒所描述的那样,人对自身而言变成了一个问题,已经不再知道自己的本质是什么。于是,现代的思想家们一直努力寻找在失去上帝的时代返回本质的途径。

马丁·布伯(Martin Buber)认为,针对这种无家可归状态,现代社会通常有两种反应,即个人主义和集体主义。

> 现代个人主义和现代集体主义,这两种人生观尽管姻缘各异,但实质上乃是相同的人类境况之结果或表现,只是阶段不同。这种境况的特点就是:宇宙与社会的无家可归,对宇宙对人生的畏惧,以及由此造成的空前的孤独的实存结构。人感到自己乃是被自然遗弃之人——就像一个多余的弃儿——乃是在喧嚣人世中孑然独处之人。精神对这种全新而又可怕的地位之意识的第一个反应就是现代个人主义,第二个反应乃是现代集体主义。

> 对个人主义方法的批评通常始于集体主义倾向。但是如果说个人主义理解只是人的一部分,那么集体主义则仅将人理解为一个部分:二者均未达到人的全体,未达到完整的人。

---

① Beth Hawkins, *Reluctant Theologians*, New York: Fordham University Press, 2003, p. xi.

> 个人主义看到的是只处于与他自身关系中的人,而集体主义
> 则全然不见人,只见到"社会"。在前者,人的面目遭到扭曲;
> 在后者,人则被戴上了假面。①

　　在这两种方式中,西方资本主义社会的反应主要是个人主义的。紧跟上帝之死,人们的第一个反应就是恐慌,害怕,突然感到自己是被遗弃的,就像海德格尔所说的,人毫无缘由、无所依傍地"被抛在"一个完全陌生的世界上。这就是"现代主义式"的个人主义的主要表征之一。

　　在现代主义诸流派中,存在主义是极具代表性和影响力的。根据罗兰·斯特龙伯格在《西方现代思想史》中的说法,存在主义哲学在二战后之初的西方世界影响最深远,它所确立的个人意志为茫然无措的人们提供了支撑和安慰。而存在主义对人的本质的定义是典型的个人主义式的。"对海德格尔来说,个体自身即具有人的本质,并且通过成为一个'下决心'的自我而将本质带至实存。海德格尔的自我是一个封闭的系统。"②萨特对人的本质的定义更具代表性,他认为:"人的自由先于人的本质并且使人的本质成为可能,人的存在的本质悬置在人的自由之中。"③由此可见,在海德格尔和萨特这里,人的本质不在上帝那里,也不在他人那里,更不在关系之中。

> 存在主义否定生命。在它那里整个世界不仅是异己的,
> 而且也是敌视人的。如果说在生命哲学中人不顾一切地接受
> 生命之流的支配,在它的激情和脉搏中发现自己存在的意义,
> 那么存在主义则努力"拯救""自己的人",使人脱离存在,脱离
> 生命。厌恶、恐惧、烦闷和绝望使人摆脱存在,同存在的瞬息
> 的、不牢固的交往必然被破坏,于是人便与世隔绝,孤立起来。
> 这样,存在主义就走上了割断人与自然界和社会之间所存在

①　马丁·布伯《人与人》,张健、韦海英译,北京:作家出版社,1992年,第271—272页。
②　马丁·布伯《人与人》,张健、韦海英译,北京:作家出版社,1992年,第236页。
③　萨特《存在与虚无》,陈宣良等译,北京:生活·读书·新知三联书店,1987年,第56页。

的现实联系的道路。①

还有一种克尔凯郭尔式的方式，即重新找回上帝的努力。克尔凯郭尔在自己的神学中抒发了他对亚伯拉罕激情洋溢的赞颂。亚伯拉罕，一个满头银丝的老人，满心期待着一个儿子，当奇迹显现之后，他爱儿子胜过爱自己。但是，当上帝向他索要他的爱子时，他毅然地向着以撒举起了刀子。克尔凯郭尔慨叹，亚伯拉罕所抛弃的是世俗的观念，而保持的是自己的信念，在这种"无限的弃绝"之中，他才能够成为一个真正有信仰的人。在对亚伯拉罕及其信仰推崇备至的同时，克尔凯郭尔对芸芸众生及其迷恋其中的世俗生活必然有一种轻视，认为那些都是过眼云烟，皆为有限的东西，而这些都与追求神的信仰对立。这些过眼云烟包括世俗的物质，包括悲哀、同情等在内的世俗情感，以及所有只能处于世俗中的他人，因此，克尔凯郭尔在《恐惧与颤栗》中断言，真正具有信仰的人必定总是绝对孤立的。克尔凯郭尔认为："每个人都应该慎于与'他人'交涉，应该实质上仅与上帝和自己说话"。② 克尔凯郭尔坚持信仰的飞跃，而这种飞跃是越过世俗的，也抛弃了普通世界中人与人的关系，是抛弃众人只向上帝。

在现代神学中，仍然坚持上帝的绝对超验性的代表人物之一是瑞士籍神学家卡尔·巴特（Karl Barth）。他反对现代神学家们改变传统神学观念以适应现代社会需要的做法，极力维护传统信仰。他的《〈罗马书〉注释》被誉为新时代的罗马书。卡尔·巴特否定了人可以通过自己的经验或理性而找到上帝的方式，认为上帝是"完全的他者"，其神学体系的基本理念就是"上帝在天上，而你在地上"，"上帝就是上帝，世界就是世界"。人无法通过自己的经验或理性的努力接近上帝，只能通过《圣经》中的启示，上帝寻找人，而人无法寻找上帝。因此，世俗的生活与天国之间横亘着一条无法逾越的鸿沟。

---

① 鲍·季·格里戈里扬《关于人的本质的哲学》，汤侠声、李昭时等译，北京：生活·读书·新知三联书店，1984 年，第 130 页。

② 转引自马丁·布伯《人与人》，张健、韦海英译，北京：作家出版社，1992 年，第 236 页。

在上帝大势已去的时代,抛弃俗世中普通的人与人的关系,把希望寄托于颓势难当的上帝那里,未免有些太冒险了。尽管仍有很多神学家试图通过调和宗教与世俗的关系来延续宗教的历史,但是宗教的确在逐渐失去其功用。

> 精神病态、自杀、犯罪、离婚和吸毒等种种迹象,是失范和焦虑的征兆。如果说宗教的功能在于提供一套共享的核心价值观、统一和稳定社会,那么,这些为数众多的、掠过喧闹都市世界的狂热现象,并没有起到宗教的作用,相反,它们是缺乏宗教的标志。规模宏大的世俗化过程,构成现代化的一个基本组成部分,还在继续进行;现代社会的本质是非宗教性的。[①]

无论是现代主义式的个人主义,还是克尔凯郭尔式的信仰飞跃,都抛弃了在世俗世界普通的人与人之间的关系中建立本质的可能。而默多克则坚持在俗世中实现人的本质,把握人与人之间普通的交往事务。

因此,本书中所谈到的"本质"问题其实就是人与人的问题,以及人与身边世界的关系问题。借用马丁·布伯的说法:"人的本质不是从集体主义去把握,也不是从个人主义去把握,而只能在人与人之间的关系领域中去把握。"[②]最终,我们又回到了马克思主义对人之本质的经典论述:人的本质并非单个人所固有的抽象物,而是一切社会关系的总和。因此,人的本质正在于,人在与他者的和谐关系中所得到的归依感和身份感。

默多克的小说所展现的正是后上帝时代人的本质问题,既有本质失落之后人的残酷、挣扎,也有人的惶惑无依,更多的则是人在没有上帝的世界中试图回归本质的努力。

[①]　参见罗兰·斯特龙伯格《西方现代思想史》,刘北成、赵国新译,北京:中央编译出版社,2005年,第236、616页。

[②]　马丁·布伯《人与人》,张健、韦海英译,北京:作家出版社,1992年,中译本序第4页。

第一章 失家与返家:默多克对人的本质之思

　　艾丽丝·默多克所生活的年代几乎横跨整个 20 世纪,其间各种现实主义、现代主义、后现代主义流派"你方唱罢我登场",令人眼花缭乱、目不暇接。但默多克从不盲目跟风,而是一贯保持自己的追求。虽然她曾先后从各种思想资源中获取过营养,这其中包括存在主义、马克思主义、基督教思想、柏拉图思想等,但其始终最关注的主题只有一个,那就是世俗中人与人的关系,即对人的本质的关注。无论学术潮流如何更迭,政治气候怎样转变,从第一部小说开始,这一主题就一直贯穿于其所有小说创作中,几乎从未改变。因此,在默多克的小说中,性别问题、种族与民族问题、政治问题等虽然也曾出现,但绝对不是作者的重点,而只是真正主题的附属物。这个真正的主题就是在上帝死亡之后,人的本质的失落与回归。而且,这种失落与回归通常都以对外在的物质之家的失去与找回作为隐喻。因此,默多克小说中充斥了人物从离家到返家,从无家到有家的情节。此模式既以各种具体身份的人作为人类的代表,也包裹了性别、种族、民族等各种政治内涵。默多克将此模式作为展开哲学与诗学思索的一个结构:离家(失家)——迷茫、痛苦——本质失落,返家(有家)——醒悟、幸福——本质回归。

　　在《大海啊,大海》中,这一主题体现在主人公查尔斯·阿罗比身上,这个叱咤风云的戏剧界大导演,周转世界各地去打拼、游历、工作,表面上看来呼风唤雨,无所不能,但他内心深处却无所寄托,一直在痛苦地寻觅能够让自己回归的途径。本质的失落与回归这个主题，就是伴随着查尔斯结束居无定所的漂泊状态，到海边定居的经历而进行的，这是他第一次真正拥有一幢自己的房子，他也正是在这里找回了自我，发现了真实，因此才有人说"《大海啊，大海》与象征性的返家有关"[①]。在《逃离巫师》(The Flight from the Enchanter)中，借助难民这一特殊群体，默多克刻意强调了所有人物的无根生存状态，外在的远离家园的生存悲剧伴随着本质失落的悲剧而获得展示。在《亨利与卡图》(Henry and Cato)中，在哥哥的阴影下一直难以找到身份认同的亨利在外从军，哥哥去世后，他欣然返回家乡，并最终找到了自己的幸福。在《意大利女郎》中，逃亡在外的犹太人大卫最终决定放弃在异地行尸走肉般的生存，返回自己的苦难之地，即使可能面临囚禁甚至死亡。《网之下》中的大卫最后也选择了回到自己的故乡爱尔兰，那个他认为真正有信仰的国度。在默多克唯一的历史小说《红与绿》(The Red and the Green)中，安德鲁的故事也是伴随着他返回自己的故乡爱尔兰展开的……我们已经知道，爱尔兰正是默多克的故乡，她出生在那里，后来才跟随父母迁居伦敦。虽然伦敦更多地作为背景出现在默多克的小说中，但爱尔兰也常常作为默多克笔下人物的家乡，令那些人物念念不忘，设法返回。这种情节多少也寄寓着默多克自己的思乡之情。

事实上，以失家与返家隐喻的本质失落与回归这一主题和结构模式，在默多克的第一部小说《网之下》中便已经得到了最初的、也是最典型的呈现。接下来，我们将通过对《网之下》的细致分析来对这一主题和结构模式进行更深入的了解。

20世纪50年代的英国文坛收获颇丰。1954年，威廉·戈尔丁的小说《蝇王》得以出版，它被认为是当时英国声望最高的严肃小说。50年代还出版了愤怒青年的几部作品，以及被认为是50年代最轰动的小说——乔治·奥威尔的《1984》。即便如此，《网之下》于1954年发表之后，仍然引起了广泛关注，并使默多克一举成名，被称为非常有才华的

---

① Bran Nicol, *Iris Murdoch: The Retrospective Fiction*, New York: Palgrave Macmillan, 2004, p. 137.

处女作。A. S. 拜厄特甚至认为这部小说就是默多克"最令人满意的"
小说，连对默多克及其小说颇有微词的 F. R. 利维斯也承认，《网之
下》是默多克最好的小说。①

虽然这部小说难免带着一些稚气，在内容与艺术上算不得十分深
刻与成熟，在人物塑造和情节设置方面也有一些模仿的痕迹，但它却奠
定了一个扎实的基础，几乎默多克日后所有小说的主题、人物类型和结
构模式都可以在这里找到迹象，特别是对"后上帝时代"现代西方人挣
扎于本质的失落与回归这一困境的关注，这正是艾丽丝·默多克一生
的兴趣点。

不过，当时的评论者并没有充分认识到《网之下》的独特性，而总是
谈及小说或其主人公与其他作品或人物的相似性。有人认为《网之下》
像塞缪尔·贝克特的《莫菲》，有人将小说与陀思妥耶夫斯基的《地下室
手记》比较，或者认为人物雨果堪比《白痴》中的梅什金公爵，或者认为
主人公杰克像詹姆斯·乔伊斯的《青年艺术家的肖像》中的斯蒂芬，
等等。②

总之，将《网之下》进行强行归类的情况是很普遍的。大体而言，有
两种观点比较有代表性。一种观点认为这是一部存在主义小说，展现
了一个孤独闯荡、桀骜不驯的青年人的自由意志。但艾丽丝·默多克
却明确表现出对存在主义式的自由意志的批判。另外一种观点试图把
《网之下》归入"愤怒青年"的作品，认为这是对一个有才华的年轻人的
同情，是对令人窒息的社会的批判。但《网之下》的主人公并不是一个
仇视时代的青年，而是一个有着哲学痛苦的人物。所以，以往分类中都
存在着对默多克的误读现象，正像默多克研究专家 A. S. 拜厄特所强
调的，《网之下》的主人公杰克是一个真正的人物，不能被简单地归类。
学者希尔达·斯皮尔（Hilda D. Spear）也认为，默多克在自己的艺术
世界里所创造的是一个独一无二的小说世界。

---

① George Soule, *Four British Women Novelists*: *Anita Brookner*, *Margaret Drabble*,
Iris Murdoch, *Barbara Pym*, Lanham: Scarecrow Press, 1998, p. 216.

② 可参考 George Soule, *Four British Women Novelists*: *Anita Brookner*, *Margaret
Drabble*, *Iris Murdoch*, *Barbara Pym*, Lanham: Scarecrow Press, 1998, pp. 210－212。

　　默多克小说的独特性,可以通过与其他作品的比较辨析出来。默多克是一个能够兼收并蓄的人,而且富于独立思考的精神,她常常在自己的作品中与前辈或同时代的思想者进行对话。因此,我们常常看到研究者在分析默多克小说与西蒙娜·薇依、穆里尔·斯帕克、莎士比亚、柏拉图、维特根斯坦、贝克特、弗洛伊德等人之间的关系。在本章中,我们将把《网之下》与存在主义代表作家萨特的《恶心》和愤怒青年的作品进行一下比较,这可以让我们更清晰地看到默多克小说的独特主题。本章将分三节进行论述,在第一节中,通过将《网之下》与萨特的《恶心》进行比较,我们将会发现默多克的主题与萨特借洛根丁这个存在主义的孤胆英雄表达的对个人意志和自由的赞扬完全不同。在第二节中,通过将《网之下》与愤怒青年的作品进行比较,我们将找到《网之下》的主人公与愤怒青年们分道扬镳之处。第三节将正面剖析《网之下》的主题,小说通过对流浪者杰克寻梦之旅的外在描述,以隐喻的形式表达了一个更具哲学意味的独特主题,即人的本质的失落与回归。

第一节　与存在主义的对话

　　在《网之下》发表的前一年,默多克出版了自己的第一部哲学著作《萨特:浪漫的理性主义者》,表达了对萨特存在主义的兴趣和评价。所以《网之下》一经发表就引起了人们对其与存在主义关系的极大兴趣,或认为默多克意欲使《网之下》成为存在主义小说,或认为《网之下》讽刺了萨特的小说。这两种说法分别道出了一部分真相,因为,默多克就是要借助存在主义小说的形式,来完成对存在主义的批判和超越,既提升了海德格尔对非本真存在和他人存在的关注程度,也降低了萨特对个人意志和自由的重视程度。

　　海德格尔关注的重点并不是个体存在者具体的在世存在,他认为,无论是认识世界这种存在于世的派生样式,还是与器具、用具(Zeug)打交道这种原初的存在样式,人的在世存在就是沉沦,只是一种非本真的存在,是迷失于"常人"中而忘记自己的本真存在,而返回本真只有一种可能，那就是死亡。只有死亡才能使人脱离常人，回归本真存在，不过，此在在死亡中达到整全的同时也就丧失了此之在。

总体来看，海德格尔哲学所具有的第一个主要特点为轻视他人的主体性。关于这一点，有人可能会提出质疑，因为海德格尔曾明确批评了此前哲学对他人的忽视。

海德格尔极力强调人的"在世界之中"的存在，强调人与他人的"共在"。但是，毫无疑问的是，海德格尔的他人始终站在"器具"的后面。他人的显现总是通过世界中的上手事物而实现的。所以，在海德格尔那里，"我"与他人的交往并不是直接的面对面，而是一种在虚幻中所想象的理所当然。因此，海德格尔也犯下了他所批判过的错误。

> 共处不能被理解为总计许多现成主体的结果。发现一定数目的"主体"摆在那里，这本身只有通过下述过程才可能：在其共同此在中照面的他人首先只还被作为"数字"对待。这样一个数目只有通过共处与相向的某种特定的存在方式才能被揭示。这种"无所顾惜"的共在把他人作了"计量"，却没有认真把他人"算数"，甚至没打算和他们"打打交道"。[①]

他自己的哲学也没有解决这个问题，在他那里，也没有把他人看做与"我"不同的独立主体，也不考虑如何和他人在现实中打交道。这也正是萨特对海德格尔进行批判的原因。

> 最能象征着海德格尔的直观的经验形象，不是斗争的形象，而是队的形象。别人和我的意识的原始关系不是你和我，而是我们，而且海德格尔的共在不是一个个体面对别的个体的清楚明白的位置，它不是认识，而是队员和他的队一起隐约的共同存在，许多桨的起落节奏，或舵手的有规则运动使划桨

---

① 海德格尔《存在与时间》，陈嘉映、王庆节译，北京：生活·读书·新知三联书店，1999年，第146页。

者感到这种存在,要达到的共同目标,要超过的木船或快艇,
和呈现在视野内的整个世界(观众,成绩等)向他们表露了这
种存在。①

同样,列维纳斯(Emmanuel Levinas)认为海德格尔所说的共在
"也一样依然是一种同处式的集体"②。在这种同处式的集体中,他人
被当做"我"的镜像,"我"的队友,而不是被看做一个独立的,与"我"一
样的主体存在。因此在这里就不存在真正的"我"与"你"的关系,而是
"我们"的关系。显然,在海德格尔那里,他人并非他所关注的对象,他
关注的真正问题是如何成为一个主体。

而在对待主体的问题上,海德格尔强调的却是自我主体的封闭性,
这是海德格尔哲学的第二个重要特点。

"成为一个主体就意味着在超越中并作为一个超越着的东西成为
一个存在者。"③海德格尔为这个主体所预设的开放性来自他的超越着
的可能性,而不是来自他人。而直到主体完成其"最本己"的可能
性——死亡时,这种临殁见真也就封闭了海德格尔主体的所有存在。
所以,海德格尔哲学看起来是一种整体化和开放性的选择,实际上却是
一条个体化和封闭性的道路。

而被海德格尔视为非本真存在的常人自我,却正是艾丽丝·默多
克全部著作所关注的重心。在默多克那里,上帝已经死去,所以没有来
生,"常人"存在就是全部。因此,她把海德格尔想当然的人与他人的
"共在",具体化在了自己的小说中。在这个共同享有的世界中如何共
处,如何与他人打交道,正是默多克借由她的哲学著作和小说所关心的
问题。

存在主义的另一位重要代表作家萨特的哲学不再注重"常人"与本

<hr>

① 萨特《存在与虚无》,陈宣良等译,北京:生活·读书·新知三联书店,1987年,第328页。
② 埃马纽埃尔·列维纳斯《从存在到存在者》,吴蕙仪译,南京:凤凰出版传媒集团·江
苏教育出版社,2006年,第124页。
③ 约瑟夫·科克尔曼斯《海德格尔的〈存在与时间〉——对作为基本存在论的此在的分
析》,陈小文等译,北京:商务印书馆,1996年,第110页。

真的区别，但它仍关注自我的个人实现。不同于海德格尔把自我与他人的存在描述为以用具为中介的"共在"，萨特认为他人与我是一种正面交锋的关系。我本来是一个有着无限自由和可能的人，但是他人的出现却限制了我的这种自由和可能。就像我把他人作为对象进行凝固一样，他人也可以把我进行凝固。萨特以注视作为他人权力的体现：

> 因为知觉就是注视，而且把握一个注视，并不是在一个世界上领会一个注视对象（除非这个注视没有被射向我们），而是意识到被注视。不管眼睛的本性是什么，眼睛显示的注视都是纯粹归结到我本身的。当听到我背后树枝折断时，我直接把握到的，不是背后有什么人，而是我是脆弱的，我有一个能被打伤的身体，我占据着一个位置，而且我在任何情况下也不能从我毫无遮掩地在那里的空间中逃出去，总之我被看见了。①

就是因为他人的存在，我拥有了他人对我的定位，我的可能性便远离了我，它们只能作为对象存在，而不再是作为我的超越性。于是，我便成了一种异化和凝固的存在，同时，由我组织起来的世界也被异化了。由于意识到自己被他人所注视，我便体验到了自己是没于世界而被凝固的，是处于弱势和危险之中的。

那么，他人为什么会凝固我、异化我的存在？而我这个作为拥有无限自由和可能性的主体只能作为一个对象？思考到这个问题时，我们便意识到了他人和我一样，拥有自己的可能性和自己的世界，是一个拥有无限自由和意识的主体，因为只有这个自由才能把我的诸种可能限制并固定。萨特曾以羞耻为例进行说明：当他人认为我的行为可耻的时候，尽管这可能并不是真正的我的属性，但是，由于他人这个中介的存在，我也就觉得自己感到了羞耻。这种羞耻是在他人面前，我所感到的对我自己的羞耻，它承认我就是别人判断的那样。由于他人的存在，

---

① 萨特《存在与虚无》，陈宣良译，北京：生活·读书·新知三联书店，1987年，第343页。

我拥有了他人对我的定位，我的可能性远离了我，于是我就成了一种异化和凝固的存在。这使我认识到他人和我是一样的，我们相互侵占了彼此存在的谋划，而又都想着收回它，于是自我与他人间的根本关系就是"冲突"。

> 　　一切对我有价值的都对他人有价值。然而我努力把我从他人的支配中解放出来，反过来力图控制他人，而他人也同时力图控制我。这里关键完全不在于与自在对象的那些单方面的关系，而是互相的和运动的关系。相应的描述因此应该以"冲突"为背景被考察。冲突是为他的存在的原始意义。①

　　人们也多是从这一角度来理解萨特的那句名言"他人即是地狱"的。

　　与海德格尔对非本真自我存在和他人主体性的忽视不同，也与萨特对个人自我实现和与他人冲突的强调不同，默多克所重视的恰恰是人在社会中的"沉沦"，因为只有在这个过程中，人才能够既发现自己，也发现他人，才能真正在与他人面对面的过程中领悟人的存在的秘密。默多克对自己与存在主义的分歧是非常清楚的，她曾公开承认自己是"反存在主义的"②。通过小说来"反存在主义"，这点在《网之下》对《恶心》的戏仿上清晰可见：她最初把杰克塑造成存在主义者，只是为了在后面完成对他的嘲弄和批判。

　　从表面看来，《恶心》的主人公安东尼·洛根丁和《网之下》的主人公杰克·唐纳修，这两人之间确实存在着很多的相似性。两部小说都是第一人称叙述，主人公都是落魄、迷茫的青年知识分子，在漂泊不定的生活中追寻或创造生命的价值和自我的存在意义，而在两部小说的结尾处，两位作家——萨特和默多克都表现出了对艺术拯救功能的确

---

① 萨特《存在与虚无》，陈宣良等译，北京：生活·读书·新知三联书店，1987 年，第 470 页。
② Michael O. Bellamy and Iris Murdoch, "An Interview with Iris Murdoch", *Contemporary Literature*, Vol. 18, No. 2, 1977, p. 131.

认，使他们的主人公都选择了文学创作。但是，我们也会发现，在这种人物、情节、结构方面的相似性中却存在着本质性的差异。接下来，我们就对这两部小说的同异进行一下具体的比较，以便从中发现两部小说在主题上的根本差异，以及艾丽丝·默多克小说的独特性。

一开始，两部小说的主人公都在从事着一种"二手"的工作，没有与生活直接接触。

《恶心》中的安东尼·洛根丁从事的是历史研究，为了撰写一篇关于18世纪德·洛勒旁侯爵的论文，出入于图书馆，整天忙碌于阅读关于这段历史的不同记录，对各种叙述难辨真伪。这种沉沦于过去的、寄生的存在状态使他疏离当下，远离现实，根本无法洞悉存在的真谛和人生的意义。

而《网之下》的主人公杰克·唐纳修则没有正式工作，他靠翻译法国作家姜皮耶·布瑞陶的作品聊以谋生，这也是一个"二手"的、没有创造力的工作。杰克自嘲地称呼这种工作为一种"不事生产的白日梦"，但与自己创作东西相比，他倒更愿意做这种"二手"的工作，他曾直接称自己为"寄生虫"。

两人相似的工作状态都与他们疏离社会的生存状态相关。

在《恶心》中，萨特揭穿了关于人的存在的谎言，重新思考了其合理性。无论在宗教背景下，还是在理性主义背景下，人类都认为自己的存在具有无可争议的优越性和合理性，正是因为人类的工作才使世界有了秩序。人为万物命名，通过职能来为它们安排秩序，也以理性、道德等来规范自己。于是，一切个别都从属于一个集体，没有漂浮无根的东西，因为人和万物都是有本质的存在。但是洛根丁却发现了世界的荒谬。"荒谬不在于愚蠢，也不在于无意义或不合理，而在于偶然性。"[①]既然和其他存在物一样，人也是偶然的存在，在周围环境和社会生活中并没有自己固有的位置和存在的理由，那么人的自信心和责任心也就消失了，容易成为一种自我放逐的疏离存在。洛根丁就是如此，认识到荒谬以后，他连历史研究也放弃了，什么都不想做。工作、爱情、生活、

---

①　A.丹图《萨特》，安延明译，北京：工人出版社，1986年，第22页。

意义对他而言都变得不再重要,因为世界本身就让他感到"恶心",他成了一种找不到任何根据和依托的多余、偶然的存在。

在《网之下》中,杰克疏离社会是否由于对偶然的认识并未交待,但他具有和洛根丁相似的生存状态,正如有学者所言:"杰克被认为是我们时代的标准的小说主人公。他是一个'局外人',政治上与情感上淡漠,反对正式的工作,没有社会等级……也就是说,他有一种消极的自由。"①杰克没有固定的住处,总是寄居在别人那里;非恩一直自称是他的远房表兄,他也无可无不可,从来没有想过要去求证;当被告知自己的女友要另嫁他人而被赶出了家门之后,杰克心中仅曾泛起稍纵即逝的嫉妒,并没有特别失落或悲伤,因为他从不曾在对方身上投注过真正深刻的情感。杰克自己曾坦承,为别人负起责任完全违背自己的本性。

二人还有一个重要的相似点,那就是都体现出了强烈的个人主义色彩,他们都是拥有强大思想和自由意志的人。

对自由意志的赞颂,这原本就是萨特的存在主义思想中最重要的观念之一。"萨特认为,存在不再由被外表掩盖的内在和秘密的本质所确定。"②存在先于本质,这也就意味着,没有先在的本质和标准来衡量人的合理性,只有个人的思想和行动才能确定它。洛根丁就是这样一个具有个人意志和自由的人。他认为人是不附着在任何其他事物上的存在,人生的意义要靠自己去创造。于是,萨特选取了日记这种形式,在这种以自我为中心的第一人称叙述方式中,遍布的都是"我"的意识,都是洛根丁理性思考的结果。他对外部的认识不是从事物本身出发,不是把树看做树,而只是作为一个思考的对象。也正是因为如此,才有人认为这个故事"试图通过事物为我们勾画出意识的途径,《恶心》因此是一部由外在把握的内在经历","存在主义是一种哲学追求,是要重新

---

① A. S. Byatt, *Degrees of Freedom: The Early Novels of Iris Murdoch*, London: Vintage, 1994, p. 13.

② 洛朗·加涅宾《认识萨特》,顾嘉琛译,北京:生活·读书·新知三联书店,1988 年,第 14 页。

恢复反思的主观性和人的意志的统治地位"。① 这正是本质失落的时代悲剧。普遍价值失落了,没有了精神家园,每个人都成了飘浮无依的独立个体,既已没有了团结作战的依据,于是任何反抗也都只能是个人的反抗了。"人接受着挑战,在一个没有希望、意义、进步以及未来的世界中,去寻找他自身的自由和幸福。这种生活就是那种'充满意识活动和充满反抗'的生活,而横眉冷对便是它唯一的真理。"②

《网之下》中的杰克是一个笛卡尔式的人物,对自己的意识和自由充满信心。

> 我说我的世界,而不是我们的,因为有时候我感觉非恩没有什么内心生活。我这么说无意对他不敬;有些人有,有些人就是没有。我把这一点和他的坦诚联系在一起。像我这么敏锐的人,会考虑很多,因而不能给出一个直接的答案。思路太复杂正是我的问题……或许,非恩在渴望内心生活,而那或许正是他追随我的原因,因为我内心复杂而且极为敏锐。总之,我认为非恩寄居在我的内心世界里,而且意识不到他借用了我的。这种安排似乎对我们两人都很合适。③

这种自以为是的思想是典型的杰克式的思想。通过自己的意识,他拥有了无限自由,但他却利用这种自由剥夺了别人的意识,使其他一切都客体化。

通过以上的分析我们可以看出,杰克与洛根丁的确有着很大的相似性。但是,这种相似性仅限于小说的开头,随着情节的发展,我们很快就会发现,默多克与萨特的价值立场完全不同,这体现在两人对待主

---

① 洛朗·加涅宾《认识萨特》,顾嘉琛译,北京:生活·读书·新知三联书店,1988年,第7、17页。

② 马尔库塞《现代文明与人的困境——马尔库塞文集》,李小兵等译,上海:上海三联书店,1989年,第3页。

③ Iris Murdoch, *Under the Net*, London: Penguin Books, 1988, p. 9. 本书其余引文只在引文后加书名缩写"UN"和页码,不再另行作注。在翻译小说文字时参考了阮叔梅所译的《网之下》,此译本由木马文化事业有限公司于2006年出版。

人公的态度,以及为主人公最后选择的道路上。

海德格尔说得对,认识世界既不是人与世界的唯一关系,更不是原初关系,而只是一种派生的样式。然而由于启蒙主义以来对理性、意志和自由的过度张扬,人对世界的认识关系似乎成了最重要的甚至是唯一的关系。但是私人意志所无法摆脱的一个悖谬就是,它以认识他人和世界为目的,却终究难以摆脱唯我论的困境,始终带着自我的色彩,从而难免歪曲他人和现实,致使反而无法看到真相。

对于这一点,在《恶心》中,萨特没有表现出对个人意志和自由的任何怀疑,而是对它们进行了充分的肯定。正是通过个人的理性,洛根丁逐渐认识到世界的荒谬,并凭借自己的意志和自由选择了离开,以写作来确立自己的生命意义。与仍然沉迷于对本质的幻想及虽然认识到荒谬但不敢选择行动、突破这种幻想的人相比,萨特显然是认同洛根丁这个存在主义英雄的,并赞扬了他所体现出来的个人意志的强大和其自由选择的勇气。

A. S. 拜厄特是默多克研究专家,为默多克进入经典作家的行列起到了极为重要的作用。其《自由的限度:艾丽丝·默多克的早期小说》一书围绕着在早期对默多克有重要影响的"自由"这个概念,分析了默多克的一些重要作品,既有内容介绍,也有详尽深刻的专业分析,是一部介绍与研究兼具的著作。拜厄特认为,《网之下》试图将杰克的故事整合到关于"自由"的观点里。我们说,这部小说的确是关于自由的,但对由私人意志代表的自由的态度,默多克却与萨特分道扬镳了。默多克反其道而行之,反对的恰恰是以自我为中心的个人主义的狂妄。这种对个人意志的过分迷恋,使人无视他人的意识,也阻碍人正确地认识他人。杰克认为非恩是一个没有内心生活的人,而实际上,非恩却可以和哲学家大卫长谈;他一直认为自己所翻译的姜皮耶·布瑞陶的书只是差劲的畅销书,后来布瑞陶却成了龚古尔奖得主,等等。由于过于强调自己的个人意志而导致他对现实的认识出现重大错误,这个戏剧性的效果正是默多克所刻意营造的,因为她正是要以此来批判萨特式的对个人意志和自由的张扬。

由于默多克和萨特对个人意志和自由所持有的不同态度,两人也为自己的主人公安排了不一样的出路。

当洛根丁认识到荒谬，即世界的无序、人的偶然性后，一位歌手的歌声让他顿悟，他决定选择在艺术中创造一种必然、有序的形式，以此来作为对现实的补偿。但是，选择通过沉浸于艺术创造，而非加入公众生活来塑造自己，这意味着在一定程度上更加疏离了生活，因为艺术与生活毕竟是有距离的。

默多克部分同意萨特关于世界无序和偶然的观点，但她绝不把这种无序和偶然看做无奈的荒谬，相反，她将其看做一种可贵的特殊性和个体性。所以，默多克主张尊重这种偶然和独特。如果非要为它强加秩序的话，那将是一种以自我为中心的行为，会使现实得到错误的重读，就像杰克所做的那样。默多克也部分赞同萨特对艺术拯救功能的信任，正如布兰·尼科尔（Bran Nicol）所言，艺术在《网之下》中比在默多克其他小说中发挥了更重要的作用。所以，杰克最终也走上了小说创作这条路。但是，默多克又不赞成完全弃绝生活而在艺术中获得虚假安慰的做法，她认为，应该在与他人的交往中获取生命的意义。这也正是默多克在《网之下》中对萨特《恶心》中一个情节进行逆转的原因。学者乔治·索尔曾指出："在萨特的小说中，歌声给了主人公对艺术力量的信任，而安娜的歌声却使杰克明白了他必须去关注世界。"[①]萨特的希望在于艺术中的必然，在另外一个世界，而默多克却赞成在生活世界中与他人的亲密相处。

因此，我们看到，默多克在《网之下》中为杰克安排了一条默多克式的拯救之路。杰克并没有像雨果那样，抛弃创作而完全投身于繁琐的生活，这是坚持了艺术的拯救功能。而杰克又与《恶心》中的洛根丁不同。洛根丁完全走向了艺术，他与生活原本就疏离，在发现生活是一种纯粹的偶然之后，更是抛弃生活，完全试图在艺术中自我叙述，建立秩序。而杰克则一方面走向了艺术创作，另一方面又走回了生活，走向了他人，试图在两种方式中完成自我实现。虽然最终洛丁根和杰克都抛

---

① George Soule, *Four British Women Novelists: Anita Brookner, Margaret Drabble, Iris Murdoch, Barbara Pym*, Lanham: Scarecrow Press, 1998, p. 209.

弃了"二手"的工作走向了小说创作,但他们二者有着本质的不同,因为萨特和默多克对自由有着不同的看法。萨特崇尚个体的理智和自由,那正是一种为生活强加秩序的狂妄,这种乌托邦只有在艺术创作中才可以得到实现。而默多克则把对"形式"的需要看做是一种极端危险的欲望,认为形式只能提供一种虚假的安慰,拯救存在于自我与他人的关系之中。

默多克曾对洛根丁和弗兰茨·卡夫卡《城堡》中的主人公 K 进行过比较。K 费尽心力,哪怕千辛万苦都想进入的城堡看起来是那么虚无缥缈又不可理喻,K 似乎注定只能是徒然追寻,空忙一场。但默多克认为,K 的追求仍是值得肯定、赞扬的,因为 K 一直在坚持与他人的接近,他坚持相信人类交往的普通事务是有意义的。而在《恶心》中,洛根丁却选择逃避社会和他人,抛弃人类交流的普通事务,而在外部的形式中,在另一个世界——艺术世界中去发现自由,默多克认为这对普通人而言毫无意义,对非哲学家来说只能是一种幻觉。[1] 因此,默多克坚持让杰克去找一个半天的工作,能够投身生活,在现实中与他人建立真正的联系。杰克不同于洛根丁,"因为他发现自己在社会之中"。

通过以上的分析,我们可以发现,由于萨特崇尚个体的意志和自由,洛根丁体现出众人皆醉我独醒的特点,是存在主义的孤胆英雄。从其最初的生存状态到思想转变再到最后的选择,都是一种个人主义的奋斗,始终具有和社会疏离的特点。而默多克却认为,崇尚个体的意志和自由正是一种以自我为中心的狂妄,会忽视他人的主体性和特殊性。所以,洛根丁抛弃现实中的偶然,通过理智在艺术中寻找必然;而杰克却抛弃由自我意志强加的必然,以经验在现实中寻找体现在他人那里的特殊性和个体性。诚如有学者所言,默多克重写了《恶心》中的场景,以此来批评萨特对生活中某些方面的忽视,《网之下》的主题超越了存在主义的消极面。[2]

---

① A. S. Byatt, *Degrees of Freedom: The Early Novels of Iris Murdoch*, London: Vintage, 1994, pp. 24—25.

② George Soule, *Four British Women Novelists: Anita Brookner, Margaret Drabble, Iris Murdoch, Barbara Pym*, Lanham: Scarecrow Press, 1998, p. 219, 210, 208.

第二节　与"愤怒青年"的对话

默多克是在 20 世纪 50 年代登上文坛的,而这个年代素有"愤怒的年代"之称,因为这个年代是由"愤怒青年"占领文坛的时候。"愤怒青年"是二战后英国的一个文学流派,这些作家多出身于工人阶级或中下阶层,他们反对以詹姆斯·乔伊斯、弗吉尼亚·伍尔芙等人为代表的现代主义——那种轻视情节和人物塑造,且颇为考验人的阅读智力的精英主义创作方式,转而遵从被认为早已过时的现实主义的创作原则,同情下层人民,抨击资产阶级的虚伪堕落,带有强烈的反抗情绪和批判力量,对英国的等级制度、教育制度、种族制度等进行了全面的批判。主要代表作品有 1953 年约翰·韦恩发表的小说《误投尘世》(*Hurry On Down*,也有人译作《每况愈下》)、1954 年金斯利·艾米斯发表的小说《幸运的吉姆》(*Lucky Jim*)和 1956 年约翰·奥斯本的剧作《愤怒的回顾》(*Look Back in Anger*)等,这些作品中的主人公以愤怒的形式表达着对社会的介入态度。

1954 年《网之下》发表之后,评论者普遍认为它契合了当时的现实主义回潮,主人公杰克则理所当然地被归入了"愤怒青年",人们把杰克看做是另一个"幸运的吉姆",而作家艾丽丝·默多克本人则被称为了"愤怒的女青年",尽管她既不年轻,也不愤怒。不过,默多克一直否认这类联系。正如希尔达·斯皮尔所言,默多克的小说不是企图设法解决 20 世纪 50 年代和 60 年代所谓的社会现实主义要解决的现实问题,而是要努力设法解决位于生活中心的不适,反映着我们所面临的社会的变化,这些变化是由第二次世界大战、大屠杀、对原子弹的恐惧等导致的后果,因此,默多克的小说是一种"真正"的现实主义,《网之下》正是将默多克与 20 世纪 50 年代其他小说家分开的一个起点。① 那么,默多克的小说与他们的区别是什么呢? 通过对《网之下》与《误投尘

---

① Hilda D. Spear, *Iris Murdoch*, New York: St. Martin's Press, 1995, p. 24.

世》、《幸运的吉姆》进行比较之后,我们便会发现,对社会的愤怒与反抗这个愤怒青年作品的主题绝非默多克的诉求,而人与他人、社会的疏离才是默多克要批判的对象。

那么,《网之下》与愤怒青年作品的分歧是从哪里开始的呢? 这要先从它们的相似性说起。

首先,三部小说都以落魄的知识分子为主人公,都采用了流浪汉小说式的结构,即以一个没有固定根基的青年的流浪为线索,结构全篇。

在《误投尘世》中,主人公查尔斯·拉姆利是一个刚刚毕业的大学生。他花费了一大笔钱,在学校里接受了关于文学、艺术、哲学等高雅却完全脱离实际的教育,当他毕业以后被推向社会的时候,他发现自己完全无法适应这个社会,这些学问毫无用武之地,再加上这个社会不可能为一个毫无背景的平民子弟提供平等的就业机会,这便使他无法找到满意的正当工作,只能到处辗转,混迹于各种下层职业中谋生。他在底层社会摸爬滚打,做过真正的流浪汉、工资甚微却辛苦又危险的擦玻璃工、司机、清洁工、门卫、编辑等。作者借助查尔斯这个愤怒青年要表达的是对社会的批判,特别是对英国不切实际的教育制度和等级制度的批判。随着查尔斯的流浪,我们还见识了当时英国社会的各色人等和各种阴暗角落。要靠出卖自己的身体来赚取生存所需的可怜的女人,为贫困所迫而走向犯罪的穷人,草菅人命的法庭,走私贩毒、杀人灭口的犯罪集团,总之,到处是阶级鸿沟、趋炎附势、社会不公。

在《幸运的吉姆》中,主人公吉姆·狄克逊也是一个刚毕业不久的大学生,但比查尔斯·拉姆利幸运的是,他在大学里谋到了一份工作,成为了大学历史教师。但是,在由金钱和地位决定社会结构的资本主义社会里,出身低微、没有靠山的吉姆的教职总是岌岌可危。为了谋求留任大学的讲师,吉姆不得不周旋于各种关系之中,在不学无术、道德低下却因出身高贵而趾高气扬、随心所欲的同事们面前低声下气,委曲求全,想尽办法讨好各个可能影响自己命运的人物。

而《网之下》的主人公杰克则一再声称自己是只寄生虫。他是一个有天分但很懒惰的人,靠翻译小说谋生,没有固定的住处,通常都是寄住在朋友家里。杰克的出场是在现代都市中最具漂泊意味的中转地点——火车站，作者开篇便将一个满身风尘、旅途劳累、陷入困顿的落魄青年直接抛出。我们得知，杰克已被女朋友抛弃，并被赶出门来，流离失所。在小说的大部分时间里，杰克为了寻找住处和朋友，只能不停地穿梭于伦敦与巴黎这双城之间。正如他自己所说，在英国知识界，没有人像他这样经常遭人拒之门外，频率之高，可谓绝无仅有。

其次，三个主人公都表现出与社会疏离、不能融合的生存状态。

《误投尘世》中的查尔斯对英国的教育制度是一种绝对批判的态度。他把中学校长形容为平庸无能的低能者，把大学形容为剥夺了人的享受，磨灭了人的锐气，却把人变得一无所能，完全无法适应生活的地方。这样的教育体制培养出来的高材生各个趋炎附势、极尽钻营，以便融入这个被地位和财富垄断的社会，而像他这样的失败者，却只能被拒之门外。最初，查尔斯曾以一种主动远离的方式，来表达对上层社会所代表的财富、地位的轻视和仇恨，决心同丑恶、虚伪的资产阶级决裂，选择放弃自己的教育、身份、自尊，靠自己的体力劳动去赚取微薄的收入。虽然后来他又主动向那个阶级靠拢，但心中的那份轻视和仇恨仍然存在。

《幸运的吉姆》中的吉姆同样也被隔绝于社会权力之外，并表达着对社会的反抗。一方面，为了工作，他不得不极力讨好会影响自己命运的人，如爱慕虚荣的威尔奇教授，喜欢斤斤计较的教授夫人，等等。另一方面，他同样也很轻视他们的虚伪道德和价值立场。吉姆经常以做鬼脸和恶作剧的形式来发泄心中的愤怒，敢于得罪傲慢自大、用情不专的伯特兰德（威尔奇教授之子），捉弄喜欢出卖别人的约翰斯。吉姆曾经对杂志上一位备受推崇的现代作曲家的肖像恶作剧，这个情节是很具有代表性的。他用铅笔为这位作曲家的脸上补上伤疤和八字胡，给他画上海盗带的耳环，添上一排乌黑难看的牙齿。这种对被公认的上层社会精英人士的去魅，正象征着吉姆对社会的抗议及对资产阶级引以为傲的知识、艺术的亵渎。

《网之下》中的杰克同样处于与社会疏离的状态。他漂泊于自己并不很喜欢的城市，居无定所，总是寄居在他人那里。小说以"唐纳修"

(Donaghue)这个姓氏表明了杰克的故乡为爱尔兰,但从未展现他对爱尔兰的点滴思念之情,只有在介绍表弟非恩时他才会偶尔提及,却也流露不出丝毫感情色彩。对故土的漠然表明杰克并不是个多愁善感的人,这当然也体现在他与前女友的相处中。从杰克的叙述中,我们读出玛德兰曾对杰克痴情一片,却从来得不到相等的回应。除了感情的漠然,杰克在工作中也体现出与社会的疏离。他不会单纯为了金钱去迎合读者的趣味,因而拒绝写迎合市场需求的小说。他拒绝为政党写剧本,还曾拒绝接受由别人提供的轻松赚钱的机会。他也没有表现出任何政治意识,罢工的热潮、抗议的人群、革命者慷慨激昂的演讲、社会主义者与其敌人的斗争,这些都曾在他眼前出现,但都一闪而过,甚至不曾在杰克心中激起些许微澜。

但是,不可忽视的是,杰克与查尔斯、吉姆之间也存在着本质性的区别。

首先,他们疏离社会的原因不同。查尔斯和吉姆与社会的疏离出自他们对社会的愤怒,而杰克与社会的疏离却是一种简单的漠然。

作为大学毕业生,查尔斯与吉姆所受的教育曾向他们许诺了一个充满光明和希望的美好前程,他们也都预期着通过教育来改变自己的命运。但是由于教育的脱离实际和现实中等级制度的壁垒,他们有才华也无处施展,只能处处碰壁。他们在表达对那个社会的轻视的同时,也多少流露出了些许向往,于是就产生了对等级、教育、政治和社会的愤怒。所以,他们的愤怒来自于想融入上层社会却被拒之门外的痛苦,是一种求之而不得的愤怒。愤怒青年的作家们在20世纪60年代初之后逐渐放弃愤怒的写作,也与他们逐渐受到重视,拥有了收入可观的工作和稳定的家庭生活有一定关系。

而杰克与社会的疏离却是一种主动的选择,对查尔斯和吉姆具有巨大诱惑的东西根本无法使杰克动心。他不想写迎合市场需求的小说和戏剧,也拒绝接受玛德兰提供的不用怎么干活就可以轻松拿钱的工作而成为名利双收的人。"重要的是,我要有对自己命运的洞见,并朝着它前进。我跟剧本写作有什么关系呢?……我又在乎什么金钱呢?那对我来说什么都不是。"(UN,184)这是一种真正置身事外的漠然,

在这种漠然里连愤怒都没有,就像他在与新独立社会党党主席莱弗迪的谈话中所透露的。莱弗迪对杰克说:

> "你所需要的是投入进去。当你做了些事情并与人们打
> 交道时,你就会开始憎恨一些人。没有什么能像仇恨那样摧
> 毁虚无了。"
>
> "那倒是真的,"我懒散地回答。"现在我不恨任何人。"
> (*UN*,103)

因此,与愤怒青年不同,社会的不公、政治的解放这些问题根本就引不起杰克的兴趣。虽然我们也能从杰克的言行中读出他对社会的一些看法,但我们读不出愤怒,在他这里没有强烈的感情。例如,他对社会中追名逐利的浮躁现实不以为然。他描写了令很多女孩子徒生惆怅的班提贝尔方德电影公司闪烁的霓虹灯,展现了在这个制造财富和虚荣的地方获得成功的莎黛的做作和浮夸,但我们读不出明确的批判意味。有论者认为,杰克宁可翻译他人小说而拒绝写原创作品,以及拒绝社会主义者对他的拉拢,都是因为他对当时政治状态的反感,但这种反感也只是一种消极的漠然,而绝对没有萨特式的对政治参与需要的信任。① 归根到底,杰克躁动的根源不是"对某种特别的氛围或社会环境的任何强烈的仇恨",正如 A. S. 拜厄特所认为的那样,"从他与其他人物的关系可以看出,他的淡漠是神经质的,一种本能地想保护自己远离生活,而不是有目的地寻找'自由'。"②

其次,他们疏离社会的程度也不同。这种程度的不同正与其疏离社会的原因相关。

愤怒是一种强烈的情感态度,持有这种态度的人在与社会疏离的同时却又保持着一种紧密的联系,因为愤怒本身就是对社会的介入。

---

① Bran Nicol, *Iris Murdoch:The Retrospective Fiction*, New York:Palgrave Macmillan, 2004, p. 93.

② A. S. Byatt, *Degrees of Freedom:The Early Novels of Iris Murdoch*, London:Vintage, 1994, pp. 13—14.

所以查尔斯和吉姆与社会的疏离都是不彻底的。这可以从他们对感情的执着态度窥见一斑。查尔斯强烈地爱着上层人士罗德里克的情妇维罗尼卡,吉姆也有自己深爱的女孩克莉丝廷。正由于与社会疏离的不彻底性,当有机会改变这种状况、被允许进入上层社会时,他们很快就放弃了疏离。为了爱情,查尔斯轻易地放弃了对上层人士的轻视和反抗,甚至是自己的良知,一心要挣钱,挤进上层社会。他不但去做了以前最憎恨的走私毒品生意,而且看到朋友道格森被人谋杀也置身事外。在小说的结尾,维罗尼卡找到查尔斯,想和他再续前缘,虽然小说在他面临选择的犹豫中结束,但我们似乎已经看到了他的决定,他常说的那句话就诠释了他的态度:"我爱我所憎"。吉姆更是一心想融入这个社会。虽然他讨厌大学校园中那些人的做法,但他并不完全排斥他们所在的阶层。他努力讨好自己厌恶的人,就是为了能够留在大学教书。比查尔斯幸运的是,吉姆莫名其妙地得到了一位富人的青睐,成为他的私人秘书,而这个人正是克莉丝廷的舅舅。因此,《幸运的吉姆》看起来就像一个男版的灰姑娘故事,讲述了一个落魄青年被"公主"拯救,从而成功"逆袭"进入上层社会的童话故事。从小说的结尾看来,似乎美好的前程和幸福的家庭生活正在等待着他。

但对《网之下》中的杰克来说,他的漠然使他与社会的疏离更为彻底。他对一切都漠不关心,连对女人也缺乏查尔斯和吉姆那种强烈的情感依赖。他对玛德兰的离去没有惋惜,他虽然自称深爱着安娜,但并不真的想娶她。"你也许想知道我是否曾经想过要娶安娜。我的确想过。但是婚姻于我只是一个理性的概念,它可以调节我的生活,却不能构成生活本身。"(UN,31)所以,那些诱惑了查尔斯和吉姆的现实利益都不足以成为令杰克改变疏离状态的原因。如果杰克愿意,玛德兰和莎黛都有可能成为他的公主,带他跨进上层社会,但是杰克却拒绝了她们。爱情、金钱、名利、地位都不是杰克真正想要寻找的东西,也不能给他带来真正的拯救。改变杰克的真正原因,来自于他认识到自己原来生存状态的错误性。他凭借主观认识去判断、评价身边的人与事,结果却发现自己根本就没有看到真实:他认为自己偷偷发表的《沉默的人》背叛了雨果的精神,会让雨果生气,于是他怀着愧疚之心不告而别,但是后来与雨果的重逢却令他大为惊异，雨果竟然非常喜欢这篇小文章；杰克认为安娜是一个温柔娴静的女人，而她却疯狂地追求着雨果；他还以为雨果不可能喜欢虚荣、做作的莎黛，但雨果爱的正是她。默多克"通过第一人称叙述这个中介讲述故事，并说服读者接受或大部分地接受杰克的'充足理由'，使我们相信第一人称的叙述，但当她通过其他人物揭露真实的时候，这给我们带来了巨大的冲击力"①。自然，当其他人向杰克揭示出真实的时候，杰克也受到了强烈的冲击，而当他认识到由于自己与他人和社会的疏离而导致无法认识到现实的真相时，这便促使他放弃这种疏离，投身于与他人和社会的融合之中。

由上可见，杰克绝不是愤怒青年，他从最初的漠然到最后的参与，都不是出自与社会对抗的原因，正像有人所说："尽管默多克的作品总是有道德关怀，但她不写关于社会不公正的反对当权派的小说。"②所以，默多克的主题一定是另有所指。"作者真正关注的并非社会和政治，而是哲学和文学，与真正看到他人状况的困难和发现足够好的语言去捕捉他人难以言喻的个体性的困难有关"③，因为，只有意识到对他人个体性的尊重这个问题才能解决杰克所面临的生存困境。

第三节　从失家到返家——本质的失落与回归

通过将《网之下》与萨特的《恶心》以及"愤怒青年"的作品《误投尘世》、《幸运的吉姆》进行对比分析，我们便可以清晰地看出默多克所关注的独特主题，它的重点不是个人意志和自由，不是政治与社会，而是更具有哲学意味的一个话题：人的本质的失落与回归。英国学者皮特

① A. S. Byatt, *Degrees of Freedom: the Early Novels of Iris Murdoch*, London: Vintage, 1994, p. 18—19.

② Cheryl K. Bove, *Understanding Iris Murdoch*, Columbia: University of South Carolina Press, 1993, p. 36.

③ David J. Gordon, *Iris Murdoch's Fables of Unselfing*, Columbia: University of Missouri Press, 1995, pp. 117—118.

·康拉迪曾在其著名的默多克研究专著《艾丽丝·默多克:圣人与艺术家》中论及《网之下》,认为对默多克的作品来说,《网之下》是具有引导性的序曲。事实的确如此,《网之下》不仅奠定了贯穿作家所有作品的主题,而且这个主题以非常典型的形式体现在主人公杰克的身上。从失家到寻家,再到最后安定下来,小说以隐喻的形式表现了杰克从失去本质到回归本质的过程。杰克既不是一个以自由意志反抗荒谬的存在主义英雄,也不是一个反抗社会的愤怒青年,而是一个失去并最终返回家园的人。这不仅是指外在的物质之家,更是指内在的精神家园。人的本质属性是社会性,也就是说,人只有在与他人、与社会的关系中才能找到自己的本质,才是在家园之中。而疏离他人与社会,无法看到他人与社会的真实就是本质的失落,也就是根基失落,家园失落,返家即是对本质的返回。

在小说的开头,杰克就是以一个失家者的身份出场的。杰克刚由巴黎返回伦敦,便被自己的伙伴非恩告知,自己已经被女友玛德兰赶出了家门,无家可归了。"这是经常发生的事情。我辛辛苦苦为自己的世界建立秩序并让它运转起来,突然它却再度坍塌为混乱的碎片,而非恩和我则奔波于途。"(UN,9)

从他的口气中我们得知,这样的事不止一次了。接下来他不得不为寻找住处四处奔波,引出了随后的出场人物,遭到大卫的拒绝后他去寻找安娜,安娜又把他转给了妹妹莎黛,从莎黛那里他又和雨果取得了联系。在小说的结尾,他从大卫家搬出来,打算认真租一个房子,开始新的生活。他一直在为寻找地方或人奔波于伦敦和巴黎的大街小巷,酒馆、咖啡馆、公园、旅店都是他暂时的落脚点,而这些地方却比别人能够提供给他的寄宿地更给人一种无家可归的感觉。因此,从最物质的层面看来,杰克的确是一个失家的人。

海德格尔曾经说过:"无家可归状态是忘在的标志。"[1]既然人是社会的人,必然要处在与他人和社会的紧密联系中才能拥有自己的根基,

———————

[1]　海德格尔《关于人道主义的书信》,熊伟译,见孙周兴选编《海德格尔选集》(上),上海:上海三联书店,1996年,第382页。

当杰克忘记了自己存在的本质,也就失落了自己的根基和精神家园,所以他的整个生存状态都体现出与他人和社会的疏离。杰克表面的无家可归状态正是其脱离本质之家的一个隐喻。

杰克害怕亲密接触,害怕介入,喜欢旁观。他认为安娜把人生看得太认真、太强烈,这是一种相当愚蠢的做法,而他自己则不喜欢严肃认真地对待生活,与一切都隔着一段距离,就仿佛生活在一个玻璃罩子里,无法真正深入生活,也无法真正走近他人。他喜欢在书中阅读女人,而对生活中的女人们则缺乏真正的关心和了解,对玛德兰和安娜都是如此。他一再强调自己不喜欢被别人审视脸上的表情,对任何目光都很敏感,因为他知道,"眼睛是脸上唯一不能伪装的地方,至少还没有这种发明。眼睛是灵魂的镜子,你不能涂抹,也不能在上面洒金粉"。(UN,10)所以,杰克总是躲避眼睛的交流,以避免心灵之间的直接接触。

> 我痛恨孤独,但我又害怕亲密接触。我的生活本质上就
> 是与自己进行的一场私密对话,一旦它成为与他人的交谈,那
> 将无异于自我毁灭。我需要的同伴是那种在酒馆或咖啡馆里
> 的人。我从不需要心灵的交流。对自己坦白就已经够困难的
> 了。(UN,31)

从杰克与他人和社会疏离的生存状态来看,他是远离他人、远离社会因而远离人的本质存在的。他就像一个流浪的灵魂,找不到可以停留的根基,这正是一种精神上的失家状态。

但是,杰克也时常感受到这种失家的不适,并渴望回归。

萨特《恶心》中的主人公洛根丁最终选择出走,以为如此便可在污浊的世界中偏安一隅。而与洛根丁义无反顾地选择离家不同,杰克虽然远离家,却一直怀着对家的留恋,不喜欢做一个漂泊者。犹太哲学家大卫住在那种可有可无的伯爵街以西的地方,这恰是杰克讨厌大卫的一个方面。

他是犹太人,所以他能够不做任何特别的努力就能感到
自己是历史的一部分。关于这点我很嫉妒他。而我却不得不
年复一年地不断努力,才不至于成为历史的旁观者。所以大
卫可以不在乎有个可有可无的地址,而我就没有这种自信。
(*UN*,24)

大卫是可以在时间中找到归属的人,而杰克作为时间的旁观者却
只能在空间上找到一个归属,于是他到处游荡,却迷失在伦敦和巴黎的
大街小巷。他不想要可有可无的地址,却一直在可有可无中生活,居无
定所。因此,杰克清楚地意识到:"当前的问题是找个愿意接纳我的地
方住下来,直到这点解决,其他的都无所谓……无家可归时,我无法做
任何事情。"(*UN*,27)在已经纷乱不堪的世界中先找到自己的正确位
置,返回人的本质存在状态,才能有效地开始其他的工作,这也正是二
战后西方人所面临的一个状况。

要解决这种失家的不适,就要重新返回社会,返回人的本质这个家
园。小说里的其他人物不约而同地劝导杰克投入社会,接触他人。

雨果是一个维特根斯坦式的人物,对语言持怀疑态度。虽然语言
的确是我们"在世存在的基本活动模式",但它确实具有远离直接生存
经验的特点。雨果认为语言是制造假象的机器,只有沉默地行动才能
获得真理。在《自由的限度:艾丽丝·默多克的早期小说》中,A. S. 拜
厄特提到,默多克说她写这本书时"网"的意象来自维特根斯坦,而维特
根斯坦将网作为一幅图像,表示概念、观点和思想间的联系,被用来"以
一种统一的形式对世界进行描述",而它却是遮盖真实的东西。默多克
就在这一意义上使用"网"这个意象的:一种陷入以语言组织的理论
或模式中而无法自拔的状态,只有尊重偶然,关注独特的现实才能够从
网之下穿过。在这一方面,雨果就是默多克的代言人。因此,雨果从不
设定理论和模式,而是"对特殊性有怀旧感"[1],喜欢投身生活,在独特

---

[1]　A. S. Byatt, *Degrees of Freedom*: *The Early Novels of Iris Murdoch*, London:
Vintage, 1994, p. 11.

的偶然中发现真理。在雨果看来,每件事情都是有趣、复杂且神秘的,因此他不断放弃,不停地投身于对新事物的实践中。他放弃如日中天的电影公司,放弃烟火制造,去制造钟表,当杰克追问他如何追寻上帝时,雨果回答说,上帝是差事,是细节,一切就在你对身边事物的深入接触中。他对杰克的批判是正确的:"杰克,你的问题在于想以同理心去理解每件事情。那是行不通的。你只能撞进去。一头撞进去才能找到真相。"(UN,228)

除了雨果之外,杰克的另一位朋友——哲学家大卫则劝导杰克通过找一份工作去投入社会。有人认为大卫"代表着一种实用主义的世界观",拜厄特认为种评价对大卫是非常不公平的,她认为大卫为杰克所开的方子更代表了默多克自己的价值观。大卫对杰克说:"你总是考虑自己的灵魂。不要考虑你的灵魂,应该想想其他的人……社会应该掐住你的脖子摔一摔,让你做一份有意义的工作。这样你就可以在晚上写出一本伟大的著作。"(UN,26—27)拜厄特认为,杰克对工作的态度就是经由大卫而初步地得到启蒙的。最终他也接受了大卫的建议,决定找一份半天的工作,在剩余的半天里进行创作。

廷克寒太太则以非说教的形式使杰克看到了万物的融合状态。她的小店位于街角,布满了灰尘,也挤满了东西,但那里悠闲,自在,没有秩序,没有安排,一切都能够自然地融合在一起。这里的物质脱去了目的性,只是自在的存在。书刊本来是要卖的,却供给自己阅读,读书本来是要记住的,却全部都忘记。想倾诉心声又想保守秘密的人都会来到这儿,而廷克寒太太无论知道多少,都从来没有为了利润或实际目的而向身边的人泄露过一星半点。这是一个经验的世界,而非理智的世界,在这里,沉默是语言,倾听是语言,信任是语言。

如何回归本质,说到底就是自我与他者如何相处的问题,就是要摆脱带有自我中心主义的对他者的主观定位,尊重他者的独立性。"'自我'与'他者'的关系问题正是默多克小说和哲学的中心问题"。① 当真

---

① Alex Ramon, "A Literary Foremother: Iris Murdoch and Carol Shields", in *Iris Murdoch: A Reassessment*, edited by Anne Rowe, New York: Palgrave Macmillan, 2007, p. 138.

实以杰克从未猜准的形式震惊了他之后，他终于意识到现实具有某些不可把握的性质，他"试图进行一场内心独白，却发现世界充满了他人，虽然之前他已经误解了他们的观点，但是可以通过学习而获得正确的认识"①。意识到这点，杰克也就找到了返回本质之家的途径。这可以从他对安娜认识的转变上体现出来。当叙述中那个温柔美丽、安静多情的安娜被雨果的话语打碎以后，那个想象中疯狂追求雨果的安娜也逐渐消失之后，一个独立的安娜才终于能够浮现出来。

> 我不再拥有安娜的任何影像。她像巫师的幽灵一样消失了。但她比以前更坚实地呈现在我的心中。似乎是第一次，安娜真正地成为了一个独立的存在，而不是作为我的一部分。这令我非常痛苦。然而当我尝试着凝视她的所在时，我对她有了一种想主动去认识的感觉，或许这终究也是一种爱情。安娜是不得不重新被认识了。究竟什么时候才能够真正了解一个人呢？或许只有在意识到认知的不可能性，并放弃了这种欲望，直到最终不再感到有认知的必要之后才能办到。但是，那时人获得的已经不再是认知，将只是一种共存；而这终究也是一种爱情。(UN,238)

应该说，这段话已经表明杰克"最终战胜了他的认知癖"②。而此后他对外界的看法和对自我的安排都经历了一个重大的转变。

杰克决心像雨果一直建议的那样，真正一头撞进生活内部，投入其中，与他者产生一种直接的、深入的本质联系。因此，他决定买下"火星先生"，一条曾被他当做为自己争取利益的筹码"绑架"而来的电影公司的明星狗。杰克已经对"火星先生"产生了一种强烈的情感，一种想要去爱护和真正负起责任来的情感，而这种情感在他以前漠然对待爱情、

---

① A. S. Byatt, *Iris Murdoch*, London: Longman, 1976, p. 19.

② Bran Nicol, *Iris Murdoch*: *The Retrospective Fiction*, New York: Palgrave Macmillan, 2004, p. 94.

工作和他人的态度中我们是看不到的。在以前的生活中,他曾宣称为他人负起责任完全违反自己的本性。而此刻,当杰克思想转变以后,他毫不犹豫、没有讨价还价地为买下"火星先生"付了全款。以投入其中的态度对生活重新进行观照,杰克也已经能够以比较公正的态度看待他人了。他感受到了一直被他轻视、甚至是鄙弃的莎黛对自己的关心,发现了总被自己叙述为只爱浮华的肤浅的莎黛所具有的聪明才智,他也就找到了雨果会爱上这个在自己看来一无是处的女子的原因,杰克终于意识到,或许雨果是对的。

为了与他者产生亲密接触,回归本质之家,杰克决定完全摒弃以前那种疏离世界的生活。于是,在一个颇具象征性的时间——崭新的一天的清晨,杰克做出了一个极其重要的决定,他准备接受大卫的建议,找一个住的地方,在医院里谋一份半天的工作,为需要的人去服务,而且,再也不会去翻译了。他把自己以前写的稿子从尘封已久的包裹里拿出来,放在桌面上,双手颤抖着去触摸它们。这些东西目前并不完美,只能算是二流的作品,但杰克相信自己能让它们变得更好。对工作的热情和对可能性的信任,使杰克拥有了无尽的希望和力量,而这些都是他以前从未体验过的,因为现在他相信这个世界中充满了未知和奇迹。

通过对《网之下》与存在主义和愤怒青年作品的比较,我们可以发现,默多克笔下人物的强迫症不是对个人自由意志的确立,也不是对社会的拒斥和反抗,而是对失落的本质之家的痛苦寻觅,是向社会和他者的回归,是对被遮蔽的真实的发现。而这正是默多克小说所具有的一个基本形式,以失家与返家的模式,关注"后上帝时代"现代西方人的本质失落与回归。

第二章 "我"是"非他"：求之于自身的本质

通过第一章的介绍，我们已经对默多克小说共有的主题和结构模式有了一个概观，即以失家和返家为隐喻的人之本质的失落与回归。但是，关于回归本质之途径的探索却是一个艰苦的过程，是经历了痛苦和失败才获得的认识。在接下来的两章中，我们将根据两种失败的探索路径继续深入探究默多克小说中人的本质问题。

在这一章里，我们将先了解默多克小说为我们展示的人类试图回归本质的第一个错误路径，即求之于自身建立本质，其理念建立在"我"是"非他"的基础上，认为他人的实现会剥夺自我的实现。这条路径其实反映了当代个人主义的自恋和狂妄，其悖谬性在于，将本质封闭于自身，阻碍与他人和外界建立和谐关系和本质联系，因而无法使人返回本质之家。

本章分两节，对将本质建立于自身的两种错误方式进行论述。默多克小说中有众多的"巫师型"人物，实际上都是权力人物。他们通过权力暴力自我成神，在现实中使自己成为掌握秩序的人，这是在自身内部建立本质的第一种方式，也是比较传统的暴力形式，引发了很多血淋淋的悲剧。另外，我们还会发现，默多克小说中塑造了很多不可靠叙述者。这些不可靠叙述者出于自我实现的目的在叙述中对他人进行忽视或歪曲，剥夺了他人的主体存在。通过自我叙述在虚构中来把握自我实现，这是将本质封闭于自身的第二种方式，也是一种更为隐蔽的暴力形式。这两种方式都是本质失落的表现，也是人妄图为自己和他人创造本质的尝试，但它们都企图把本质仅建立于自身，都存在着悖谬性，因而都无法达到回归本质的目的。

第一节　逃离巫师——自我成神

既然每个人都把他人看做是对自我实现的阻碍，那么，每个人都会成为另一个人试图逃离的巫师。而逃离的方式，就是在我与他的交锋中获取权力，并使其成为实现自我、压制他人的武器。因此，逃离巫师的目的就是自我成神，这是一种自己建立本质的狂妄行为。既然人人都想自我成神，对权力的争夺将永无止境，其结果必然是在现实中引发诸多悲剧。我们认为，这种错误的寻求本质的方式正是默多克所谓"巫师"的真正所指。

《逃离巫师》出版于1956年，是默多克的第二部小说，其艺术成就和影响力虽然都比不上《网之下》，但是，它的确如希尔达·斯皮尔所言，是默多克"早期小说中最难且最令人困惑的小说"。而最令人困惑的就是，"巫师"究竟是什么？要想弄清楚这个问题，须先从小说的主题说起。

关于小说的主题，因为小说中的人物多与难民有关，因此有人认为，这部小说要表现的就是难民生活所面临的问题，即他们在异国他乡所遭遇的恐惧、苦难、不稳定，"反映了作者1942到1946年间在联合国善后救济总署（The United Nations Relief and Rehabilitation Administration）工作时获得的战争难民的经验，《逃离巫师》是默多克最政治化的小说之一"①。小说的确大量描写了难民的悲惨生活，希特勒在书中也几次被提到，卢兹威兹兄弟在波兰的家园和村庄就是因为遭到希特勒的战火摧毁，他们才不得不流落异国他乡。而当他们在英国被人

---

① Richard C. Kane, *Iris Murdoch*, *Muriel Spark*, *and John Fowles*：*Didactic Demons in Modern Fiction*, London：Associated University Presses, 1988, p. 21.

厌弃时,别人能够轻而易举地就让他们永远消失。裁缝尼娜更是一个典型的代表,被 A. S. 拜厄特称为默多克笔下最极端地被连根拔起的人,一个"永远的奴隶"。因为给尼娜签发护照的部门从地球上消失了,所以尼娜便永远成为一个没有国籍、没有家园的灵魂,默多克甚至没有赋予她姓氏。她成了一个没有官方身份的存在,时刻担心被英国驱逐出境,想逃到国外却又没有合法身份。神秘且富有的密斯查·福克斯给她开了一个店铺,还给她送来顾客,但这不是好运的开始,而是恶魔的降临。她不被允许独自发展,把生意扩大,她的恩主要保持她的孤独状态和需要依赖的状态。当尼娜意识到自己只是密斯查囚禁的众多创造物中的一个时,她开始秘密地计划逃离巫师,逃往国外。因为害怕官僚,尼娜曾多次去寻求女友罗莎的帮助,但罗莎却沉浸于自己的麻烦中而忽视了尼娜的苦难。最终,尼娜只能选择自杀,逃到了永远不需要证件的地方。如此看来,小说的确真实反映了战争的无情和难民的悲惨生活,不过,默多克曾经说过,"虽然我的小说中有许多政治,但是我不是在写政治小说"[1]。

人们也不难从小说中读出女性主义的主题。阿尔忒弥斯(Arthemis)是希腊神话中的女神,热爱自由,不断拒绝追求者,是"贞洁处女"的同义词,也是处女的保护神。罗莎的母亲是个狂热的社会活动者,热心维护女权,与几位女性朋友一同创办了一份女性杂志《阿尔忒弥斯》,并把它留给女儿罗莎掌管。但是罗莎对母亲的理念和杂志本身都毫无兴趣,也无法摆脱十年前与密斯查的情感纠葛,她选择在工厂里做一些机械性的、没有创造力的工作,而把杂志交给弟弟运营。但是报界大亨密斯查却一心想收购这个杂志,这被看做是男性权力对女性的侵占。后来,在罗莎的努力下,女性股东们在一位古怪的夫人带领下,集体帮助《阿尔忒弥斯》,最后,这位夫人把它买下来并送给了罗莎。女性主义者认为,这个情节非常富有象征性,它表明罗莎已经放弃了逃避,变得成熟和独立,她正在复活母亲关于妇女解放的社会信仰。于是,评论者

① David J. Gordon, *Iris Murdoch's Fables of Unselfing*, Columbia: University of Missouri Press, 1995, p. 63.

把这场围绕收购与反收购活动组成的人物矛盾看做两性之间的斗争。

实际上，包括《逃离巫师》在内，默多克的很多作品都经常遭遇女权主义者的检视。毫无疑问，默多克是一位"喜欢带着男性面具的女性作家"，这个身份是非常引人注目的，她经常因为没有创造女性叙述者而遭受批评。因此，虽然女性主义者们会对多丽丝·莱辛（Doris Lessing）和安吉拉·卡特（Angela Carter）更感兴趣，但他们也很期望从默多克这里发掘出她对两性战争的态度。不过，默多克并没有在作品中表达出自觉的女性主义意识，相反，她倒是自觉地在作品中消泯性别之争，而是表达人类的普遍问题。这也正是评论者们发现企图将默多克归类为女性主义作家面临很大困难的原因。20世纪80年代末，随着女性主义的兴起，人们对默多克小说的女性主义解读还是"谨慎"地开头了。例如，1987年，狄波拉·约翰逊（Deborah Johnson）在自己的著作《艾丽丝·默多克》中分析了作为一个女性作家对默多克小说创作的重要影响。但是，后来作者却"几乎因为通过女权主义的理论解读了默多克的小说而道歉……她承认，把默多克放在女权主义者的争论里忽视了默多克自己表明的立场"[1]。此后，许多学者都试图就默多克对性别的看法进行阐发。例如，玛格丽特·莫安·罗（Margaret Moan Rowe）在《艾丽丝·默多克和"过多的男性"》（*Iris Murdoch and the Case of "Too Many Men"*）中从女性主义的视角检视了作品中出现的"过多"男性，对默多克关于两性的看法有所批评。但是，默多克所关注的是人的普遍问题，性别研究虽然也提供了一个视角，甚至是原创性且极富洞见的，却不是默多克研究的主流。

关于《逃离巫师》，拜厄特认为小说的"主题既是政治的也是个人的，是两性间的战争，年轻与年老的对比，难民和政府的问题"[2]。的确，小说中确实涉及了政治问题和两性问题，但二者都不是小说真正关

① Marije Altorf, "Reassessing Iris Murdoch in the Light of Feminist Philosophy: Michele Le Doeuff and the Philosophical Imaginary", in *Iris Murdoch: A Reassessment*, edited by Anne Rowe, New York: Palgrave Macmillan, 2007, p. 177.

② A. S. Byatt, *Degrees of Freedom: The Early Novels of Iris Murdoch*, London: Vintage, 1994, p. 40.

心的问题。《逃离巫师》所真正关心的,是包括政治问题和两性战争在内的权力运作问题。因此,应该说这本小说是关于权力的小说。

评论者们早已经注意到,《逃离巫师》与《网之下》的结构不同。在《网之下》中,围绕着主人公的第一人称视角,采用了流浪汉小说式的结构,以杰克的行动和见闻串联起所有的人物和事件,因此它是建立在一个中心人物的冒险之上。而《逃离巫师》则采用第三人称叙述,对多个人物进行了展现。这些人物在一个复杂的人际关系中形成了一个团体。因此小说发生在一个较为封闭的环境中,其重点就是这个团体内部的人际纠葛。一个团体总有一个中心人物处于领导地位,这个人物就是密斯查·福克斯。密斯查·福克斯在默多克小说中是一个重要的人物类型——拥有巫师般神秘权力的人,而且是"黑色人物",即具有某种邪恶力量的人物。他是报界大亨,非常富有,但他的出名却并非仅仅来自于这些,更主要的还是由于其神秘和权力。"没有人知道他的年龄,也没有人知道他从哪里来。他出生在哪里？他的血管里流的什么血？没有人知道。"①他甚至拥有两只不同颜色的眼睛,一只是蓝色,一只是褐色。他还有强大的吸引力,小说中所有的人物都无法逃离他的魔力。在与密斯查·福克斯分手的十年里,罗莎始终无法摆脱他的影响。尼娜则对他百依百顺,安妮特这个辍学的十九岁女孩更是对他一见钟情,无法自拔。不仅是女人们,男人们也无法抗拒他的魅力。加尔文·布莱克就是他的奴才,罗莎的弟弟亨特是他的崇拜者,一直对姐姐没有嫁给他而耿耿于怀。伦勃朗以是他的朋友为荣。但是这些还无法满足他。于是,他又向《阿尔戎弥斯》伸出了权力之手。

之所以要较详细地介绍一下密斯查,是因为他是默多克小说中权力人物和权力模式的原型,其他的人物和模式都是这一类型的变式。但我们不打算以密斯查的个人权力为重点,而是着重于权力的传递性。何伟文教授曾在其 2004 年发表于《外国文学评论》的论文《论默多克的小说〈逃离巫师〉中的权力和权力人物主题》中,对小说的权力关系进行

---

① Iris Murdoch, *The Flight from the Enchanter*, London：Chatto and Windus, 1962, p. 38. 本书其余引文均出自同一版本,只在引文后加书名缩写"*FE*"和页码,不再另行作注。

了分级，最高层是权力中心密斯查，第二层是罗莎、安妮特等人，第三层是围绕着前两层人物的卢兹威兹兄弟、尼娜、布莱克等。为了突出权力传递的运转，我们可以将这个顺序进行如下些微调整：密斯查—罗莎—卢兹威兹兄弟—罗莎—卢兹威兹兄弟；密斯查—布莱克—罗莎等人。第一条人物链（权力链）围绕着小说的主要人物和主要事件展开，也是最典型的，从中可以看出我们要整理出的权力运作，即默多克研究专家谢丽尔·波夫（Cheryl K. Bove）在其著作《理解艾丽丝·默多克》（*Understanding Iris Murdoch*）中所说的"权力的循环"。

罗莎在与密斯查分手多年后仍然无法摆脱他的权力影响，因此，密斯查是权力持有者，而罗莎则是权力的受害者。当波兰难民卢兹威兹兄弟来到她所在的工厂时，罗莎便从兄弟俩那里获得了自己的权力。当时兄弟俩落魄、丑陋，缺乏教养，甚至无法与人沟通。罗莎保护、引导他们，给他们钱财，教他们英语，使他们成为有教养的、招人喜爱的人。他们成了罗莎的孩子和她的秘密。她不让人知道，就是为了悄悄地独享自己在他们身上获得的权力。最初所有的权力都属于罗莎。

> 他们对罗莎的依赖是彻底的，对她的尊敬是卑躬屈膝的。罗莎甚至开始害怕她对他们拥有权力的程度。最小的事情他们都要获得罗莎的允许，没有她的意见，他们没有办法做出决定，他们是她的奴隶。罗莎害怕这个权力，但也很享受它。（*FE*，49）

因此，"罗莎本质上既是牺牲品也是剥削者，既被迷惑，也是巫师"。① 但是，当罗莎因为两兄弟中的一个对安妮特的无礼行为而打了他一记耳光之后，她就失去了自己的权力。为了报复，兄弟俩奴役了罗莎，使她成为了兄弟两人共同的情人。通过这种方式，权力关系得到了颠倒，兄弟俩掌握了主动权，而罗莎成了牺牲品与受害者。通过兄弟俩

---

① A. S. Byatt, *Degrees of Freedom: The Early Novels of Iris Murdoch*, London: Vintage, 1994, p. 54.

的讲述我们可知,以前在东欧的小村庄里,他们两人也以同样的模式毁掉了一位女教师,改变了地位,获得了权力。当时,由于一次错误,他们被那位女教师羞辱,结果兄弟俩就共同霸占了她,并逼得她跳井。由此可见,这是一种模式,主宰着事件的发展。但权力的循环并未到此为止,随着权力的转移,罗莎开始害怕他们,她认为只有黑暗能够打败黑暗,于是求助于更大的权力拥有者——密斯查,又是通过权力运作,密斯查使兄弟俩神秘而彻底地消失了。

其他的人物链也存在着这种权力的循环。加尔文曾被密斯查伤害,是密斯查的权力的牺牲品,后来却成了他的走狗,成为密斯查意识中的黑暗部分。他不惜一切代价来达成密斯查的目的,结果许多人就成了他的权力的牺牲品。伦勃朗的秘书原本是处在伦勃朗的权力下,但她施展美色和计谋,终于使伦勃朗屈服于自己,答应了订婚。在小说中,也有一些人物没有传递权力,尼娜彻底被权力摧垮,皮特·史沃德则并未进入这一轨道中。而大多数人物都陷入了这种权力的转移和苦难的传递中,就像一个传递接力棒的运动。人物的名字也对这一主题进行了暗示。福克斯(fox)是狐狸的意思,它既是捕食者,也被人猎捕。小说的许多人物都在猎捕、追踪福克斯。此外,亨特(hunter),阿尔忒弥斯(arthemis)都暗示了逃与追的主题。[1] 因此有人说,"《逃离巫师》的主要意象就是追逐和逃离、捕猎和囚禁"[2]。

那人们要逃离的是什么？要追逐的又是什么呢？巫师是谁？人们很容易把小说中最大的权力人物密斯查看做巫师,但他显然不是。像波兰兄弟一样的人日后也有可能成为"密斯查"。因为密斯查和其他人一样,只是这个模式中的一环,他也受到巫师的影响,他不停地攫取权力也是为了逃离巫师。显然,密斯查并不是权力的顶点。他和其他人没有本质区别,具有双重身份,既是权力的拥有者,也是权力的受害者。他也只是现代西方人的一个代表。因此默多克无法以一种居高临下的

[1] Richard C. Kane, *Iris Murdoch, Muriel Spark, and John Fowles: Didactic Demons in Modern Fiction*, London: Associated University Presses, 1988, p. 22.

[2] A. S. Byatt, *Degrees of Freedom: The Early Novels of Iris Murdoch*, London: Vintage, 1994, p. 40.

超然态度批判他，而是怀着复杂的情感来描写他。在作者笔下，密斯查并没有被描写为一个十恶不赦的恶棍，一个希特勒式的人物，而是一个复杂的混合体，以至于乔治·索尔（George Soule）在《四位英国女小说家》（*Four British Women Novelists*）一书中说密斯查·福克斯"看起来并不邪恶"。他既残酷无情又充满怜悯之心，连看到动物死亡也会哭泣，他声称自己伤害动物或人只是因为想保护它/他们，因为它/他们太脆弱，所以不想让它/他们受苦。多数人对密斯查的怪异性格无法理解，而拜厄特在《自由的限度：艾丽丝·默多克的早期小说》中做出了恰当的解读，她认为，密斯查是个圆形人物，使他成为巫师的特性是被作者仔细设计好的，他的背景是战争灾难的痛苦和暴力，爱、人类的友谊、人类的联系，已经死亡或者正在死亡。他意识到了这点，却又看不到解决的办法，所以只能用自己的方式来寻求解决。

那么，默多克所谓"巫师"的真正所指究竟是什么呢？我们认为，巫师就是本质失落后人人意图自我成神的悲剧，这种错误的重建本质的方式正是默多克警告我们要逃离的"巫师"。

就像在《网之下》中一样，作者仍然以外在的流浪隐喻本质的失落。小说中的人物都是没有固定根基的人。除了卢兹威兹兄弟和尼娜这些难民之外，安妮特也有这种感觉，她从小就跟着身为外交官的家长乘着快速列车，四处辗转，成长于一个疲于奔波的世界，无法安定，她认为自己是一个没有固定家园概念的人。密斯查和布莱克也都是东欧人，都有丧失家园的经历。皮特·康拉迪在《艾丽丝·默多克：圣人与艺术家》中提到，默多克甚至原本打算把所有人物都塑造为移民，只是在最后的成品中进行了节制。即便如此，我们还是可以看出，作者要强调的是所有人无根的生存困境。这种无根状态也是本质失落的象征。

为了重新回归本质，现代人选择了错误的方式，即"通过猎捕他人来解放自己"①。

20世纪法国哲学家西蒙娜·薇依（Simone Weil）说：

---

① A. S. Byatt, *Degrees of Freedom*: *The Early Novels of Iris Murdoch*, London: Vintage, 1994, p. 44.

受苦的人设法把自己的痛苦传递给他人——或是虐待他
人，或是引起怜悯——目的是减轻痛苦，而他确实减轻了痛
苦。地位卑微者，无人怜惜，也无权虐待他人（若他无子女或
亲人），他的受苦就挥之不去，并使他受毒害。

伤害他人，就是要从中得到什么。得到什么呢？当伤害
他人时，赢得了什么？（又必将会重新付出的。）人们扩展了自
己。发展自己。在他人身上建立虚无以填平自身的虚无。[①]

通过把自己的痛苦转移给他人来减轻自己的痛苦，薇依认为这是
一种"像重力一样专横"的机制，而这一切都源自于人们对虚空的恐惧。
在默多克的小说中，这虚空就是本质失落所造成的，而传递苦难就是人
们为了填补这个虚空，也就是试图回归本质的一种尝试，只不过，这种
逃离他人权力、自我成神的做法是一种错误的尝试。

在默多克的另一部小说《星球消息》中，卢德斯说："没有人会认为
自己是上帝"，而吉尔德斯的回答则是："所有人都会"。[②] 这就是现代
性发生以来现代西方人所面临的现实状况，随着上帝的死亡，本质失
落，同时随着人们自我意识的急剧膨胀，人人试图通过压制他人来获取
权力，通过自我成神的方式来获得自己的身份认同，即为自己建立本
质。通过攫取权力，他们逃离自己的悲剧，却又将悲剧转嫁他人，结果
只是导致权力的循环和悲剧的循环。在权力循环的过程中，就出现了
人人自我成神的局面。就像萨特在《禁闭》中描写的场景一样，在一个
无法超越的封闭环境里，人们相互追逐，都企图从他人那里获得安慰，
但是对他人来说却是一种痛苦。在这种情况下，人们之间的关系不可
能是爱，而只剩下了相互折磨，就像拜厄特所说，密斯查与他人的关系
可以是同情，也可以是破坏，但他不可能以爱与他人相遇。人们逃离别

① 薇依《重负与神恩》，顾嘉琛、杜小真译，北京：中国人民大学出版社，2003 年，第 5—6、21—22 页。

② Iris Murdoch, *The Message to the Planet*, New York：Viking Press, 1989, p. 45. 后面凡出自此书的引文均只在引文后标出书名缩写"MP"和页码，不再另行作注。

人的权力,只是为了使自己成为权力的拥有者,逃离一个巫师,只是使自己成为另一个巫师。如果人人企图自我成神,那么人与人的关系将恰如萨特所说,他人即地狱。要逃离这种恶性循环的困境,就要放弃权力和折磨,以尊重和爱的态度与他人相遇。小说中唯一对密斯查的权力具有免疫能力的人物是皮特·史沃德,权力无边的密斯查却非常欣赏、尊敬皮特,经常有规律地拜访他。这是因为,皮特具有向他人敞开的客观意识,从不以服务自我的目的通过伤害他人来保护自己。

由此可见,默多克的主题不在于难民的悲剧,不在于两性的战争,而在于探讨上帝死亡之后人的本质问题,即人与人如何相处的问题,因此有人说:"乔治·奥威尔(George Orwell)的权力体现在政治领域,而默多克的权力则体现在个人和伦理领域"。①

第二节　人人都是叙述者

在这个已经进入"后殖民"、"后宗教"、"后……"的时代,人们已经逐渐接受了多元主义的现实,现实中暴力夺权的方式已经成为一种显得有些过时的方式,而通过自我叙述来建立本质,达成自我实现,这在当今是一种更为隐蔽,也更为广泛的暴力方式。这一模式的根基也是"我"与"他"的对立,即利用叙述的话语权将"我"的实现建立在对"他"的忽视或歪曲叙述之上。这种模式建立在如下一个认识的基础上,"个人身份并不在我们本身之内"。

> 关于这个问题,有两种观点。第一种认为身份是关系,即身份不在个人之内,而在个人与他人的关系之中。根据这种观点,要解释个人的身份,就必须指明个人与他人的差异,就不是要考察个人的内心世界,而是要考察建构个人的差别体

---

① George Soule, *Four British Women Novelists: Anita Brookner, Margaret Drabble, Iris Murdoch, Barbara Pym*, Lanham: Scarecrow Press, 1998, p. 229.

系。换句话说,个人身份决不是真正包含在个人的身躯之内,而是由差别构成的。第二种则认为,身份不在身内,那是因为身份仅存在于叙事之中。我说这话的意思有二:一是我们解释自身的唯一方法,就是讲述我们自己的故事,选择能表现我们特性的事件,并按叙事的形式原则将它们组织起来,以仿佛在跟他人说话的方式将自己外化,从而达到自我表现的目的。二是我们要学会从外部,从别的故事,尤其是通过与别的人物融为一体的过程进行自我叙述。[①]

在默多克的小说中,随处可见这种通过叙述来建构自我与他者的关系,以自我叙述来达成自我实现的情节,特别是在她的第一人称小说中,作者更是直接塑造出了不可靠叙述者,以达到对叙述暴力的批判。在这里,我们将看到作为小说家默多克所具有的非凡的叙事能力。布兰·尼科尔认为,当评估默多克在 20 世纪后期小说家中的贡献时,需要考虑她创造叙述的能力,而这个能力也许是她作为小说家最强的一个能力。[②] 尼科尔的《艾丽丝·默多克:回顾性小说》(*Iris Murdoch*: *The Retrospective Fiction*)一书分析了默多克回顾性小说的叙述特色和叙述功能,是一部非常成功的作品。

在前面我们已经分析过的《网之下》中,在结尾之前的大部分篇幅里,主人公杰克都是一个不可靠叙述者。他出场时的主观叙述,在介绍非恩时的漫不经心、自以为是,这些都使我们对其叙述的客观性产生了怀疑。随着故事的进行,我们对他了解得越深,越发现他性格或品性上的缺陷,他漠然甚至是冷酷地对待玛德兰、莎黛、非恩等人,再到后来更发现他曾剽窃雨果的思想,直到最终,雨果向他揭示现实的真相之时,我们才恍然大悟,原来,正如杰克此前向读者坦承过的,他与现实之间隔着一个罩子,他自己从来都没有看到真实,更遑论向读者叙述出真

---

① 马克·柯里《后现代叙事理论》,宁一中译,北京:北京大学出版社,2003 年,第 21 页。

② Bran Nicol, "The Curse of The Bell: The Ethics and Aesthetics of Narrative", in *Iris Murdoch*: *A Reassessment*, edited by Anne Rowe, New York: Palgrave Macmillan, 2007, p. 102.

实，读者一直在阅读一个不可靠叙述者讲述的故事。当然，在小说的结尾，默多克让我们看到了杰克的转变，在认识到自己错误的根源在于与他人和社会的疏离之后，杰克决心一头撞进社会，发现真实。

在《意大利女郎》中，默多克为我们呈现了另一个不可靠叙述者——爱德蒙。他是一个逃离多年的游子，为参加母亲的葬礼而返回阔别已久的故乡，这样一个叙述者将向我们描述他对家庭事件的回忆和发现，这本身就引起我们对其叙述可靠性的怀疑。时光是否已模糊了他的记忆，不堪回首的往事是否会让其故意隐瞒一部分真相？随着他的叙述，我们发现他沉迷于对自我伤痛的自恋式叙述，向我们描画出一个疯狂、变态的老母亲，一个粗糙、沉沦的哥哥。而默多克又以其擅长的震惊性逆转情节，打破了爱德蒙的主观叙述，两个一直被忽视的女人突然成为中心。总是被视若空气的意大利女郎，为什么能够成为被儿子们嫌弃甚至是仇恨的母亲的遗产继承人，一直被视为没有理性和情感的“疯子”艾尔莎，她为什么对总被丑化的哥哥怀有深情？她们出人意料地跳脱出别人的主观叙述，给小说中的其他人物和我们这些读者带来震惊，使我们开始重新思考处于叙述中的人物和事件。

而在《黑王子》中，布雷德礼的叙述可靠性也是颇值得怀疑的。他叙述了自己与朋友阿诺·巴芬的交往，并最终被阿诺的妻子诬陷为杀害阿诺的凶手而锒铛入狱。他以叙述为自己进行的辩白是否可靠，这非常值得怀疑。毕竟在他的独白里不可能出现真正的质疑之声，而且，他也曾经坦承过自己对阿诺确实怀有嫉妒甚至是敌意。最能颠覆布雷德礼叙述可靠性的，是小说中他死后自称布雷德礼狱中好友及其遗作编者的洛席厄司所加入的一个附录，这个附录收录了几位当事人的叙述，他们否定了布雷德礼的大部分叙述，这就形成了一个无限开放的结局，真相到底为何，这颇费人思量。

接下来，我们将对默多克的另一部第一人称小说《大海啊，大海》进行深入、细致的分析，看看这部小说中不可靠叙述的表现、原因以及这种暴力叙事的后果。

《大海啊，大海》出版于 1978 年，终于使艾丽丝·默多克获得英国最高文学奖——布克奖。小说的主人公是一位名噪一时的戏剧界大导演——查尔斯·阿罗比,他结束了自己的职业生涯,也告别了居无定所的生活状态,准备在海边安定下来,这种象征性的返家过程也寄托了作者对本质回归的探索。作为一部新艺术家小说,其主要叙事是以查尔斯的日记形式对个人经历的讲述。与旧艺术家小说对主人公的肯定性叙事不同,艺术家主人公被塑造为一个不可靠叙述者,因为他企图通过带有主观性、私利性和独白性特点的自我叙述来达成自我实现,但是这种方式仅把本质建立在自身之上,故无法摆脱悖谬性从而真正达成回归本质的目的。

艺术家小说(artist-hero novel),在西方是一个颇有传统的叙事文学门类。这类小说或者借艺术家的遭遇展示现实的动荡,或者关注艺术家本身的生存状态和创作过程。在叙述模式上,艺术家小说多采用第三人称全知叙述,且大部分作者对自己的艺术家主人公采取的主要态度是认同,这在法国作家罗曼·罗兰的《约翰·克利斯朵夫》、爱尔兰小说家詹姆斯·乔伊斯的《一个青年艺术家的肖像》等作品中表现明显。

在《约翰·克利斯朵夫》这部颇具史诗气魄的长篇小说中,罗曼·罗兰借助音乐家约翰·克利斯朵夫对理想的追求,将个人的艺术生命和时代风云结合起来,尽管约翰·克利斯朵夫并不代表真理,但毫无疑问的是,我们从他身上看到了众多易于引起共鸣甚至是崇敬之情的优秀品质,他身上被赋予了高于普通人的英雄特质,天赋异禀、反抗精神、顽强的意志、不懈的追求等等,我们会从他的身上看到作者罗曼·罗兰的寄托,看见贝多芬的影子,他的故事里激荡着历史上众多优秀艺术家的生命回响。

詹姆斯·乔伊斯的《一个青年艺术家的肖像》同样展现了一位艺术家的成长。这部小说带有强烈的自传色彩,主人公斯蒂芬·戴达罗斯的经历融合了很多乔伊斯本人的故事。斯蒂芬对爱尔兰、教会和家庭的叛离,以及对三者所抱有的爱恨交织的复杂情感,这些正是作者心路历程的真实写照。

除了这种第三人称叙述模式,艺术家小说中还有一种重要模式,那就是第一人称叙述,艺术家主人公就是叙述者。法国意识流小说家马赛尔·普鲁斯特的《追忆似水年华》和原籍德国后加入瑞士籍的小说家赫尔曼·黑塞的《荒原狼》就是这一类型的典型代表。与第三人称叙述对主人公的认同一样,这两部小说中的叙述者也都被作者塑造成可靠叙述者。

《追忆似水年华》同样是一部带有自传色彩的小说,在这部"时间之书"中,从聪颖敏感、颇有才华却体弱多病的富家子弟——主人公马赛尔身上,我们看到太多作者马赛尔·普鲁斯特的影子了。出生于颇为富庶的资产阶级家庭并备受宠爱的马赛尔·普鲁斯特,得到了良好的教育和艺术熏陶,却受到哮喘病的困扰,外出受到很大的限制,其一生更多的时间都处于自我封闭的状态,这导致他的社会交往范围比较狭窄。因此,他把写作作为拯救自己的一项重要工作,而对逝去时光的回忆则成为他文学创作的重要源泉。在《追忆似水年华》中,主人公马赛尔也是借助对往事的追忆而获得安慰和醒悟,普鲁斯特借助马赛尔这个形象寄托了自己的艺术追求和人生理想。

在黑塞的《荒原狼》中,有两个层面的叙述。哈立·哈勒尔是一位艺术家主人公,他留下了一个手记,讲述了自己的遭遇,而在附加的"出版者序"中,出版者又从自己的角度对哈勒尔的形象进行了补充。哈立·哈勒尔是一个有社会良心的正直、清醒的作家,能够看到社会正迈向战争狂们将引入的恐怖深渊,也曾积极地展开过个人主义式的批判和反抗。在他身上,既具有荒原狼的孤独、冷静和勇敢,但同时也具有荒原狼的冲动、绝望和残酷。他无法摆脱阶级局限,找不到正确的斗争途径,转而沉沦于肉欲和逃避于艺术带来的感官享乐中麻痹自己,最后因为一时冲动而杀死他人。这是一个在社会困境中找不到出路的艺术家的悲剧,在人性与狼性之间分裂、挣扎终至毁灭。作者黑塞反思社会、批评时政的观点大都寄寓在哈勒尔这位艺术家主人公的言行中,使读者相信哈勒尔叙述的可靠性。附加的"出版者序"虽然对艺术家叙述者提出了自己的看法或批判,但对其叙述的可靠性并不怀疑。

上面我们所分析的艺术家小说,无论是第一人称还是第三人称,都有一个共同特征,那就是叙述者的独白叙述,作者或读者对艺术家的叙述是相信的态度,或同情他们的遭遇,或钦佩他们的精神,他们大都是作者和读者所认同的对象。

与旧艺术家小说不同,默多克的新艺术家小说在叙述模式上发生了很大的变化。默多克创作的二十六部小说,都涉及作家、哲学家、艺术家等精英知识分子,大都可以算作广义的艺术家小说。但是,默多克笔下的这些艺术家人物,却往往被作者塑造为拥有强大个人意志的狂妄自大者和自我中心主义者。他们以不同的方式,出于不同的理由,以不同程度的成功,"将叙述强加于生活","将艺术的逻辑适用于生活",尼科尔认为这是默多克小说中"艺术家人物"的独特悲剧。[①] 他们的思维模式中固有着艺术家对秩序的迷恋,总是通过叙述来达到对自我实现服务的目的,而在这个过程中却往往对他人进行了歪曲或忽视,形成一种不可靠叙述。

在《大海啊,大海》中,作者艾丽丝·默多克通过反讽设计、自我叙述悖反和自我叙述的有限性三种手法将主人公查尔斯·阿罗比建构成了一个不可靠叙述者。所谓不可靠叙述,便是叙述者的立场与作品的整体叙述立场形成差异的叙述。如美国学者布斯所说:"当叙述者为作品的思想规范(亦即隐含的作者的思想规范)辩护或接近这一准则行动时,我把这样的叙述者称之为可信的,反之,我称之为不可信的。"[②]

反讽无疑是作者塑造不可靠叙述者最常采取的手法。因为它最容易创造作者和叙述者两种有差异的立场,从而打破作为作者代言人的叙述者所具有的可靠性。查尔斯是以第一人称形式出现的人物—叙述者,这种具有人物和叙述者双重功能的叙述者被称为"同故事叙述者"或"故事内叙述者"。詹姆斯·费伦认为区分这两种功能的差异有助于得出这样一个结论:"即同故事叙述者的可靠性有时在叙事的整个进程中会有很大波动"。[③] 查尔斯的叙述就是一个存在波动的叙述。除了

---

① Bran Nicol, "The Curse of The Bell: The Ethics and Aesthetics of Narrative", in *Iris Murdoch: A Reassessment*, edited by Anne Rowe New York: Palgrave Macmillan, 2007, p. 101, 104.

② W. C. 布斯《小说修辞学》,华明、胡晓苏、周宪译,北京:北京大学出版社,1987 年,第178 页。

③ 詹姆斯·费伦《作为修辞的叙事:技巧、读者、伦理、意识形态》,陈永国译,北京:北京大学出版社,2002 年,第83 页。

在结尾处,查尔斯有所醒悟(尽管有人认为查尔斯"从头到尾都是自私的"①),接近了整体叙述立场之外,在其余的绝大部分叙述中,他都是一个不可靠叙述者。作者对他的评价是清楚明确,而非含蓄的,那就是反讽的态度。作者虽然没有直接出面进行评论,但是设置了许多文本信号,包括对主人公职业特点、道德缺陷和自负性格的设置。

第一个明显的反讽信息就是,叙述者的职业特点中所固有的谎言和欺骗。作者为查尔斯安排的职业是戏剧导演和演员。"魔力和幻想是戏剧的基础",查尔斯本人就认为这个职业的特点就是撒谎。他认为戏剧是所有艺术中最粗俗、最骇人的造作。而整个世界就是一个大舞台,这就是戏剧总是存在并流行的原因。演员们也总是把观众当做敌人,让他们蒙受欺骗、精神禁锢。作为这个职业中的成功者,查尔斯熟谙制造谎言、欺骗观众的种种技巧。于是,与这个职业相伴随的谎言、欺骗就与主人公所试图表现出来的真诚形成了反讽。

第二个反讽信息来自作者对叙述者道德瑕疵的强化。作者把查尔斯塑造为一个典型的充满权力欲和以自我为中心的人。在查尔斯的自我叙述中,身边的人总是对他又爱又恨,又敬又怕。他就像一个暴君,掌管着他人的生死,手握大权却性情暴戾,言行随心从不考虑他人感受。其实,这种道德瑕疵也是与查尔斯的职业身份有联系的,他自己是如此进行解释的:"如果说绝对的权力造就绝对的腐败,那么我必定是一个最腐败的人。戏剧导演就是个独裁者(如果他不是那样,那他就无法胜任)。"②

在生活中,查尔斯充满嫉妒心和占有欲,轻视、玩弄女性,对她们始

---

① 参见 George Soule, *Four British Women Novelists: Anita Brookner, Margaret Drabble, Iris Murdoch, Barbara Pym*, Lanham: Scarecrow Press, 1998, p. 381。但大部分评论者承认查尔斯的改变。如 Deborah Johnson, *Iris Murdoch*, Brighton: The Harvester Press, 1987, p. 91; Suguna Ramanathan, *Iris Murdoch: Figures of Good*, London: The Macmillan Press Ltd., 1990, p. 92; Hilda D. Spear, *Iris Murdoch*, New York: St. Martin's Press, 1995, p. 99.

② Iris Murdoch, *The Sea, the Sea*, New York: Penguin Books, 1980, p. 37. 后文凡出自该书的引文,只在引文后标出书名缩写"SS"和页码,不再另行作注。本书在翻译小说文字时参考了孟军、吴益华、秦晨翻译的《大海啊,大海》,此译本由译林出版社于2004年出版。

乱终弃,这些也都是这一道德缺陷的表现。罗西娜对他的痛斥非常具有代表性,她指责查尔斯破坏自己的婚姻,阻止自己生孩子,当自己被他的花言巧语和跪地乞求所迷惑而终于离开了丈夫之后,查尔斯却迅速而毫不留恋地转向了新欢,从不曾真正认为罗西娜也是有自己的内心世界并会痛苦、复仇的独立主体。即使是被查尔斯自称为对莉齐纯洁无辜的爱中,我们读到的也只是查尔斯的自私自利。当惧怕孤独、需要人陪伴的时候,他就会把莉齐招到身边,而当觉得莉齐成为自己和别人在一起的障碍时,他便会毫不留情地将其赶走。像查尔斯这样一个存在很大道德缺陷的人物,其叙述的可靠性自然会引起读者的怀疑。

主人公极端自负的性格是作者设置的又一反讽信息。"无知"或"自信而又无知"是构成反讽的一个要素,它可以表现为"傲慢、自负、自满、天真或单纯的那种安然而笃信的无知无觉",而且"受嘲弄者愈盲目,反讽的效果愈明显"。① 查尔斯所拥有的权力和以自我为中心的思维方式造就了他极端自负的性格,下面这段话最具代表性:

> 我刚刚想到,我真的可能在回忆录里写下关于我的各种怪诞言论,而每个人都会信以为真。这就是人们对印刷文字,赫赫"声明"或"演艺界大腕"的轻信。即使读者声称自己"将信将疑",但他们并非真的如此。他们渴望相信,他们也真的相信;因为相信比怀疑更容易,因为任何被写下的东西往往"比较可靠"。我相信这本随岁月推移的反思录,其任何一段故事的真实性都不会引起人们的怀疑!(SS,76)

他的盲目自信与反讽观察者已持有的怀疑形成强烈的反讽效果。

除了作者为反讽所设置的文本信息之外,查尔斯叙述的前后矛盾所造成的自我叙述悖反也是其不可靠的证据。

小说以日记形式(虽然没有注明日期)写成,第一人称现在时的叙述很快就将读者带入了查尔斯的坦诚之中。他是如何厌恶戏剧界的丑

---

① D.C.米克《论反讽》,周发祥译,北京:昆仑出版社,1992年,第42页。

恶，如何讨厌毫无诚意的应酬，如何喜欢目前这种整天独自享受美食和游泳的清静与自由。他对自己内心世界的剖白，对往事满怀深情的追述，对以往的自己看似不留情面的批判，对曾沉迷于利己主义的忏悔，这些在小说的最初部分，都颇有成效地引起了读者对查尔斯的同情和认同。

不过，随着查尔斯作为人物的功能发挥越来越重要的作用，其作为叙述者的可靠性就受到了挑战。詹姆斯·费伦认为："当叙事功能独立于人物功能运作时，叙述将是可靠的和权威性的……当人物和叙事功能相互依赖地运作时，叙述可能是可靠的，也可能是不可靠的，而叙述者获得特权的程度也将随他与所述行动的关系的变化而变化。"[①]因为小说的重点是叙述者当下现实中发生的事情，对过去的叙述也受到当下情感、判断的极大影响，个人色彩极其浓重，所以，当人物功能发挥主要作用的时候，其叙述大多暴露出强烈的情绪波动和主观色彩，就像皮特·康拉迪所说的，"他为自己的描写过于感动和兴奋，这警告我们不要全部吸收他所告诉我们的"[②]。因为，这种强烈的个人情感很容易影响叙述的全面性和客观性，造成不可靠的报道、阐释和判断。但是，当叙述功能发挥主要作用的时候，叙述者又对人物功能发挥主要作用时的叙述进行反思和修正。于是，在这两种功能的此消彼长之间，叙述中前后矛盾的地方自然就暴露出来了。

查尔斯一直以无限真诚的面目示人，但他又一再承认"我的日记在某些方面不够诚实"（SS,41），"在重读了这些段落以后，我再次感到我给出了一个假象"（SS,63）。这样的矛盾之处还有很多，例如，他在前面强调自己不是耽于女色的人，讨厌肮脏的厮混，但在后面又不无自豪地列举了与自己有关的一系列女人，并承认自己"对莉齐的爱是一种无辜的爱。（天哪，我跟丽塔、罗西娜、珍妮、多丽丝和其他女人简直就是在厮混）"（SS,51）。德国学者安斯加·纽宁提醒我们要关注叙述者

① 詹姆斯·费伦《作为修辞的叙事：技巧、读者、伦理、意识形态》，陈永国译，北京：北京大学出版社，2002年，第83页。

② Peter J. Conradi, *Iris Murdoch：The Saint and the Artist*, London：The Macmillan Press Ltd., 1986, pp. 235—236.

的语体特点、语言规范、句法上的标记和词汇标记等细微的地方,因为这些可能就是证明叙述者不可靠的标记。[1] 查尔斯附加的这个小括号恰恰就暴露出了与他之前叙述的矛盾之处。后来查尔斯又说自己其实并没有那么多女人,与之前的炫耀又形成了矛盾。这样一个前后充满矛盾的叙述如何让我们相信其叙述者的可靠性?

除了作者的反讽和叙述者自我叙述的悖反,自我叙述的有限性也会造成不可靠叙述。"日记形式提供了理想的自恋媒介"[2],它是一种完全的自我叙述,只能对他人的内心世界和"我"缺席时事件的真相进行大概的观察和推测,因此很容易成为一种有限叙述。查尔斯对堂弟詹姆斯的交代就有很多空白之处。詹姆斯和查尔斯都是独生子,年纪相仿,但命运不同。詹姆斯的母亲是美国一个富有的女继承人,因此詹姆斯一家生活优裕,住在绿树环绕、风景秀丽的莱姆斯登斯庄园里。詹姆斯可以去国外旅行,可以拥有漂亮的小马驹和各种品牌的小汽车,拥有各种让查尔斯垂涎不已却无法企及的东西。而查尔斯的父母却终生过着清贫的生活,一家只能住在贫穷、孤独且毫无隐私可言的居民区中。查尔斯的母亲对詹姆斯家的富有表面不屑,内心深处却充满着嫉妒和痛苦的挣扎,每次一提到埃斯特尔婶婶,便会强调其"女继承人"的身份,而每次詹姆斯一家来过之后,母亲便会莫名其妙地生气、发火。父亲有的时候也会情不自禁地表现出自卑和对孩子的歉意。这些情绪都深深地影响了年幼的查尔斯。他崇拜阿贝尔叔叔,把埃斯特尔婶婶奉若神明,把她作为引导自己努力奋斗、追求成功的先知,而对自己的堂弟詹姆斯,查尔斯却怀着复杂的情感,羡慕、嫉妒、冷漠、甚至是仇恨,童年的记忆中那匹只能被詹姆斯拥有的小马驹成了查尔斯长久以来都难以释怀的一种象征。查尔斯说过,詹姆斯在自己的现实生活中从来都不是一个重要的人物。他从不主动联系詹姆斯,甚至当他们同在伦敦时,他也尽量避免与其有交集。詹姆斯的重要性仅仅存在于查尔斯

---

[1]　安斯加・F.纽宁《重构"不可靠叙述"概念:认知方法与修辞方法的综合》,马海良译,见 James Phelan、Peter J. Rabinowitz 主编《当代叙事理论指南》,申丹、马海良等译,北京:北京大学出版社,2007 年,第 98—99 页。

[2]　Deborah Johnson, *Iris Murdoch*, Brighton: The Harvester Press, 1987, p. 31.

的脑海里，成为往昔的见证，成为一直无法摆脱的童年创伤。正如查尔斯自己所言：嫉妒正是这部回忆录的一个主题。因此，当查尔斯谈及詹姆斯时，他的叙述始终既无法全面，也无法客观，只能是一种有限的主观叙述。由于无法确知詹姆斯对自己的真实感受，查尔斯就依据自己的嫉妒之心想象了詹姆斯的敌意和冷淡。他总是在设想，阿贝尔叔叔从来没有邀请自己同去旅行，那一定是由于詹姆斯的阻止，詹姆斯一定总是在轻视自己。因为怀着敌意，所以每当听到詹姆斯令人失望的消息，查尔斯就会精神焕发，神清气爽，甚至乐于听到他死亡的消息。他对詹姆斯的叙述也都与两人的竞争相关，而除此之外詹姆斯的现实生活他则不知情或不提及。例如，过早失去至亲竟在詹姆斯幼小的心灵上造成什么影响，查尔斯对此毫不关心。而事实上，詹姆斯的敌意都是查尔斯的主观臆想，现实中的詹姆斯是爱他的。詹姆斯经常想起两人相处时的经历，总是主动联系查尔斯，到海边看望他，劝他放弃对哈特莉的执迷，当查尔斯被人推下大海时，也是他冒着生命危险救查尔斯上来，最后还把查尔斯作为自己唯一的遗产继承人。所以，我们无法怀疑，詹姆斯对查尔斯怀有"一种含蓄的爱"，"从某种意义上来说，他在守护查尔斯"[1]。连作者艾丽丝·默多克本人也曾说过，詹姆斯是爱查尔斯的。[2]

至此，作为新艺术家小说的主人公，查尔斯终于被塑造成了一个不可靠叙述者。但作者为什么要背弃传统艺术家小说的叙事模式，将艺术家主人公置于可疑的地位呢？或者说，作者通过查尔斯的不可靠叙述所要达到的目的又是什么呢？显然，默多克的手法背后一定另有深意。

我们说，作者之所以将查尔斯塑造为不可靠叙述者，一方面表明，主人公想通过自我叙述为自己失去本质的生活重建一种人为秩序，以此来达成自我实现，这是一种代表着现代性后果的普遍表达，体现了人找回生命意义的努力；另一方面也昭示出，这种自我叙述仅仅执着于在自身寻求本质回归，其结果仍是个体封闭而无法与他人建立沟通，因此

---

① Peter J. Conradi, *Iris Murdoch: The Saint and the Artist*, London: The Macmillan Press Ltd., 1986, p. 240, 241.

② 参见 George Soule, *Four British Women Novelists: Anita Brookner, Margaret Drabble, Iris Murdoch, Barbara Pym*, Lanham: Scarecrow Press, 1998, p. 378。

难以达成回归本质的目的。

查尔斯的自我叙述是基于对个人本质缺失的一种努力。已人到暮年，且在事业上取得了非凡的成就，但查尔斯仍然无法真正地认识自己，不清楚自己究竟是个什么样的人，他觉得，有必要通过写一些反省性的东西来发现自我。

查尔斯认为，通过叙述不仅可以认识自己，而且会写出一部传世之作。因此，这场叙述既是一部作品的产生，也是对自己人生的叙述。两者纠缠在一起，无法区分。而且，查尔斯是一个意识到自己是作家的"自觉的叙述者"，他面对着一个理想的读者，那就是"你"。"随着我的漫谈，我会告诉你——读者——我的过去和我的'世界观'。那样难道不是很好吗？在我的回溯中，一切都会浮现出来。"(SS,2)为了这个理想读者，他也要创造一个理想作者，而这个理想作者却与真实作者存在着差距。查尔斯"根据个人梦幻般生活的简单、机械的因果律来领会世界"[1]，试图通过第一人称独白叙述为自己破碎的人生拼凑出一种秩序，以此来达到掌握自我实现的目的。

而且，在默多克看来，这种通过自我叙述来掌握自我实现的欲望，不能被简单看做是只属于小说家的个别现象，而是代表着人类为破碎世界建立秩序的一种普遍表达。

> 我们生活在一种文学氛围里。当讲故事或写信时，我们正在从无形式的事物中制造形式，这也是文学或任何一种艺术的深层动机之一：一个人正在打败世界的无形式……正在通过为也许在它最初的状态——一种破碎的状态中令人惊讶的无形式的事物赋予形式来使自己振作起来，并使自己获得安慰和指导。我们似乎生活在一种破碎的世界里，而且我们总是在制造形式。[2]

---

① Iris Murdoch, *The Fire and the Sun*: *Why Plato Banished the Artists*, Oxford：Oxford University Press, 1977, p.76.

② 参见 Elizabeth Dipple, *Iris Murdoch*：*Work for the Spirit*, Chicago：The University of Chicago Press, 1982, p. 277。

的确，破碎性和人为的秩序性是当代西方的一种普遍现象，它是现代性的后果。对西方人来说，神的秩序被推翻之后，人与世界的本质联系就被破坏了，世界陷入了无序，人们仿佛成了无家可归的游子，于是不得不采取了自己建立秩序这种无奈却狂妄的做法，它遮掩着人们对偶然性的恐惧。齐格蒙特·鲍曼认为：

> 在现代性为自己设定的并且使得现代性成为现代性的诸多不可能完成的任务中，建立秩序的任务（更确切地同时也是极为重要地说是，作为一项任务的秩序的任务）——作为不可能之最，作为必然之最，确切地说，作为其他一切任务的原型（将其他所有的任务仅仅当做自身的隐喻）——凸现出来。

> 现代性家园中的居民，向来一直训练有素地在必然条件下抱有在家感，面对偶然性时抱有不愉快感；他们曾被告知，偶然性是不安和焦虑的状态，是人们必须使自身形成一个约束规范以消灭差异，才能逃离的状态。①

默多克借助艺术家小说对这一普遍现象进行了思考，的确可以看做"当代困惑的一面镜子"②。

然而，西方现代性之后的秩序重建采取的却是一种非本质主义的方式，即求诸自身而非重建关系的方式，从而导致主观愿望与实际效果背道而驰。因为它总是经由少数个体创制一个臆想的标准，这一标准不可避免地具有为我所用的特性；同时将不可纳入秩序的内容加以遮蔽或消除，其结果是以新的分割替代旧的破碎状态。20世纪的种族大屠杀就是现代性延伸造成的极端恶果之一。因此，默多克的小说艺术化地再现了这一过程，揭示出通过自我叙述来达成自我实现的方式不过是现代性秩序重建的一个缩影，其自我中心的价值立场恰恰造成自

---

① 齐格蒙特·鲍曼《现代性与矛盾性》，邵迎生译，北京：商务印书馆，2003年，第7、352页。
② Kate Begnal, *Iris Murdoch: A Reference Guide*, Boston: G. K. Hall, 1987, p. 143.

我实现的悖谬性结局。

查尔斯就是基于这种私利性的自我中心立场，将所有责任都推卸给他人，从而使他无法看到自我的真相。例如，他把自己对女性的不尊重归罪于年少时期女友哈特莉对自己的拒绝，认为是她的不辞而别并另嫁他人使自己失落了对爱情的信仰和对善的信任，从此只能把其他女性看做哈特莉的影子，无法投入真正的感情。

而事实上，作为一个旁观者，朋友佩里格林才切中了要害，道出查尔斯的问题在于他轻视女性，仅仅将她们看做奴隶而已。默多克研究专家伊丽莎白·狄波尔（Elizabeth Dipple）认为，西方文学传统中关于爱的观点在《大海啊，大海》中被彻底颠覆了，那是因为这里没有真正平等的爱情。"查尔斯想从年轻的哈特莉和他后来的女人们那里得到的是返回一个年少时期的乐园，一个无罪的世界。结果，他把所有的女人只看做了难民，而不是把她们看做个体，看做独立的人"。[①] 把哈特莉作为替罪羊，这使查尔斯无法看到自己的男性中心主义立场。

抛开性别之见，查尔斯也是一个自我中心主义者。有人趁查尔斯不备将其推下了大海，查尔斯想当然地认为这一定是哈特莉的丈夫——本杰明·费齐所为，在查尔斯的想象中，本杰明必然是在因为自己想拐走哈特莉而伺机报复；哈特莉的养子泰特斯的死亡，查尔斯也认为是本杰明所为，因为，本杰明一直误以为那个孩子是查尔斯与哈特莉的私生子。然而，实情并非如此，这些悲剧与他人无关，都只是查尔斯自己行为的恶果。把他推下大海的人并不是本杰明，而是自己的朋友佩里格林。因为查尔斯对佩里格林的妻子罗西娜始乱终弃，却没有丝毫愧疚之心，仍与人家朋友相称。佩里格林恨查尔斯在毁了自己的生活和幸福之后，却表现得毫不在乎，最终出于愤怒的爆发，他将查尔斯推下了大海。而泰特斯的死则是查尔斯的虚荣自大所致，为了掩盖自己的老迈，查尔斯从未警告过泰特斯，那片水域是危险的，结果导致泰特斯溺水而亡。把责任推卸给他人，就可以逍遥地逃避，永远不必为自

---

① George Soule, *Four British Women Novelists*：*Anita Brookner*, *Margaret Drabble*, *Iris Murdoch*, *Barbara Pym*, Lanham：Scarecrow Press, 1998, pp. 381－382.

己的不当行为付出代价。由此可见，查尔斯为自己的生活寻找答案的过程，仅是通过审视而非反省的方式，凭借自己的推断来完成的。显然，这一行为的结果，便是远离了对真实自我的理解，强化了自我与他人的隔膜和对立。

在自己的哲学论文《艺术是自然的模仿》中，默多克如此写道："我们都是故事讲述者，我们讲的故事与人有关，我们不仅向其他人讲述这些故事，也向自己讲述这些故事。在作为故事讲述者的行为中，我们拥有了一种判断、评价周围世界的方式，这反过来给我们一种身份感，一种独立感，一种自我存在感。"① 这种自我存在感是通过叙述建立起来的，默多克称之为"个人寓言"。但它是靠与他人分离来达成的。个人寓言是"对自己个人生活概念的一种思考，具有选择性和戏剧化的重点，以及方向性的暗示"，"认为自己的生活有某种意义和某种运动"，这会使人们"将自己看做是与他人分离的，这或者是由某种会带来特殊责任的优越感导致，或者由于一个诅咒，或者某个其他独特的命运"。② 学者布兰·尼科尔认为，将叙述强加于生活，这是默多克小说中艺术家主人公的独特悲剧，通过叙述，他解释了自己的生活，并对他人拥有了权力。③ 于是他人就在查尔斯的权力下失去了生活的正面品性，本杰明、詹姆斯、哈特莉，这些在他人叙述及作者叙述中具有正面品格的人物都在查尔斯的自我叙述下被扭曲。正确认识他人是与他人建立本质联系的重要一步，而查尔斯的自我中心主义叙述却成了与他人建立本质联系的绊脚石。

在《自由的限度：艾丽丝·默多克的早期小说》中，A. S. 拜厄特曾指出，如果默多克小说中的任何人物感到自己的生活有一个必要的、非偶然的形式，或者感到自己看到了真实或现实，那他几乎一定是受骗

---

① Iris Murdoch, "Art is the Imitation of Nature", in *Existentialists and Mystics: Writings on Philosophy and Literature*, London: Chatto and Windus, 1997, p. 253.

② Iris Murdoch, "Vision and Choice in Morality", in *Existentialists and Mystics: Writings on Philosophy and Literature*, London: Chatto and Windus, 1997, pp. 85−86.

③ Bran Nicol, "The Curse of The Bell: The Ethics and Aesthetics of Narrative", in *Iris Murdoch: A Reassessment*, edited by Anne Rowe, New York: Palgrave Macmillan, 2007, p. 101.

了。查尔斯就是这样被欺骗的。因为,他要把握自我实现,就要排除偶然,而这只能在一种封闭的自我叙述中才能实现。查尔斯就是通过把偶然当成设计来为自己的人生进行总结的。例如,几十年后查尔斯与哈特莉偶遇,此时的哈特莉已为人妻,过着平凡的生活,查尔斯却想象她仍然深爱着自己,现在只是过着不得已的痛苦生活,于是展开了自己一厢情愿的拯救活动,在遭到哈特莉的拒绝之后,查尔斯甚至将哈特莉在自己的住处囚禁了几天。查尔斯把与哈特莉的偶遇看做是天意,看做是一个迹象,一个重续前缘的机会,一个拯救自己与哈特莉的机会。因此他才会执迷不悟,不听劝告,做出一系列荒唐的行动。查尔斯把自己的人生偶遇都归结到哈特莉和詹姆斯这两个人物身上,这样就可以为自己开脱,使自己陷入一种不由自主的模式之中,这样便可以使自己永远成为一个受害者,而不是一个勇敢的行动者和承担行为后果的主体,如此一来,他真正的自我实现其实是无法达成的。

事实上,这正是默多克小说中的艺术家主人公常常犯的错误,因为他们总是将偶然现象当成有意安排的设计。默多克将这些热衷于叙述的艺术家作为现代性困境中人类的代表,予以批判和反讽。因此,我们可以说默多克所持有的就是被 D. C. 米克在《论反讽》中称之为"总体反讽"的一种态度。米克认为,有一种反讽具有形而上的性质和概括的性质,是针对人类所面临的一种总体困境而出现的,它针对一种无法解决的根本性矛盾发出无奈的嘲讽,而被嘲弄的对象则是整个人类。克尔凯郭尔有一个类似的概念,他称之为"根本意义上的反讽",这一反讽的"矛头不是指向这个或那个单个的存在物,而是指向某个时代或某种状况下的整个现实……它不是对这个或那个现象,而是对存在的总体从反讽的角度予以观察"[①]。在默多克的小说中,作为一种现代性的后果,现代西方人正处于这种悲剧性的境遇中,沉沦于通过叙述建立秩序的欲望与现实充满偶然的根本性矛盾中痛苦挣扎。

---

① 索伦·奥碧·克尔凯郭尔《论反讽概念——以苏格拉底为主线》,汤晨溪译,北京:中国社会科学出版社,2005 年,第 218 页。

第三章 "我"是"他":寄放于他者的本质

除了在第二章中论述的仅寻求在自身建立本质这种错误的路径之外,默多克还为我们展示了另外一种错误路径,其基础为"我"是"他",即完全将本质建立于他者那里。在这一路径之下包括两种模式:一种表现为现代的造神运动,由于对本质的渴望,人们创造一个神一样的人物,希望他能代替上帝而引领人回归本质;另外一种模式更为普遍,即通过摹仿身边的人,在他人那里寻求本质回归。但是,这两种模式也都无法完成使人回归本质的任务。

本章将分三节进行论述。第一节和第二节将就"现代造神运动"及其失败进行分析。默多克小说中塑造了众多被当做上帝式人物进行膜拜的主人公。这种大规模的膜拜行为体现了人们对本质失落的恐惧和对回归本质的渴望,期望被神化的人物能填补上帝离去的空缺。但是在上帝已死的 20 世纪,这只能是一场"现代造神运动"。人们终究会发现他们所膜拜的不过是一个假上帝,最终只能以失望收场。第三节将对"镜像化自我实现"进行分析。默多克小说中充斥着一种看似荒诞的情节,兄弟、姐妹、朋友、师徒等亲近的人物之间既相互热爱、羡慕,同时又相互嫉恨、相互伤害和相互剥夺。以往研究曾将此现象解读为"同性恋"主题。借助勒内·基拉尔的"内中介摹仿"和拉康的"镜像"理论,我们会发现,它其实是一种镜像化自我实现,希望摹仿他人来获得一种想象性的自我补偿和自我实现,同时希望与他人相关联而达成本质回归,但是这种带着恶欲的方式只能给他人和自我带来伤害，根本无力完成本质回归的重任。

第一节 膜拜的冲动——对本质的渴求

1953年，塞缪尔·贝克特发表了他最优秀的戏剧《等待戈多》，引起了巨大的轰动。起初，人们关心的中心问题之一为"谁是戈多"，但是始终无法找到统一的答案，"戈多"也许是上帝，也许是魔鬼，也许是拯救，也许是死亡，似乎可以成为人们所期望的任何东西。因为，贝克特在戏剧中要强调的重点不是戈多，而是等待。戏剧中的人物，无论是具有身份地位差异的主仆，还是让人分不清彼此的两个流浪汉，都陷入一种无望的重复中，等待就是他们的生活。他们究竟为什么焦虑不安，日日等待？我们毕竟还是想知道，他们究竟在等待什么？

到了1990年，戈多仍未出现，默多克又以小说的形式对这种等待进行了形象的描写。不同的是，我们已经可以从默多克这里找到答案，人们的焦虑是由于本质的失落，而他们苦苦等待、寻找的正是一个可以带领他们回归本质的迹象。这个迹象在小说中表现为一个众人膜拜的人物——玛卡斯·沃勒。

默多克不是一个宗教信仰者，但她在作品中塑造了一些具有宗教色彩的人物，甚至"有时被人称为宗教作家"[①]。她的小说主要涉及佛教、基督教和犹太教。莎古娜·拉玛纳山（Suguna Ramanathan）曾在自己的著作中分析了默多克几部小说中具有宗教色彩的人物，把他们统称为善的人物。例如，该书利用佛教的观念解读《大海啊，大海》这部小说的意蕴；从犹太教和基督教的角度分析了《星球消息》。此类文章还有罗伯特·哈代（Robert Hardy）的《以魔力对抗魔力》（*Magic against Magic：An Atheist Priest Use of Christ in Iris Murdoch's*

---

① Henry Jansen, *Laughter among the Ruins：Postmodern Comic Approaches to Suffering*, New York：P. Lang, 2001, p. 61.

'*The Book and the Brotherhood*')和《人只能理解其所认同的事物：艾丽丝·默多克小说〈星球消息〉中的救世主和大屠杀》('*One can only Understand What One Identifies with*'：*The Redeemer and the Holocaust in Iris Murdoch's The Message to the Planet*)等。前者分析了基督在默多克小说中的作用，而后者则分析了《星球消息》中犹太人的身份和犹太教对主人公玛卡斯的重要影响。但是，因为默多克明确了自己的无宗教立场，所以从宗教角度对默多克小说进行分析并不是相关研究的主流。关于《星球消息》，也有人从宗教角度去解读，但又发现总是遭遇困难。

　　《星球消息》是默多克的第 25 部小说，出版于 1990 年。尼克·特纳（Nick Turner）在《默多克在当代经典中的地位》（*Saint Iris？Murdoch's Place in the Modern Canon*）一文中提到，这部小说不但冗长，而且没有浪漫的故事，已经使普通读者开始厌烦默多克了。但是，我们认为，这部小说对现代人类的精神困境进行了一种深刻的揭示。哲学家玛卡斯·沃勒是一个天才式的人物，在数学、绘画、哲学领域都有极为重要的贡献。毫无疑问，他是小说中居于绝对中心的人物，几乎小说中所有的人都在疯狂地追逐他、崇拜他。

　　学习历史的卢德斯相信世界存在本质、形式，他认为玛卡斯正是那个能够找到答案的人，掌握着解释世界的秘密，因此，他成了一直紧紧追随玛卡斯的"门徒"。当帕特里克深信自己被玛卡斯的语言诅咒了，因此病入膏肓的时候，正是卢德斯千辛万苦地找到玛卡斯，不顾他的冷淡、嘲讽，最终将玛卡斯带到病危的帕特里克身边。而在帕特里克痊愈之后，卢德斯更是抛弃了自己的家庭、事业，几乎寸步不离地跟随着玛卡斯。他特地为玛卡斯购买了其习惯使用的本和笔，以等待玛卡斯灵感到来时好顺手记下，卢德斯自己也随时等待着记录玛卡斯思想的只言片语。

　　在奇迹般地使濒死的帕特里克复活之后，玛卡斯更是引来了无数的人从四面八方赶来膜拜他。对于帕特里克的恢复，精神分析师玛兹利安的解释是，这只是一个医疗事故和心理战的胜利。玛兹利安认为帕特里克是被误诊了，他其实并没有患上濒临死亡的疾病，无论如何他都会逐渐好起来的。而玛卡斯的到来只是在某种程度上"激活"了他并帮助他恢复了。因为帕特里克相信自己被玛卡斯的语言诅咒了,所以当玛卡斯来到他身边时,帕特里克便解开了自己的心结,这是使帕特里克迅速恢复的外因刺激。但是,这种带有科学色彩的解释丝毫动摇不了人们对玛卡斯膜拜的热情。与卢德斯不同,这些膜拜者都是带有神秘色彩的信众。帕特里克被治愈以后就抛弃一切事务专心做起了玛卡斯的仆人。芬妮是崇拜石头的人们的代表,这些人相信石头具有神秘能量,能够接近能量的中心,他们深信玛卡斯是这种具有神秘能量的人。每天早上,芬妮都在玛卡斯到达他散步停歇的地方之前为他摆上鲜花和石头。此外还有犹太拉比等宗教人士。

《星球消息》常被称为"神秘小说"。关于玛卡斯这个形象,学者莎古娜·拉玛纳山认为他就是基督,但是,拉玛纳山同时也注意到,与默多克早期小说所呈现的基督形象相比,"这一个基督有着明显的不同。在之前的小说中,基督是没有自我观念的、无私的、有爱的个人",而在这部小说里,默多克"没有像以前那样正面处理基督问题"[①]。的确,玛卡斯没有以和蔼、谦卑、帮助他人、安慰他人的基督形象出现。玛卡斯傲慢自大,待人苛刻,他的朋友们都很惧怕他。他质疑吉尔德斯的信仰,导致他离开宗教;他严厉批评帕特里克的诗和他的诗人身份,最终使帕特里克深信自己被玛卡斯的语言诅咒了,因此病入膏肓,濒于死亡;他说杰克是下流的好色之徒,堕落的画家。在身边的人们看来,玛卡斯使人无法亲近,也受到了大家的批评。杰克说玛卡斯是危险的,能射出有毒的飞镖。当玛卡斯跟杰克学画时,那些学生们都害怕玛卡斯,认为玛卡斯是他们所见过的最大的自我主义者。连玛卡斯的女儿都讨厌他,一直想把他甩掉,自己去过自由的生活。更严重的是,玛卡斯声称自己不能爱,他不爱他的"门徒",不爱他的父母,也不爱他的女儿。而最终,玛卡斯失去了他在人们心中的神圣性,失望的人们谩骂他,并向他投石头。

---

① Suguna Ramanathan, *Iris Murdoch: Figures of Good*, London: The Macmillan Press Ltd., 1990, p. 206.

另有一些学者则认为玛卡斯只是一个巫师，例如，在《艾丽丝·默多克》(Iris Murdoch)一书中，希尔达·斯皮尔认为，玛卡斯是与宗教、道德、善有关的巫师，是拥有神秘力量的人物，这种神秘力量影响了与之接触的大多数人。还有人认为他是与邪恶力量有关的巫师。乔治·索尔在《四位英国女小说家》中提到，像默多克后期小说中的其他主人公一样，玛卡斯既可以被解读为一种邪恶力量，也可以被解读为一个遭受痛苦的老人。他有可以导致他人产生幻觉的魔幻能力。不管人们把他作为什么来膜拜，总之，玛卡斯是小说中处于绝对中心的人物，卢德斯期待着他对世界的本质进行一个理性的解释，而大众则认为他是神圣的，玛卡斯似乎代表着他的追随者们所需要的任何东西。

实际上，我们认为，无须在玛卡斯的身份这个问题上纠缠不清，就像无须就《等待戈多》而纠缠于戈多的身份一样。因为作者借助作品要表达的主题另有重点。对《星球消息》而言，其主题的重点应该是：为什么会发生如此大规模的膜拜？我们认为，这种膜拜的冲动，源自于上帝离席之后人们对本质失落的恐惧和对回归本质的渴望。莎古娜·拉玛纳山认为，《星球消息》与默多克之前小说的不同之处在于，它对确定性的缺席进行了令人不安的展现①。失落了本质归依，人也就失落了把握自我与世界的立足点，自然也就丧失了确定性。

或者返回到上帝那里，或者返回到普通的世俗道德中，这似乎是现代西方人所面临的选择。但是在世俗生活中，人们只看到了道德沦丧。科技是人将神赶出历史舞台的驱魔杖，但它却未能填补神留下的这个空缺，相反，它对人性的奴役和摧残加重了道德堕落，人际关系更为冷漠。这在玛兹利安医生和他的机构那里得到了淋漓尽致的展现。莎古娜·拉玛纳山指出，与这个滚滚前行、丧失人性、无法抗拒的强大力量相比，好像没有什么还能站得住脚。这里的医生真正关心的不是人的身体，而是病人所能带来的金钱。在家庭生活中，人与人的疏离也随处可见。杰克与弗兰卡表面上是人人羡慕的模范恩爱夫妻，但杰克想同

---

① Suguna Ramanathan, *Iris Murdoch*: *Figures of Good*, London: The Macmillan Press Ltd., 1990, p. 217.

时拥有妻子与情人，除了自己之外，杰克对任何人都缺乏真正的关心。妻子弗兰卡表面笑容满面，满足丈夫的一切需要，而她在内心深处却无时无刻不在演练着杀死丈夫与其情人的程序。玛卡斯的女儿把自己装扮成卢德斯的恋人，而当父亲死后，她就带着遗产与自己的秘密情人消失得无影无踪。有人甚至怀疑，她的父亲就是被她出于自私欲望而杀死的，因为她一直想摆脱父亲。拉玛纳山认为，对使丧失人性的技术和道德混乱的双重危险的警告，正是作者要传达的信息的一部分。而集中体现了这双重危险的事件就是大屠杀，玛卡斯的犹太人身份使得大屠杀事件成为了小说最显著的背景。拉玛纳山痛心地指出，这是人类历史上向自己的同类施行的最惨烈的暴行，故意灭绝六百万人，这提供了人类想象力所能够创造的最坏的邪恶景象。默多克曾表示，她最大的恐惧，便是醒来后发现进入了一个噩梦一般的世界，在那个世界中横行的是道德沦丧。而世界大战将这样的恐怖世界带到了人们的眼前。于是，在排除了世俗生活中的普通道德之后，人们便不约而同地体会到了返回上帝那里的需要。

但是，上帝已经死了，于是人们便开始共同创造一个像上帝一样的人物，并将人类对本质的渴望寄托在他的身上，就像当初寄托在上帝那里一样。

在《资本主义文化矛盾》一书中，丹尼尔·贝尔写道：

> 凡是宗教失败的地方，崇拜（cults）就应运而生。这种情况是早期基督教历史的翻转。过去，具有聚合力的新宗教同众多的崇拜进行较量，把形形色色的崇拜驱逐出去，因为它具有一套神学理论与组织的优势。然而当神学遭到腐蚀、组织开始崩溃之时，当宗教的组织结构逐步解体时，人们便转而追求能使他们获得宗教感的直接经验，这就促进了崇拜的兴起。[①]

———————————

① 丹尼尔·贝尔《资本主义文化矛盾》，赵一凡、蒲隆、任晓晋译，北京：生活·读书·新知三联书店，1989年，第220—221页。

在现代社会中,这种以崇拜的对象代替上帝的运动仍在不断上演。在接受一次采访时,默多克对这一现代现象进行了描述:

> 我认为,人类创造关于自己的神话并被神话主宰。他们感到被围困,就选出其他人在自己的生活中扮演角色,成为神或破坏者或其他什么,我认为这个神话经常很深刻,很有影响且是秘密的,而小说家正在揭露这种秘密。①

上帝虽然已经被宣判死去,但是由于人们对世俗中的道德现状感到失望,于是对上帝的怀念又重新兴起。默多克认为,"膜拜的冲动是深层的、模糊的和古老的"②,所以"膜拜的需要没有与上帝一同死亡"③,因为人们对本质的需要也没有与上帝一同死亡。于是,为了填补当代意识中存在的精神空虚,替代上帝的缺席,人们开始了造神运动,玛卡斯就是这一造神计划的结果,就像玛卡斯的女儿对卢德斯所道出的真相,正是卢德斯的鼓励使玛卡斯感觉自己是带着一个信息的伟大的人。

人们膜拜玛卡斯只是出于对本质的渴求,所以,他们根本无心去认真理解玛卡斯的思想,也并不是真正地忠诚于他。当玛卡斯令大家失望之后,人们便毫不犹豫地抛弃了他,并咒骂他,向他投石头。帕特里克也离开了玛卡斯。当与卢德斯讨论玛卡斯之死的意义时,他说:"但是我告诉你没有意义。只是死亡。这就是我们现在感觉到的真实。毕竟一切都是偶然的,我们是偶然的,也许没有更高的东西,最终在他的死亡和一只狐狸的死亡之间没有什么区别。"(MP,475—476)甚至像卢德斯这样的忠实门徒也在每一个环节上都误解了沃勒。在玛卡斯死

---

① Michael O. Bellamy and Iris Murdoch, "An Interview with Iris Murdoch", *Contemporary Literature*, Vol. 18, No. 2, 1977, p. 138.

② Iris Murdoch, "The Sovereignty of Good over other Concepts", in *The Sovereignty of Good*, London: Routledge, 1970, p. 100.

③ Suguna Ramanathan, *Iris Murdoch: Figures of Good*, London: The Macmillan Press Ltd., 1990, p. 207.

后,卢德斯的目标很快就转向了吉尔德斯,他对吉尔德斯说:"你知道我
想找到的一些东西。"吉尔德斯马上回答道:"那正是你总对玛卡斯所说
的话!"(*MP*,557)从这个对话中我们可以看到卢德斯将吉尔德斯视为
另一个膜拜对象的迹象。玛卡斯死了,但是人们对本质的渴求没有结
束,所以下一个造神运动很快就会开始。就像在《相当体面的失败》中,
默多克借人物朱利斯之口所说的话:"人类必然是替代品的发现者。"而
这个替代品已经再也无法成为真正的上帝,正如贝克特所使用的那个
词"Godot"一样,它是一个四不像的创造词。它来源于"God"(上帝),
但又与之有根本区别,它也许能够暂时填补人们的精神空虚,但最终无
法为人们带来他们所期待的拯救。

第二节 假上帝——现代神化的失败

如果说《星球消息》以典型的方式揭示了人们对本质缺席的恐惧和
普遍的膜拜冲动,《独角兽》则以典型的方式揭示了这种膜拜必然失败
的原因,因为他们所膜拜的对象是一个虚假的上帝。

《独角兽》是默多克的第七部小说,发表于1963 年。据大卫·戈登
(David J. Gordon)在《艾丽丝·默多克的非我寓言》(*Iris Murdoch's
Fables of Unselfing*)中所说,1961—1966 年通常被认为是默多克创
作水平最薄弱的时期,此时期的作品有《砍掉的头》《非正式玫瑰》《独
角兽》《天使时节》《意大利女郎》和《红与绿》。而《独角兽》却曾被认
为是默多克那一时期最好的小说,作为默多克最令人费解的小说之一,
其"神秘本质也巩固了默多克在学术经典中的地位"[1]。据皮特·康拉
迪在《艾丽丝·默多克:圣人与艺术家》中记载,在一次接受访谈时,默
多克曾表示《独角兽》是自己最喜欢的小说。

《独角兽》设置了很多谋杀、悬疑、恐怖的事件和气氛,是默多克小

---

[1] Nick Turner, "Saint Iris? Murdoch's Place in the Modern Canon", in *Iris Murdoch: A Reassessment*, edited by Anne Rowe, New York: Palgrave Macmillan, 2007, p. 117.

说中最富于哥特式文学特色的小说。尽管默多克不喜欢被标签为哥特小说家，但也承认这部小说中的确有很多哥特小说的成分。遥远荒僻的城堡，冷峻无情的悬崖峭壁、大海、沼泽都是可以杀人的陷阱。被囚禁的美丽女人，充满罪孽的爱情故事，这里的人们各个焦灼不安，忧心仲仲。这些都体现了哥特式小说的背景。但是，学者希尔达·斯皮尔曾提醒我们，虽然它的背景与哥特小说很相似，但我们不能把这部小说简单地看做真正的"哥特小说"。因为，它从一个非常严肃的角度，诊断了当代精神生活的困惑和欲望。

在很多方面，默多克的《独角兽》都会令我们想起夏洛蒂·勃朗特的《简爱》，它们之间存在着很多关联之处，但是，《独角兽》更像是对《简爱》故事的颠倒。一位怀着失意和浪漫情怀的姑娘玛丽安接受了一份家庭教师的工作，从繁华世界伦敦来到了"被上帝遗忘的角落"——盖兹城堡。与夏洛蒂·勃朗特笔下的简爱不同，玛丽安的学生不是孩子，而是被囚禁的城堡女主人——被称为"疯子"的汉娜，迎接玛丽安的也不是浪漫的爱情，她卷入了一场悲剧和一个失败的拯救计划，而这场悲剧的起因却恰是一段看似浪漫的爱情——女主人公汉娜对无恶不作的丈夫绝望而展开了一段婚外恋情。在《简爱》中，罗切斯特囚禁了自己的妻子——疯女人伯莎，而与坚强善良、大胆追求自由和幸福的简爱相恋。与《独角兽》的作者所作的处理全然不同，夏洛蒂·勃朗特对她的男女主人公所展开的婚外恋情表现出同情，甚至是认同。作者以各种方法消除了两人走向神圣、合法婚姻的障碍，例如让伯莎死去，使简爱获得意外的遗产，使罗切斯特在经济方面蒙受损失并在身体上留下残疾，以提升男女双方在经济、地位、身份、身体等各方面的对等，以便使他们的婚姻看起来更平等，从而不致伤害简爱的自尊心，并使这段婚姻与世俗民众所能接受的合理婚姻更接近，因此，最终简爱与罗切斯特如愿以偿地获得了自己的幸福。而在《独角兽》中，默多克对汉娜的这段婚外恋情却残酷得多。汉娜不仅被丈夫囚禁，也遭遇了情人的懦弱和沉默，而当她的丈夫终于如《简爱》中的伯莎一般死去，不再成为爱情的绊脚石之后，小说却以汉娜的自杀收场。

与夏洛蒂·勃朗特相比，默多克对她的主人公似乎太残酷了，这是因为默多克与夏洛蒂·勃朗特要表现的思想迥然不同。夏洛蒂·勃朗特不仅在简爱的身上寄放了自己的个人经历,更寄托了自己的个人情感和理想,在浓厚的抒情氛围中,我们读到了夏洛蒂·勃朗特对简爱的认同。出身寒微但个性坚强,敢于冲击阶级、宗教、性别等各种壁垒而大胆追求个人幸福的简爱,以其坚强、自由、独立的女性之美征服了无数读者的心灵。而经历了两次世界大战的道德哲学家艾丽丝·默多克,却并不欣赏简爱身上被肯定的个人意志和自由。她对自己生活的时代所需要的精神有自己的理解。面对上帝离去导致的道德失范、私欲横行、丑陋的自大、无知的狂妄,面对战火肆虐后破败的家园和残破的心灵,默多克对肆意张扬的个人意志和自由产生了恐惧。这种个人意志和自由会助长自我中心主义,继续恶化自我与他者的关系,导致人与人、人与自然、人与社会的疏离,无助于人返回本质之家。因此,在《独角兽》中,被肯定的不再是简爱式的对个人意志和自由的张扬,而是对个人主义的抑制。这不仅表现在汉娜的偷情理应受到惩罚,即使当阻碍汉娜幸福的恶棍丈夫皮特死掉之后,汉娜也无法得到如简爱和罗切斯特那样的美满结局,而且表现在汉娜成为了他人意志和想象的牺牲品,成了他人的欲望幻象,而失落了自己的本相。默多克的这部小说绝不仅仅是个道德上的悲剧,更是具有哲学意味的悲剧。那么,默多克究竟要借《独角兽》表达什么呢?

这部小说意义丰富,通常被视作寓言或半寓言故事,人们可以从中读出对自我中心主义的批判,关于赎罪,关于牺牲于男权社会的可怜女性的悲剧,关于睡美人、无情的妖女,等等,不论作哪种解读,人们都无法忽视该作品与宗教的关系。

宗教的问题的确是默多克要在这部小说里重点探讨的问题。因为看到中世纪织毯上的图像,受到启发,默多克才产生了创作这部小说的想法,在那张织毯上有一个女人和一只独角兽。与独角兽最直接、最传统的联系便是基督,书中提到的其他动物,如第十章中的野兔、驴以及丹尼斯的鱼都是基督的象征。[①] 默多克对独角兽与基督的联系也是很清楚的,她曾借小说中的一个老学者麦克斯之口进行过明示。

　　小说的女主人公汉娜的确很像一个受难的基督形象。她年纪轻轻就嫁给了大表哥皮特·克里恩－史密斯。皮特是一个年轻的恶棍,虽然很迷人,但是酗酒,打老婆,无恶不作。尽管他可以随意追逐女人,也追逐男人,但当发现汉娜与邻居皮普偷情时,他无法容忍。当夫妻二人在山崖上争执时,皮特跌落悬崖,虽然书中没有明确交代皮特是失足跌落还是被汉娜推了下去,但小说中的人们几乎都相信是汉娜所为。皮特虽然保住了性命,但留下了腿疾。后来他就去了在默多克的小说中总与坏人有关系的美国,并把汉娜囚禁在盖兹城堡中,派人看管,加之那年村里遭遇了大洪水,于是人们便都把汉娜当做会招来厄运的人,相信她一旦离开囚禁之地就会再次带来灾难。在小说的开头,汉娜已经在这小小的囚禁之地度过了七年。而在这七年里,这个充满神秘的美丽女人,逐渐成了人们想象的中心,正如小说中公开追求汉娜的艾非汉所说,汉娜使大家都浪漫起来了。但是,浪漫情怀正是默多克所批判的对象。因为它会使人们沉迷于个人的欲望和幻想,而无法看到他者的真相。受害者、疯子、罪人、梦中情人,这些都是大家对汉娜的想象。更多的人则把汉娜看做一个受难基督的形象。就如皮普的父亲、研究柏拉图的老学者麦克斯·列舒所说:"从某种意义上来说,我们都不由自主地把她当成了一只替罪羊。而从某种意义上来说,那也正是她所期盼的,而且她也把这看做是对她的褒奖。她就是使我们的苦难具有意义的化身。"[②]

　　但是,就像皮特·康拉迪所说:"值得再次强调,在通常的意义上,默多克不是一个基督徒,没有对上帝的信仰。"[③]所以我们有理由重新

---

　　① Peter J. Conradi , *Iris Murdoch*:*The Saint and the Artist*, London:The Macmillan Press Ltd. , 1986, pp. 122—123.

　　② Iris Murdoch, *The Unicorn*, New York:The Hearst Corporation, 1963, p. 101. 本书其余引文只在引文后加书名缩写"U"和页码,不再另行作注。在翻译小说文字时参考了邱艺鸿所译的《独角兽》,此译本由译林出版社于 2000 年出版。

　　③ Peter J. Conradi, *Iris Murdoch*:*The Saint and the Artist*, London:The Macmillan Press Ltd. , 1986, p. 129.

审视一下作者的意图。她应该不是要在这部小说里树立起耶稣或上帝的信念和形象，如果确实与宗教有关，也是对宗教的批判和反思。

首先，我们不能根据独角兽的意象就断定它与基督的联系，因为独角兽的意象具有丰富性和复杂性。在《心理学和炼金术》中，卡尔·荣格说："独角兽不是一个单独的、被清晰界定的整体，而是一个奇妙的存在，拥有相当丰富的变化。"甚至也有人说独角兽"是魔鬼。因为他激起人类的喜恶"，在犹太教神话中，独角兽是"自然的半人半神的人格化"，既有魔鬼又有基督的特质。[①]

其次，从小说本身来看，我们也无法得出汉娜是基督或上帝的形象的结论。更明显的是，作者想把她塑造为一个"假上帝"，以此来达到对宗教的批判和反思。

汉娜本身不是个拯救者，相反，她是个罪人，且不管皮特的跌落悬崖是否是她故意为之，她背叛婚姻，与皮普通奸都是事实。她也并不像丹尼斯和麦克斯所认为的那样，获得了一种与宗教有关的平静，而是在内心深处躁动不安，既有对皮普的仇恨，也有对自己现状的伤感。玛丽安在与她聊天时便感觉到了汉娜语言中的残酷和绝望。而在接下来的赎罪过程中，汉娜也并不是真的在悔罪，五年前，她曾试图逃回娘家，因为不被接受又被遣送了回来。之后她虽然没有再想逃脱，却成了蛊惑的中心又拒绝别人，扮演了无情的妖女。最有力的证据存在于她对自己的家庭教师玛丽安倾诉时对自己作为假神的论述。她拒绝离开囚禁之地获得拯救，认为那样做将会使自己面目全非。

> "你知道我扮演的是什么角色吗？是上帝。你知道我真
> 正是什么吗？我是虚幻的东西，一个传说。从现实世界里伸
> 过来的一只手就能够像穿过一张纸一样穿过我。"她的声音变
> 得深沉、浑厚，像一只带有当地口音的鸽子咕咕叫出的小曲。
> 她滔滔不绝的声音忽然很像丹尼斯的。

---

① 参见 Richard C. Kane, *Iris Murdoch*, *Muriel Spark*, *and John Fowles*: *Didactic Demons in Modern Fiction*, London: Associated University Presses, 1988, p. 53, 54.

玛丽安浑身颤抖。她想打破这种被强加的情绪。她不想听见这种充满信赖的倾诉，不想知道这些计划。她故作轻松地说："扮演上帝？一定不是。上帝是个暴君。"

"虚假的上帝就是一个暴君。或者不如说他是一个残暴的梦，而这正是我所是的。我依靠我的观众、我的崇拜者生活，我靠他们的思想和你们的思想生活——就像你们依靠自认为是我的思想生活一样。我们相互欺骗了对方。"

"汉娜，你在说胡话。"玛丽安不想这么匆忙地转移到这个话题方向上来，事实上她根本就不愿意想。然而汉娜一点都不激动。她盯着火，扭着双手，好像在陈述某个严肃而颇有争议的话题。

"正是你们相信我的痛苦是有意义的才使我不断继续下去。啊，我是多么需要你们！就像一个隐藏的吸血鬼靠吸食你们的血生活，我甚至吸食了麦克斯·列舒的血。"她叹了口气。"我需要我的观众，我像一个假上帝一样生活在你们的注视中。但是，变得不真实就是对假上帝的惩罚。我已经变得不真了。通过过多的想象，你们使我不真实了。你们已经把我变成了一个思考的对象。就像这里的景色。我则通过永无休止地旁观，而不是进入其中，使它也不真实了。"她一边说着一边站起来走到窗边。

玛丽安看着她，在灰蒙蒙的雨幕背景下她成了一个黑色的身影。吉拉尔德走进了风景中，使它变得真实了。现在会发生什么呢？有什么东西在那片奇怪的荒凉的风景中？玛丽安也站起来。她急促地说："但是你在承受痛苦——"

汉娜转过来，在灰暗的窗边，她的脸被远处的灯光映照，似乎在闪烁、摇晃。"你们都把自己的感觉抛给我。但是我没有感觉，我是个空心人。我靠你们对我苦难的信任生活。但是我没有真正的苦难。苦难只是现在才刚刚开始。"（U，229—230）

　　最终，被研究者伊丽莎白·狄波尔称为至关重要的"审判官"终于出场了。汉娜的丈夫皮特，这个"神一样的否定性人物"，把最后的审判日带到了人们的面前。他要回来的消息使得汉娜惊慌失措，濒于崩溃，而向皮特的代理人吉拉尔德屈服，最后汉娜用枪打死了吉拉尔德，自己也自杀而亡。

　　真相大白之后，最初爱着汉娜的人都发现自己被骗了。玛丽安认为汉娜是自己所见过的最自我中心的人，在她眼里，汉娜不再是皇后，而成了高级的荡妇、祸水。曾经对汉娜痴情一片的艾非汉也不认为是自己害了汉娜，反倒像是汉娜害了他，他不再把汉娜看做女神、上帝，而认为她像一个美丽、苍白的吸血鬼。评论者们给出了更一语中的的结论，伊丽莎白·狄波尔认为，汉娜企图成为基督－独角兽，但是失败了[1]，乔治·索尔则更严厉地指责汉娜"败坏了基督的名誉"[2]。

　　与《星球消息》中玛卡斯被塑造为神一样，汉娜的神化也是人们造神的结果。"对他们来说，汉娜就是上帝的形象；如果她是一个假上帝，那当然是他们鼎力塑造的结果。"(U, 285)默多克认为，上帝与善就像太阳一样，但是"很难看到太阳：这不像看其他的事物……假的太阳更容易注视，而且比真的太阳更有安慰性"[3]。这就是人们容易崇拜假神的原因。

　　《独角兽》借助宗教嘲讽了宗教，令人难以捉摸作者的用意。对此，有人曾委婉地说，应该将《独角兽》归类为作者小说，而非读者小说，甚至有人不客气地说《独角兽》就是一个荒唐的玩笑。然而，这也许正是默多克的用意，把一个原本是信徒朝圣的故事改编为一个闹剧，就像乔伊斯把荷马史诗改编为《尤利西斯》一样。在 20 世纪，传统信念中的上帝已经确定无疑地死去了，任何"造神"的行为都将只能以荒唐结尾。

-----

①　Elizabeth Dipple, *Iris Murdoch*: *Work for the Spirit*, Chicago: The University of Chicago Press, 1982, p. 270.

②　George Soule, *Four British Women Novelists*: *Anita Brookner*, *Margaret Drabble*, *Iris Murdoch*, *Barbara Pym*, Lanham: Scarecrow Press, 1998, p. 296.

③　Iris Murdoch, "The Sovereignty of Good over other Concepts", in *The Sovereignty of Good*, London: Routledge, 1970, p. 100.

因为此时，人们无法再对上帝怀有纯粹的信仰，而他们所造的神也不可能是一个真正的神，而是 20 世纪的伪造物，因此，默多克小说中塑造的这些偶像，都具有魔鬼与巫师的特征。法国哲学家西蒙娜·薇依认为，崇拜偶像本身也是出于对绝对善的渴望，因为它可以使人们的生活具有意义，不至于每天沉沦于日常的琐事中白白受累，却看不到超越的价值，因此，崇拜偶像就成了洞穴中性命攸关的需要。在默多克这里，也出现了类似的状况。人们所面临的洞穴就是上帝死亡之后本质失落的洞穴，崇拜偶像代表着人们返回本质的渴望，显然不幸的是，默多克与西蒙娜·薇依得出了类似的结论——人们只是被虚假的神所迷惑，在假神面前卑躬屈膝而已。

第三节　镜像化自我实现

《星球消息》和《独角兽》展现了人们通过现代造神运动的形式回归本质的企图及其必然失败的结局，这是将本质建立在他者身上的一种表达形式，它反映的是众人对某个人物共同的期待。除此之外，还有另外一种体现在微观领域的普通人之间的表达形式：每个人都试图在身边的他人那里找到本质。

人们已经注意到，默多克的小说中经常会出现类似情节的不断重复。"当一个人开着车从牛津到伦敦时，在一场车祸中他失去了爱人，同事的妻子，这是一个令人不快的偶然；失去他的下一个爱人，同一个同事的第二个妻子，这次是在泰晤士混浊的河水里，那么，这一定是一部艾丽丝·默多克的小说。"[1]

在默多克的小说中，这种类似情节的确是大量存在并重复出现的，甚至达到了荒诞的程度。例如，在《砍掉的头》(A Severed Head)中，

---

[1] 转引自 Priscilla Martin, "Houses of Fiction: Iris Murdoch and Henry James", in *Iris Murdoch: A Reassessment*, edited by Anne Rowe, New York: Palgrave Macmillan, 2007, p. 134.

马丁的妻子安托尼亚先后与马丁的朋友和哥哥有私情而背叛了丈夫，可笑的是，马丁的情人乔吉为了同样的两个人也选择了背叛。在《一个偶然的人》中，弟弟奥斯汀认为自己的两任妻子都与哥哥马修有染，并把她们的死亡都归罪于哥哥。那么，默多克为什么如此不厌其烦地重复呢？这既不是由于她想象力缺乏，也不是由于她对这一类题材有特殊的偏好，而是因为她试图借助重复这一简单而奏效的技术来强调，这种行为是普遍存在的，而且是近乎机械化的。它揭示了人们试图从身边的他人那里找到本质的愿望。

评论者们已经发现，在默多克的小说中，人物设置的一个显著模式就是两个男人之间的竞争关系[①]，多体现为兄弟之间、堂（表）兄弟之间以及师徒之间的男性竞争关系。例如，在《网之下》中，许多人都被主人公杰克追寻安娜的经历所吸引，但这只是个表面情节，真相正如杰克所道出的："我和雨果的交往正是这本书的主题"，"雨果就是我的宿命"。同样，在《大海啊，大海》中，叙述者查尔斯·阿罗比也曾道出了问题的实质："嫉妒是这部小说的主题"。而真正的嫉妒并不存在于查尔斯与女人们之间的关系中，而是存在于他与堂弟詹姆斯之间的关系中。此外，《砍掉的头》中对同一女性进行争夺的兄弟，《一个偶然的人》中的兄弟关系，《红与绿》、《天使时节》、《哲学家的学生》(The Philosopher's Pupil)、《绿骑士》(The Green Knight)、《语言的孩子》(The Word Child)、《亨利与卡图》……可以说，默多克的所有小说中都存在着这种男性竞争关系。塔米·格里姆肖(Tammy Grimshaw)在《艾丽丝·默多克小说中同性恋的社会建构作用》(The Social Construction of Homosexuality in Iris Murdoch's Fiction)一文中，对默多克小说中这种男性之间的关系进行了探讨，并将其解读为同性恋。我们认为，这种解读只触及了表象，而并未揭示出这一普遍现象的深层根源。

接下来，我们将深入分析小说《黑王子》，来对默多克小说中这一奇怪现象进行解读，以发掘这一表面现象背后所隐藏的实质，那将涉及上

① Margaret Moan Rowe, "Iris Murdoch and the Case of 'Too Many Men'", *Studies in the Novel*, Vol. 36, No. 1, 2004, p. 80.

帝之死,涉及本质失落,以及现代西方人为寻求本质回归所做出的无奈
选择。

《黑王子》是艾丽丝·默多克的第十五部小说,既得到了普通读者
的欢迎,也受到了评论者的褒扬,毫无疑问是默多克最优秀的作品之
一。对于小说的主旨,评论界说法不一。"黑王子"的寓意和布雷德礼
与阿诺的关系都是争论的话题。对"黑王子"的所指的解读,涉及神话
人物阿波罗、马西亚斯,历史人物爱德华王子,文学人物哈姆雷特、小说
主人公布雷德礼以及自称编者的洛席厄司等。至于布雷德礼·皮尔逊
与阿诺·巴芬的关系,有人将其解读为同性恋①。但这些解读都将小
说主旨引向了个别现象,而不是人类的普遍境遇。其实,这两个话题都
关系到布雷德礼的身份建构和自我实现问题。阿诺实际上是布雷德礼
的镜像,"黑王子"则是镜像化自我实现的一个符号。布雷德礼通过镜
像寻找自我,这是现代人自我实现的无可奈何的必经之路,也是一个永
远无法达成的悖谬。

同样,在《黑王子》中,男性之间的竞争关系也是一个十分突出的现
象。但以往的评论者对此关注不够,他们更多地从布雷德礼与女性之
间的复杂关系来解读作品批判男性中心主义的意味②。我们认为,纠
缠不清的两性之间的关系并非小说的重点,要想真正理解布雷德礼,就
要从他与一个男人——阿诺·巴芬的关系入手。布雷德礼有两句话至
关重要:"事实上,这本书讲的是一段'亲密的友谊'";"从一个最重要的
角度来看,这个故事是关于我和阿诺的关系,以及由这种关系所导致的

---

　　① Tammy Grimshaw, "The Social Construction of Homosexuality in Iris Murdoch's Fiction", *Studies in the Novel*, Vol. 36, No. 1, 2004, p. 553. 作者认为默多克的所有小说都在某种程度上描写了同性恋。其所指在《黑王子》中应是布雷德礼与阿诺的关系,被布雷德礼称为伪精神分析师的马娄也断定布雷德礼就是同性恋。

　　② George Soule, *Four British Women Novelists: Anita Brookner, Margaret Drabble, Iris Murdoch, Barbara Pym*, Lanham: Scarecrow Press, 1998, p. 353. 书中提到加布里·格里芬认为布雷德礼无法将女性看做独立的现实。Douglas Brooks-Davies, *Fielding, Dickens, Gosse, Iris Murdoch and Oedipal Hamlet*, London: The Macmillan Press Ltd., 1989, p. 154. 作者认为这部小说是被压迫的女性报复男性的故事。

令人震惊的高潮"①。由此可见,布雷德礼与阿诺的关系才是《黑王子》的重点。失去自我的布雷德礼在阿诺身上寻找自我的影子,试图通过摹仿来回归本质。

镜像化自我实现这一概念来自于法国心理学家雅克·拉康的理论。六个月之前,由于神经系统的发育尚不足以使其协调地控制自身,婴儿对自己身体的感知是零碎的、片段的,他们无法形成对自我的整体感知。但是,到了一个特定的时期,婴儿会突然迷恋于审视镜中自己的影像,借由观看,他们通过镜中的整体影像完整地感知了自我,并对其产生认同。这是自我认识的一个飞跃,但是,这同时也是一个自我误认的时刻,因为他所认同的,只是一个虚幻的镜像,而非真实的自我。依照拉康的理论,镜像阶段是一个至关重要的阶段,或者说,它不只是一个阶段,它甚至决定了人的整个人生模式。在镜像阶段之前,婴儿与母亲融为一体,没有自我意识,当镜像阶段发生时,婴儿把镜子中那个整体的影像认同为自己,进入象征界以后,又认同父亲所象征的秩序。因此,拉康的主体就成了一个被抹除的主体。人总是通过认同他者所象征的完整自我和理想自我来追求着自我实现。但那是一个虚幻的自我,一个镜像,一个他者,如此一来,在自我实现的过程中,人注定永远在路上。正是参照拉康的理论,我们把这种他者引导的自我实现称为镜像化自我实现。

在《黑王子》中,这种镜像化自我实现的悲剧就发生在小说的主人公布雷德礼·皮尔逊与阿诺·巴芬之间,他们既是师徒也是朋友。布雷德礼是阿诺的伯乐,赏识、提拔并赞助阿诺,甚至称他为自己生命中最重要的人。而阿诺则对布雷德礼充满感激之情,成为他的门徒、"儿子"、"小狗"。在小说的开头,五十八岁的布雷德礼终于攒够了退休金,提前离开了那个他并不喜欢的税务机关的岗位,打算去海边租的小屋,专心创作自己心目中的优秀小说。但是,他的计划被打乱了。前妻的

---

① Iris Murdoch, *The Black Prince*, New York: Viking Press, 1973, p. XV, p. 11. 本书其余引文只在引文后加书名缩写"*BP*"和页码,不再另行作注。在翻译小说文字时参考了江正文所译的《黑王子》,此译本由木马文化事业有限公司于 2004 年出版。

弟弟法兰西斯·马娄的出现耽搁了他出门的时间,正是这个偶然的门铃,导致了致命的结果。阿诺一个不详的电话,将布雷德礼拉入了一塌糊涂的生活。随后,布雷德礼与暗恋自己很久的阿诺的女儿、年仅二十岁的茱莉安坠入了爱河,又与阿诺的妻子关系暧昧。在布雷德礼的叙述结尾,他将阿诺另有新欢的事情泄露给了阿诺的太太芮秋,结果她杀了自己的丈夫,却诬陷是布雷德礼所为,令其银铛入狱。可以说,布雷德礼与阿诺的生活纠缠不清,改变了他的人生轨迹。

我们发现,在布雷德礼与阿诺的交往中充满了矛盾。矛盾的原因主要有两个:一个是艺术观不同,另一个是世俗成就不同。布雷德礼是自命清高的艺术家,他认为艺术是严肃的,要指向自身之外的现实,而不能成为语言游戏和纯粹消遣的读物,否则艺术就会沦为一种无益处、无意义的玩具,因此作家不应该牺牲真理来取悦读者,在不能创作出好的作品时最好保持沉默。而阿诺·巴芬则认为艺术就是娱乐,他轻松创作,喋喋不休,看到什么就写什么。因此,布雷德礼出版的东西少得可怜,而这仅有的几本书也几乎无人阅读。而阿诺这个被布雷德礼鄙视的多产的通俗作家,却受到众人瞩目,名利双收。奇怪的是,透过表面的矛盾,我们看到的却是两人内心深处相互的崇敬和羡慕。布雷德礼坦言嫉妒阿诺世俗的成功,而阿诺则承认自己是二流的,有挫败感。这是因为,两人都认为自己没有达到完满的自我实现,分别把对方视为自己的镜像,试图从镜像中弥补自身的缺憾。所以布雷德礼向往阿诺的世俗成功,阿诺则希望自己的文学达到布雷德礼所要求的艺术高度。

如果套用勒内·基拉尔的概念,阿诺和布雷德礼就是在相互"摹仿",他们的关系应属于内中介关系。"如果介体和主体各居中心的两个能量场的距离太大,彼此不接触,我们把中介称为外中介。如果两个场距离很小,因而或多或少彼此渗透,我们就把中介称为内中介"。①当然,除了距离不同之外,它们的外在表现也不同,在外中介摹仿中,主体对介体是完全公开的膜拜,而在后者中,主体对介体则是遮遮掩掩的

---

① 勒内·基拉尔《浪漫的谎言与小说的真实》,罗芃译,北京:生活·读书·新知三联书店,1998年,第9页。

爱恨交织。不过,崇敬和羡慕之情是两种摹仿共有的特征。也就是说,摹仿就是将摹仿对象看做楷模,这必然伴随着崇敬与羡慕,因为摹仿就是对自我缺失的一种幻想性补偿。

由此出发,再看这两个男人与女人们的关系就更清楚了。基拉尔认为人对客体的追求不是目的,其最终目的乃是为了摹仿欲望介体。欲望介体在基拉尔这里指的是一种被当做楷模式的人物而进行摹仿的对象。比如,基督徒摹仿基督,堂吉诃德摹仿阿马迪斯,那么,基督和阿马迪斯就成了欲望介体。基拉尔的"介体"就相当于我们这里的"镜像"。阿诺·巴芬的太太芮秋不满自己在家庭中被压制、无作为的角色,向布雷德礼要求非正常的婚外关系。起初布雷德礼并未拒绝,他们之间曾经保持着暧昧而秘密的关系。但是布雷德礼又一再宣称自己并不是爱芮秋,对她也没有什么欲望。如他自己所说,他的行为背后混杂了各种动机,包括对芮秋的同情和时而出现的肉体欲望,但这些绝对不是主要的和真正的动机,而是正像他自己曾经透露的,只是单纯地想打败阿诺。芮秋是阿诺所拥有的客体,通过接近芮秋,布雷德礼摹仿性地替代了阿诺,或者说,是在虚拟中达成了自我实现的欲望。"客体只不过是达到介体的一种手段,欲望觊觎的是介体的存在",即"成为他者",通过摹仿,主体"幻想着汲取、同化介体的生命。他想象能够把介体的力量和自己的'才智'完美综合。他想既成为他者,又继续是自身"。这正是布雷德礼和阿诺共同的真实目的。阿诺接近布雷德礼的前妻克莉丝汀也带有同样的目的。阿诺在信中表示,通过爱克莉丝汀,他打算改变自己,追求更完美的艺术风格。可见,摹仿镜像正是出于对自我实现的执着。

那么,人为什么要通过摹仿来完成自我实现呢?基拉尔认为,"希望通过汲取、同化介体的生命而溶化在他者的本质中,必然是因为对自身本质有一种不可遏制的厌恶","这是靠他者来相信自我"。[①] 布雷德礼确实对自己不满。他缺乏自信、紧张敏感,从小就特别害怕失败和死

---

① 勒内·基拉尔《浪漫的谎言与小说的真实》,罗芃译,北京:生活·读书·新知三联书店,1998年,第55、56、57、38页。

亡。通过他的回忆我们可以看出,他的认知模式是从小就被决定的。布雷德礼父母的关系一直非常紧张、隔膜,无法彼此理解。母亲爱慕虚荣,鄙视无能的父亲,父亲则反对母亲的物欲,厌恶上流场合。"他讨厌这种'场合',这也混杂着一种缺陷感。他担心自己会犯有失体面的错误,让人知道他没怎么受过教育,例如,念错某个人人熟知的名字。当我长大以后,我秉承了父亲的好恶与焦虑。"(BP,59)

童年往事的烙印确实影响了布雷德礼的人生模式,他认同父亲,连好恶和焦虑也和父亲一样。后来他便经常被挫败感折磨,对自己缺乏确信感和认同感。"关于我,我的读者会获得一幅什么样的图像呢? 我担心它一定缺乏明晰性,因为我从未对自己的身份有过很强烈的感觉,我又如何能清晰地描述出我自己几乎不理解的事情呢?"(BP,115)

这种不自信也体现在布雷德礼对自己的艺术追求存在游移,他既想坚持严肃艺术的底线,又对阿诺的成功心怀羡慕,因此他对其自我实现并不满意。相反,他认为阿诺是有潜力的年轻作家,并嫉妒他世俗的成功,这些都是他想拥有的东西,阿诺代表了他的一种理想自我形象。布雷德礼自己就曾说,阿诺"有时候就像是我自己,一个离散的、外在的'他我'"。(BP,154)在内心深处,布雷德礼渴望着这个"他我"的回归。但是,这个"他我"并不在人自身内部,它是一个无尽的延迟,一个永远的彼岸。

镜像化自我实现代表了人对无限和完满的向往,也表达了人对本质的渴望。知识界逐步宣布了人的独立状态,先是宣布人脱离上帝,然后是脱离社会,最后是脱离自然。① 但是,结果证明,个体根本无法承受这种荒凉的孤立和自由。基拉尔认为,人对超验的渴望从彼岸被引向此岸是必然的。虽然上帝无力再将人与世界联系起来,但是人没有放弃努力,摹仿他者就是一种退而求其次的无奈选择。"由他者产生欲望,就是想逃避个体感;他为神选择替身,因为他不能舍弃无限。"② 由

---

① Mary Midgley, "Sorting out the Zeitgeist", *Changing English*, Vol. 7, No. 1, 2000, p. 89.

② 勒内·基拉尔《浪漫的谎言与小说的真实》,罗芃译,北京:生活·读书·新知三联书店,1998年,第68页。

此看来，人摹仿他者，是想在此岸继续对本质的寻找，即与他者重新建立本质联系，因为自我不可能是孤立的存在，必然要处在与他者的关系中才能有意义。不能真正认识到他者的意义，这正是默多克对萨特展开批判的一个基点。默多克很早就开始向英国介绍萨特，但是，她也较早地意识到，"存在主义不是我们需要的哲学，它也不能通过修补而成为我们需要的哲学"①。默多克认为，在萨特的作品中缺乏真正的人与人的交流。萨特的作品建立在个人意识之上，而不是建立在个人意识与社会融合的基础之上，在他的作品中，理性意识与社会融合成反比。"个人是中心，却是一个唯我论的中心。他有一个关于人类交谊的梦想，但决不是经验。他以指尖碰触他者。"②而默多克要建构的道德哲学以"没有上帝的善"为中心。默多克受柏拉图哲学影响很大，在她的哲学比喻中，善就是太阳，"它散发光与能量，使我们知道真实。在它的光照下，我们看到世界上的事物处在真实的关系之中"。③ 也就是说，在失去了上帝的前提下，人应当处于沐浴着阳光的真实之中，而这种状态应是一种共有状态，即彼此联系、互相融合的状态。

那么，通过镜像化自我实现的途径是否能够实现这种"善"呢？答案是否定的。镜像化自我实现无法完成这一任务，实质上，它反而进一步切断了人与他者的联系。

镜像化自我实现既是现代人重建本质的良好愿望的体现，同时也是现代人自我实现的一种悖谬。一方面，无论人们将"黑王子"解读为阿波罗、马西亚斯、爱德华王子、哈姆雷特、布雷德礼还是洛席厄司，所有这些所指都体现出一个共性，即由于人对自我实现非常执着，这会导致人对自己选择的镜像产生恶欲。另一方面，对镜像的执迷也会导致对镜像以外的他者的忽视，并可能因此产生致命的后果，以往研究多将

---

① Iris Murdoch, "On 'God' and 'Good'", in *Existentialists and Mystics*: *Writings on Philosophy and Literature*, London: Chatto and Windus, 1997, p. 337.

② Iris Murdoch, "The Labyrinth of Freedom", in *Sartre*: *Romantic Rationalist*, London: Penguin Books, 1989, p. 62-63.

③ Iris Murdoch, "The Sovereignty of Good over other Concepts", in *The Sovereignty of Good*, London: Routledge, 1970, p. 92.

这些后果归罪于自我中心主义，而我们认为，这些研究忽视了镜像的引导和遮蔽作用。

　　主人公布雷德礼·皮尔逊（其英文 Bradley Pearson 首字母与"黑王子"的英文 Black Prince 首字母相符）将自己的遭遇称为"与黑暗之王的对弈"（BP，214），因此，理解"黑王子"的真正内涵对理解全书具有重要意义。最权威的解读当然来自作者本人，默多克曾表示，"黑王子"既是阿波罗，也是洛席厄司。谢丽尔·波夫在其著作《理解艾丽丝·默多克》中曾提到，在一次接受采访时，默多克曾明确表示，黑王子当然是指阿波罗。默多克也为洛席厄司的身份提供了一个线索，她曾邀请一位朋友为该小说的书套画上了阿波罗的头像。而在小说中，自称是布雷德礼狱中好友的洛席厄司与阿波罗有着同样的身份和罪行，他是个音乐家，因为谋杀了自己的音乐同行而入狱。那么布雷德礼、阿波罗和洛席厄司就身份重合了。

　　对"黑王子"的解读还涉及马西亚斯、哈姆雷特以及爱德华王子。

　　马西亚斯来自阿波罗神话。马西亚斯对自己的音乐才能非常自信，于是大胆向主管音乐的神阿波罗提出挑战。结果他失败了，被阿波罗剥皮作为惩罚。这一神话隐藏在小说背后，对理解小说有重要意义。评论者认为，布雷德礼既是阿波罗——施虐者：剥别人的皮；也是马西亚斯——受难者：为艺术付出了沉重的代价。[1]

　　也有人认为，小说的名字"黑王子"毫无疑问是指莎士比亚笔下的哈姆雷特。[2] 哈姆雷特的故事的确常被在小说中提及或暗示，对情节的发展具有重要作用。虽然默多克本人曾在接受 M. O. 贝拉美的访谈时断然否认黑王子是哈姆雷特，但这种解读无害于此处的论点。哈姆雷特，这个著名的悲情王子，渴望人文主义理想中一切美好的东西，却都未能实现。他既没有得到爱情，也未能坐上父亲的宝座，成为贤明

---

　　① Cheryl K. Bove, *Understanding Iris Murdoch*, Columbia：University of South Carolina Press，1993，p. 76.

　　② Christopher J. Insole, "'Beyond Glass Doors⋯The Sun no Longer Shining'：English Platonism and the Problem of Self-love in the Literary and Philosophical Work of Iris Murdoch", *Modern Theology*，Vol. 22，No. 1，2006，p. 133.

的君主去实现自己的美好理想,当然,也没有满足颇受争议的俄狄浦斯情结。

　　历史上的爱德华王子,是英国国王爱德华三世的儿子,英勇善战,颇有作为,因为穿一身黑色铠甲而被称为"黑王子"。他早被立储,但其父在位时间很长,因此一直不能继位,后来竟自我放弃,消极、沉沦下去,最后死于父亲去世之前。虽然默多克本人对将黑王子解读为爱德华王子感到十分震惊,但这一阐释也无害于我们这里的论点。

　　那么,布雷德礼、阿波罗、洛席厄司、马西亚斯、哈姆雷特以及爱德华王子,这些被涉及的"黑王子"有什么共性呢? 实际上,希尔达·斯皮尔已经指出,所有涉及的"黑王子"都有一个共性,那就是都没有实现自己的潜质[1]。他们都爱着一种理想自我的存在,但由于种种原因而无法实现,因此这种爱便变为焦虑和仇恨,甚至使人成为一个杀人的魔鬼。这种具有破坏力的爱(欲望)使他们既是施虐者,又是受虐者。是施虐者是因为他们认为别人达到了自己的理想自我,但认为那是从自己这里窃取的,因此对那个体现了理想自我的他人既崇敬又仇恨。于是仇恨转化为对他人施虐。当然,崇敬他人最终是因为自己无法实现理想自我,因而自我贬低,自我诅咒,自我惩罚,内心深受煎熬,因此也会转为对自己施虐。所以,这种具有破坏力的爱便使他们都成为了具有神－魔两重性的存在。拜厄特就认为:"黑王子是爱与恐怖的客体,在小说中他是神－魔的混合体;他是阿波罗,既是光与艺术之神,也是冷酷之神……他是莎士比亚和哈姆雷特,他是爱、死和艺术。"[2]我们认为,实质上,"黑王子"是镜像化自我实现的一个符号,它标示出了人的神－魔两重性存在。神性体现在对自我实现的渴望,这是一种爱欲;魔性则体现在对镜像的恶欲。这个恶欲也是基拉尔"内中介"概念的应有之义,在这一点上它与"外中介"的完全崇拜是不同的。基拉尔认为,在内中介关系中,主体对客体的追求受到阻碍或无法完成,因为这个客体

---

①　Hilda D. Spear, *Iris Murdoch*, New York: St. Martin's Press, 1995, p. 76.

②　A. S. Byatt, *Degrees of Freedom: The Early Novels of Iris Murdoch*, London: Vintage, 1994, p. 271.

被介体自身觊觎或者占有,于是对介体的仇恨就产生了。因此,对镜像的恶欲产生于人渴望实现自己的潜质,但认为其被镜像阻碍或占有,这是一种邪恶的、具有破坏力的黑暗欲望。

布雷德礼将阿诺作为镜像,表达了通过摹仿回归本质的渴望,但对镜像的恶欲却阻止了这一目标的实现,它切断了与镜像建立真正联系的路。布雷德礼接近芮秋,一方面是对阿诺的替代性实现,另一方面还存在着想打败阿诺的欲望。也就是说,布雷德礼对芮秋的同情也来源于对阿诺的恶欲,将她认同为自己,以此形成一个弱者的联盟,共同抵御来自阿诺的威胁,保护自己的尊严。也是这种恶欲使布雷德礼听到阿诺说可能杀了太太时,他感到了一种古怪的喜悦。他想把芮秋写给他的暧昧的信拿给阿诺看,也是想粉碎阿诺的自满。同样,布雷德礼与茱莉安的爱情也带有这一色彩。在给阿诺的信中,布雷德礼提到:"如果我获得你女儿的爱情,那一定是打败你的最后的机会,对此我理解得很透彻。"(BP,304)当然,茱莉安对他的影响要比这个深远。按照基拉尔的说法,如果欲望足够强烈,成为激情,那它就超越了摹仿,成为自发的欲望。这段爱情就是如此。除了利用客体来表达恶欲之外,布雷德礼还用文字直接表达,即不公正地评价阿诺,以此达到对阿诺的攻击和对自己的保护。"当我写到阿诺时,我的笔会因为愤恨、爱、懊悔和恐惧而颤抖。好像我正在以文字建造一个障碍来反对他,而我就藏在这大量文字的后面。"(BP,58)因此,有评论者称布雷德礼是个通过言语生活的人,他"用言语的屏障来保护自己对巴芬的恐惧"①。

这种恶欲当然会阻碍对镜像的正确认识,此外,对镜像的执迷也会导致对镜像以外的他者的忽视,从而遮蔽他者的真相,进一步切断自我与他者的真正联系。例如,布雷德礼对与自己关系十分密切的前妻和朋友都非常缺乏了解,不知道他们是犹太人,也忽视了芮秋要报复的宣言。布雷德礼一直鄙视法兰西斯·马娄,认为他是个伪医生,没出息的人。实际上,读者却可以看出,正是马娄一直在关键时刻帮助布雷德

---

① A. S. Byatt, *Degrees of Freedom：The Early Novels of Iris Murdoch*, London：Vintage, 1994, p. 276.

礼:假凶案发生时,他陪布雷德礼前往阿诺家,为被打伤的芮秋治伤;关
键时刻,他为服药自杀的布雷德礼的妹妹普丽席拉安排抢救;当布雷德
礼沉溺于与茱莉安的感情中无暇旁顾时,也是马娄替他照顾着精神濒
于崩溃的妹妹。因此,这种鄙视值得怀疑,有评论者就认为,马娄似乎
是所有人物中最善意、最明智的,其行为是在接近善的生活①。另外,
对他者的忽视更是导致悲剧发生的直接原因。正是由于布雷德礼与阿
诺都执迷于互为镜像的对方,对芮秋忽视、背叛,才最终导致她与丈夫
的冲突,阿诺被杀,布雷德礼被诬陷。当真的凶杀案发生时,如果还像
第一次一样,马娄随往的话,他将是一个重要的证人,布雷德礼就不会
被诬陷杀了人,但不幸的是,马娄的这次缺席却成了一个致命的错误。

　　对他者的忽视常常被用作对布雷德礼自我中心主义的批判,但我
们认为,在这部小说里,是镜像的引导和遮蔽才导致了自我中心主义,
并最终导致忽视他者与悲剧发生,因此,忽视镜像的作用就无法正确认
识自我中心主义。"认为什么东西有价值,就是要通过它来获得自我存
在的某种稳定性"②,从这一意义上来讲,人就是自我中心主义的偏执
狂。布雷德礼说:"《哈姆雷特》……有关于莎士比亚所爱的一个人。"
(BP,168)人们会认为,这个人或者是某位"奥菲利亚",或者是"母亲",
或者是"父亲",其实,他们都只是因为与哈姆雷特或莎士比亚的自我实
现相关联才具有了意义,所以他爱的那个人始终是自己。因此,仅仅起
步于自我中心主义或仅仅止步于此,都将遗漏认识布雷德礼的重要一
步。我们应该深入下去,认识到布雷德礼的自我中心不是一个自发的
欲望,这才揭示出了现代人的悲剧处境。在现代社会中,人的自主性破
灭,由他者引导,身不由己。现代人试图通过摹仿镜像回归本质,却接
受了镜像的引导,并因此阻碍了与他者建立本质联系,这正是现代社会
中自我中心与摹仿他者的悖谬。

　　A. S. 拜厄特曾说:

---

　　① Gillian Dooley, "Iris Murdoch's Use of First-person Narrative in The Black Prince",
English Studies, Vol. 85, No. 2, 2004, p. 136, 144.

　　② Iris Murdoch, "Value and the Desire to be God", in *Sartre: Romantic Rationalist*,
London: Penguin Books, 1989, p. 93.

当谈论她自己的小说时,艾丽丝·默多克总是将她自己描述为现实主义者。现实主义对她而言是一种发现更多现实的手法,将世界描述为是其所是的手法,这个世界没有被个人的幻想和欲望扭曲。《网之下》和《黑王子》的"现实主义"不是乔治·艾略特小说式的,也不是托尔斯泰式的,甚至也不是默多克本人的小说——《钟》和《相当体面的失败》那种现实主义。它们有大量的幻想因素,不太可能发生的情节,滑稽的虚构和文学上的戏谑,我认为这是因为它们的主题部分是与文学的本质相关的。它们可以被恰当地描述为关于现实主义的伦理价值的寓言,而不是本身作为现实主义小说。①

在《黑王子》中,默多克所揭示的正是这种他人引导的当代伦理的困境。基拉尔指出了失去上帝对人的影响。在宣布上帝死亡之后,傲慢膨胀,人人想取而代之,却发现了自己的无能,因此恨自己,羡慕他人,因为他相信别人是可以做到的。"如果说现代情感在蔓延,那么原因并非'羡慕天性'和'嫉妒秉性'的数量莫名其妙、令人不安地增加了,而是因为在一个人与人的差别逐渐消失的世界里,内中介正得其所哉。"②

那么,人能够超越镜像化自我实现吗?按照拉康的理论,人的欲望就是他者的欲望。对拉康而言,异化并不是发生在主体身上并能够被超越的偶然,而是主体必不可少的组成部分。主体在根本上就是分裂的、异己的,而且这种分裂无法逃避,也没有完整或综合的可能性。③但默多克试图走出拉康的悲剧性论断,她所构建的道德哲学就是一种寻求拯救的努力。

---

① A. S. Byatt, *Degrees of Freedom: The Early Novels of Iris Murdoch*, London: Vintage, 1994, p. 269.

② 勒内·基拉尔《浪漫的谎言与小说的真实》,罗芃译,北京:生活·读书·新知三联书店,1998年,第14页。

③ Dylan Evans, *An Introductory Dictionary of Lacanian Psychoanalysis*, London: Routledge, 1996, p. 9.

第四章　伦理乌托邦：回归本质的道德努力

默多克不仅在自己的小说里展示了人类本质失落的悲剧，揭示了现代西方人试图将本质完全建立于自身或他者那里来回归本质的努力及其悖谬性，而且也展开了自己对解决这一问题的探索，那就是渗透于其小说和哲学著作中的对伦理乌托邦的构想。默多克曾在《星球消息》中借人物之口说道，一个人不得不成为上帝，或者返回世界中普通的道德价值。既然人无法成为上帝，默多克便把重建本质的希望放到了现世中，力图通过建立一种正常的人际关系而构建一个伦理乌托邦。

本章将分五节进行论述。第一节将对默多克的伦理思想进行概述，第二节将梳理以往哲学家对自我与他人这一核心伦理关系的认识，以明晰默多克伦理乌托邦的背景及其意义。第三节和第四节将论述默多克的伦理乌托邦在平衡自我与他者在天平两边的地位时所借助的方式和策略。第五节将展示默多克式伦理乌托邦的理想景象，那是一种爱的氛围，但这种爱里没有对自我欲念的执着，也没有对他人意志的剥夺，而是在真正认识偶然并尊重偶然的基础上，所实现的人与人的平等相处和对话。

第一节　默多克伦理思想概说

玛丽亚·安东纳乔（Maria Antonaccio）曾如此评价默多克的哲学："考虑到默多克哲学视野高度原创性的本质和她所关注的主题的多样性，任何想在当前哲学动态的背景中评估其思想的企图，将不得不将自身限定在某个时段的特殊要求中。"[①]我们在这里从默多克哲学中整理的主要是其伦理思想的大致框架和核心理念。

在《关于"上帝"与"善"》这篇哲学论文中，默多克这样写道：

> 贯穿整篇论文，我都假定"没有上帝"，而且宗教的影响正日益快速地消退。这两个假设会被挑战。看起来毫无疑问的是，道德哲学是气馁的，狼狈的，在许多方面被认为是不可信的，不必要的。随着哲学自我的消逝，科学自我的自信地填充，一个膨胀的然而空虚的意志概念被引领进了伦理学，这正是我所主要批判的对象。我并不确定我积极的建议究竟有多大意义。寻求统一是极为自然的，但是就像许多极为自然的事情可能除了各种幻想以外什么都不能引发一样。我所确信的是功利主义的不足，语言行为主义的不足，以及各种我熟悉的存在主义的不足。我也确信，道德哲学应该被保护……伦理理论在过去已经影响了科学和普通人，没有理由认为它在将来不能做到这一点……我们必须期望艺术与伦理这两个领域产生一些有价值的概念，能够引导并遏制科学日益增长的能力。[②]

---

① Maria Antonaccio, "Reconsidering Iris Murdoch's Moral Philosophy and Theology", in *Iris Murdoch：A Reassessment*, edited by Anne Rowe, New York：Palgrave Macmillan, 2007, p. 15.

② Iris Murdoch, "On 'God' and 'Good'", in *The Sovereignty of Good*, London：Routledge, 1970, pp. 75—76.

从这段文字中我们可以看出，默多克的伦理思想是建立在上帝之死和对当今道德哲学批判的基础之上的。

玛丽亚·安东纳乔认为："作为发现道德伦理学的领军人物，她（默多克）通过转向柏拉图而不是亚里士多德来寻找灵感而脱离了她的当代人。"[①]柏拉图和亚里士多德分别代表了圣人和艺术家的不同取向。柏拉图的理想国是一个道德、正义的体系，艺术家则被驱逐而出。而在亚里士多德的体系中，艺术占据了很大的位置。在默多克的小说中，就存在着柏拉图与亚里士多德的斗争。"一方面，小说展现了一种宗教的或柏拉图式的'忘我'的观念，以渴望一种神圣的或出世的存在模式的人为代表，另一方面，则是一种更快乐的、更强调自我的世俗生存，这些人拥抱普通生活和它的乐趣，这标志着他们是审美家或享乐主义者。"因此，前者代表一种追求精神生活的禁欲道德，以圣人为代表，而后者则代表一种世俗的享乐主义，追求个人在物质或意志方面的实现，以艺术家为代表。

在 20 世纪，随着上帝的退场，人们似乎对一切超越的东西都失去了兴趣，普遍存在着这样一种担忧："任何渴望高的或完美主义者的理念都是可疑的，因为它贬低了人的个体性和不完美性，并且当它被接受为社会理想时便会鼓励不包容甚至残忍。"伦理学家玛莎·努斯鲍姆（Martha C. Nussbaum）就持这种观点。她认为，在所有的理想中，都存在着一个诱惑，那就是轻视人类的日常生活。这些位于高处的理想"通过把我们提升起来以超过自身，也冒着放纵我们厌恶日常现实的危险"，这样做所导致的结果将是，我们"既憎恨自我也憎恨他人"。[②] 上帝所代表的理想就是这样的，它轻视世俗，而重视彼岸。随着上帝的式微，这种理想已经难以再唤起世俗男女的热情了。当时的哲学气

---

① Maria Antonaccio, "Reconsidering Iris Murdoch's Moral Philosophy and Theology", in *Iris Murdoch: A Reassessment*, edited by Anne Rowe, New York: Palgrave Macmillan, 2007, p. 15.

② Maria Antonaccio, "The Ascetic Impulse in Iris Murdoch's Thought", in *Iris Murdoch: A Reassessment*, edited by Anne Rowe, New York: Palgrave Macmillan, 2007, p. 87, pp. 88—89, p. 98.

候——存在主义、精神分析、分析哲学等普遍取消了形而上学。当时流行的是世俗人道主义(Secular Humanism),它单纯追求世俗人类的繁荣和幸福,其中心特征就是,它依附于完全世俗的人类繁荣和幸福这个规则,认为凡是不能使人们的生活变得更美好、更富裕的就是应该被抛弃的。因此,人们沉醉于世俗,缺乏对超越的追求。

然而,默多克对这种取向进行了批判,在《关于"上帝"与"善"》中,她认为当代的道德哲学大多是没有野心的和乐观主义的,缺乏追求和活力。作为一种对抗,默多克用柏拉图的善代替了上帝的位置,提倡"没有上帝的善"的道德哲学。她坚持善的超越地位,强调在人类存在中道德的绝对性。"即便所有的'宗教'都像雾一般消散了,美德的必要性和善的现实性也应该继续存在。"①但是,善的超越性并没有使她采取出世的立场。她把人回归本质的希望放在世俗中人与人之间的关系中,寄希望于"没有上帝的善"。她认为,善不会失去对人的指导意义,因为如果我们能够一直将思想指向善,就会逐渐被善所吸引。因此,默多克的"立场既不纯粹是禁欲的道德家的立场,也不完全是反禁欲的审美家,而是更动态的,自我批判的反禁欲的禁欲者的立场。"②它既不放弃对善的追求,也不会因此而轻视人的世俗性,既保持着对最高精神性的渴望,也接受人类的局限性,在世俗中坚持对至善的追求。维特根斯坦曾指出,即使科学穷尽了它所能解答的一切问题领域,它却还根本没有触及人生问题。伦理学问题就是这样一个科学无能为力的领域,它只能通过在人与人的交往中获得解决。默多克所坚持的立场就是如此。正如玛丽亚·安东纳乔在《重估艾丽丝·默多克的道德哲学与神学》(*Reconsidering Iris Murdoch's Moral Philosophy and Theology*)一文中所说,默多克的伦理思想发展了一种既不完全是世俗的,也不完全是传统的宗教式的思考模式,因而在当代伦理学中占据了一个独特的位置,对定义当时的人道主义做出了自己的贡献。

---

① Iris Murdoch, *Metaphysics as a Guide to Morals*, London: Chatto and Windus, 1992, p. 428.

② Maria Antonaccio, "The Ascetic Impulse in Iris Murdoch's Thought", in *Iris Murdoch: A Reassessment*, edited by Anne Rowe, New York: Palgrave Macmillan, 2007, p. 89.

第二节　"我"与"他"——天平的两边

自我与他人的关系一直都是作为一对矛盾出现的,既相互对立又相互依存,对自我的理解会直接决定他人的地位,而对他人的认识也直接反映了对自我的领会。两者虽然有着如此密切的关系,却从来没有停止过对主导权的争斗,两者在天平的两边摇摆,有时表现为唯我独尊,忽视他人,有时则表现为贬抑自我,提升他人。

梅洛—庞蒂认为,在19世纪之前的哲学中,"他人"并没有作为一个真正的主题而得以关注。这便是被称为普遍理性主体的时期,在这一时期,人类作为一个整体面对世界,在人与世界的交锋中,关注的是人对外界的认识,把外界看做客体。人们也把这一阶段形容为肩并肩时期,人类作为一个大写的人而共在。

笛卡尔以理性将人类划归入一个战壕以区别于动物,于是理性就成为了人类这个整体共同的自豪。理性或良知"是唯一使我们成为人、使我们异于禽兽的东西,我很愿意相信它在每个人身上都是不折不扣的,很愿意在这一方面赞成哲学家们的意见,就是:同属的各个个体只是所具有的偶性可以或多或少,它们的形式或本性并不能多点少点"[①]。黑格尔致力于建构的是历史的发展宏图,在这个宏图中,个人被淹没在历史的洪流中不见踪迹,只见历史的车轮呼啸而过。对他而言,"我就是我们,而我们就是我"。康德的思想也没有超出这个范围。在《存在与虚无》中,萨特曾指出:

> 康德事实上致力于确立主体性的普遍法则,这些法则对所有人都是共同的,他并没有涉及个人的问题。主体只是这些个人的共同本质,它不能决定他们的多样性,正象对斯宾诺莎来说人类本质不能决定具体的人的本质一样。因此,似乎

---

① 笛卡尔《谈谈方法》,王太庆译,北京:商务印书馆,2000年,第4页。

一开始,康德就把他人的问题归入不属于他的批判的问题之
列了。①

杨大春先生认为是胡塞尔开启了普遍理性主体的解体,这是依据
胡塞尔的先验的社会学哲学,即"交互主体性"得出的结论。但是,胡塞
尔的他人问题仅限于认识论,而且只是为了证明世界的客观性这一目
的才出现的。一个物体不是只有我一个人可以看到,而是同时可以被
其他人感知,这样才能证明它是客观的,而非我的意识的创造物。胡塞
尔并不想证明他人的存在状态,也不想论证世界对他人的意义。而且,
胡塞尔颠倒了认识与存在的关系,对于胡塞尔而言,先验意识是存在的
基础。而这个先验意识也是相对于存在的一个普遍概念。诚如萨特所
说:"由于已把存在还原为一系列意义,胡塞尔能在我的存在和他人的
存在之间建立的唯一联系,就是认识的联系;因此他像康德一样不能逃
避唯我论。"②

在《语言、身体、他者——当代法国哲学的三大主题》中,杨大春先
生认为,到了梅洛—庞蒂的哲学,才有意识地将他人问题列入了现象学
的重要主题。梅洛—庞蒂重新发现了现象的意义,力图在活生生的体
验中向我们揭示我与他人密不可分的关系。就像梅洛—庞蒂在《知觉
现象学》中所说的,"我的生命有一种社会气氛"。我与他人和世界之间
这种活生生的关系的基础就在于人是具身的存在。由于人的身体和行
为总是具有公开的一面,处于他人的注视中,因此对他人来说便成为可
通达的。正是经由身体这个中介,我通过各种感觉功能,包括视觉、听
觉、触觉来感知他人外在的情绪表现,并据此得知他人的内心世界甚至
整个存在状态。虽然第三人称感知并不能完全等同于他人的第一人称
感知,但是我们不可否认这种通达的可能性。

但是,现象学也无法摆脱其固有的弊端,即对其交互主体性的
质疑。

① 萨特《存在与虚无》,陈宣良等译,北京:生活·读书·新知三联书店,1987年,第302页。
② 萨特《存在与虚无》,陈宣良等译,北京:生活·读书·新知三联书店,1987年,第314页。

　　一种传统的观点认为，现象学的任务是研究显现的可能
性条件；倘若这一任务的贯彻是通过对构成性主体和被给予
物（即被构成的现象）之关联的狭窄关注，那么，现象学便永远
无法给出一个充分的对他人的分析。谈论一个陌生主体、一
个他者，即是去谈论（出于本质的原因）某种对我而言永远不
具有被给予性的事物。作为一个陌生主体，它将拥有一个总
的说来我无法通达的自身被给予性。出于这一缘由，现象学
将无法说明它并因而在其根基和结论上也始终是唯我论
的……它试图从一个独白的出发点开始派生出交互主体间的
关系。只要一种现象学的论述总是从我开始，那么在主体和
他者间就总存有一种持久的不对称。[①]

从根本上对这种重我轻他的不平衡性进行了修正的是后现代伦理
学。它对原先的不对称进行了颠倒，即将天平倾向了他人这一边。
人们是如此定义后现代伦理学的：

　　如果后现代是从激烈地追寻现代性的雄心所导致的盲目
小径上的一种撤退，那么后现代伦理学将会是这样一种伦理
学，它重新将他者作为邻居、手、脑的亲密之物接纳回道德自
我坚硬的中心，从计算出的利益废墟上返回到它被逐出之地；
是这样一种伦理学，它重新恢复了亲近独立的道德意义；是这
样一种伦理学，在道德自我形成自身的过程中，它将他者作为
至关重要的人物进行重新铸造。

　　在后现代伦理学中，他者不再是一种牺牲品，这样的牺牲
品至多能够补充自我的生活汁液，最差能够反对或者破坏自

---

　　① 丹·扎哈维《主体性和自身性——对第一人称视角的探究》，蔡文菁译，上海：上海译
文出版社，2008 年，第 187—188 页。

身的构造。作为替代,他将是道德生活的守门人。①

默多克的伦理思想具有和后现代伦理相似的取向。《剑桥现代英国小说简介:1950—2000》中就提到了两者的相似性:"她的道德哲学与主导 20 世纪 50 和 60 年代文学批评的自由人文主义的精华有共同之处;然而在其道德思想中偶然这个观念的重要性却是对旧人文主义及其根基的超越,从某种意义上来说,它预示了 20 世纪 80 和 90 年代的'后现代伦理'。"②

自 20 世纪 50 年代登上文坛开始,默多克就表现出了这种后现代伦理取向。这可以从其在第一部哲学著作《萨特:浪漫的理性主义者》中对萨特式的存在主义者的批判和第一部小说《网之下》中杰克的选择上看出端倪,此后,这种后现代伦理取向就一直贯穿于默多克的所有创作中。

就像梅洛—庞蒂所无奈地宣称的那样,诸意识以多个我的唯我论使世界陷入荒谬,因此,唯我论就是一种存在的真理。但是我们毕竟可以无限地降低这种唯我论,至少可以不再狂妄地忽视他人,让他人也享有和我同样的主体地位。默多克就试图为我们构建这样一个后现代式的伦理乌托邦。这个乌托邦的核心是"降低自我"和"提升他人",并最终在爱中达到自我与他人在天平两边的平等。

第三节　降低自我——默多克的"非我"寓言

在默多克看来,客观与无私对人类而言并非顺理成章、自然而然的事情,人总是容易深陷于自我中心主义,玛丽亚·安东纳乔在《艾丽丝·默多克思想中的禁欲冲动》(*The Ascetic Impulse in Iris Mur-*

---

① 参见齐格蒙特·鲍曼《后现代伦理学》,张成岗译,南京:江苏人民出版社,2003 年,第 98—99 页。

② Dominic Head, *The Cambridge Introduction to Modern British Fiction*:1950—2000, Cambridge:Cambridge University Press, 2002, pp. 257—258.

doch's Thought)一文中认为,如果在默多克那里有一个原罪概念,那就非它(自我中心主义)莫属。正是由于意识到人经常会受到唯我论的影响,默多克认为人应该去除自我,或者说努力进行"非我"(unselfing)的修炼。她也曾经在《钟》这部小说中借人物之口说过,善的生活的主要要求就是没有任何自我意象的生活。但是去除自我并不是完全放弃自我,默多克认为,人们有权追求自己的幸福,个人幸福也是构成善的生活的一个重要组成部分。所以,默多克所说的去除自我实际上是指降低自我在天平中的分量,并因而使他人的价值得到尊重和重视。因此,在默多克那里,去除自我就是这样一个过程:通过注视自我之外的世界与他人,逐步摆脱利己主义意识。

关于利己主义,默多克的观点受到西蒙娜·薇依的影响。"通常所说的利己主义并不是对自我的爱恋,而是一种有缺陷的观察角度。"[①]即,人们在观察、思考事物的时候,习惯于一切都从自我中心的角度出发。关于如何降低自我,默多克的小说可以为我们提供很多启示。在《艾丽丝·默多克的非我寓言》一书中,大卫·戈登曾直言默多克的所有小说都是非常模式化的,而在《艾丽丝·默多克小说〈黑王子〉中的第一人称叙述》(*Iris Murdoch's Use of First-person Narrative in the Black Prince*)中,基里安·杜利(Gillian Dooley)认为,《黑王子》中的主人公布雷德礼是默多克小说中受到了最大启蒙的人物,所以,我们将主要以布雷德礼的追寻之路为基础,并综合其他人物的探索历程,来探讨默多克小说中能够引导人降低自我的三个重要概念——回忆、死亡、自然。

回忆是默多克小说中能够引导人降低自我的一个重要概念。勒内·基拉尔认为,回忆具有拯救的功能,因为在回忆中,欲望将得到沉淀,此时精神能够超脱其上,因此也就能够冷静、客观地去辨认,发现曾让人碰壁的种种障碍。的确,在回忆中,人对自我的关注已经不同于以往的执迷,因为人与过去有了间离,当时的各种利益考虑都被放下,便

————————

①　转引自范岭梅《善之路——艾丽斯·默多克小说的伦理学阐释》(博士学位论文),北京:中国社会科学院,2004 年,第 56 页。

具有了反省和超然的立场,能够将过去的自我作为客体,进行审视和批判。

在《黑王子》中,布雷德礼的救赎与回忆有极为重要的关系。布雷德礼在狱中回忆往事,与自己的内心展开对话,从而逐渐发现了真实的自我。小说以第一人称写成,但"所有的第一人称叙述都包含不止一个视点:写作时的'我'必然不同于被写的'我'。叙述声音与被叙述事件之间时间上的距离是很重要的"①。它的重要性就体现在,由这段距离产生了回顾和反省。正如希尔达·斯皮尔(Hilda D. Spear)在《艾丽丝·默多克》(*Iris Murdoch*)中所言:只有通过被叙述的自传,布雷德礼的生活才能具有意义;只有通过省察每一个事件,他才能最终区分外在表现和实际情况。正是在回忆中,布雷德礼才认识到自己以前的错误,说出这样的话:"从新意识的有利位置回顾,我发现自己曾经是一个羞怯、不成熟且满怀怨愤的人。"(*BP*,333)

在布雷德礼的叙述中,经常会在故事暂停时出现第二人称"你"。有时他指出这是读者,有时提到 P. 或 P. L(与自称编者和布雷德礼狱中好友的洛席厄司的英文 P. A. Loxias 首字母相同),有时则不知所指。但我们也可以换个角度,将这个"你"理解为"我",也就是将自我客体化,这样就形成了此时自我对彼时自我的审视与批判。如此一来,"我"与"你"的关系就成了一种自我对话,自我反省。

> 我的朋友,我发现你是我追寻的极致。你有可能不存在吗?在这个我们共同居住的隐修院里,你有可能不是在此等候我吗?不可能,亲爱的。你是偶然在这里的吗?不,不,我早该创造你,通过你给予的力量我可以做到。实际上,现在我把我的生命看做是一种追寻和苦修,但是却一直陷入无知与黑暗之中。我在追寻你,我在追寻他,追寻一种超越众人的无名知识。为此,我怀着悲伤长久地追寻着你,最终,通过与我

---

① Gillian Dooley, "Iris Murdoch's Use of First-person Narrative in The Black Prince", *English Studies*, Vol. 85, No. 2, 2004, p. 135.

共同受苦,你慰藉了我终生失去你的痛苦。因此痛苦也变成
了喜悦。(*BP*,340—341)

虽然布雷德礼在后面一段中提到了"你这位音乐家",但他"追寻的
极致"却又"一辈子失去"的,不可能是作为谋杀犯的阿波罗和洛席厄
司,也不可能是读者,因此,这里更像是一种自我对话。即使其他段落
中的"你"有更明确的指向,这也不妨碍我们将其理解为"我",既然阿波
罗、洛席厄司与布雷德礼有身份重合的关系,那么"读者"也可以被看做
是作者在反观自己的经历,而这正是自传体的特点。

实际上,我们认为,默多克如此使用人称是自觉的。她曾在自己的
哲学著作中说过:"如果在深度祈祷的黑暗中我遇到了一个人,这个人
难道不会是经过某种伪装的我自己吗——为什么不会呢……我会遇到
我灵魂中较高或较低的部分。"①在这段话中,默多克还特别提到了马
丁·布伯的"你",表明她是按照自己的理解来使用这个术语的,而没有
局限于布伯对"你"的理解。

在《黑王子》中,正是通过回忆中的自我对话,布雷德礼对镜像化自
我实现的弊端及自我与他者的关系有了正确的认识。他终于发现,自
己曾经多么执着于个人利益和虚荣而忽视他人,曾经对包括阿诺、前
妻、朋友和马娄在内的身边之人做出过多么不公正的评判。通过回顾,
布雷德礼放弃了过去那个黑暗的自我,随之连他的艺术观也发生了根
本的改变,写出了伟大的小说。正如勒内·基拉尔所说,利己谎言坍塌
的时候,也便是小说天才诞生的时候。

在默多克的第一人称小说——《黑王子》、《大海啊,大海》、《网之
下》、《沙堡》、《意大利女郎》和《语言的孩子》中,回忆自然都是非常明显
的,且都具有重要作用,即使是在默多克的第三人称小说中,回忆也同
样具有降低自我,反思并批判自我的重要作用。

在《布鲁诺的梦》中,一位垂死的老人布鲁诺躺在床上,不断反思着

---

① Iris Murdoch, *Metaphysics as a Guide to Morals*, London: Chatto and Windus, 1992, p. 468.

自己所犯下的错误,最终得以与儿子和解。在《神圣与亵渎的爱情机器》中,蒙特不断反思自己与妻子的关系,其中既有爱,又有恨,还有愧疚,最终他承认了自己对妻子的谋杀。玛丽亚·安东纳乔也曾在《艾丽丝·默多克思想中的禁欲冲动》中道出了回忆之于默多克人物的拯救功能,认为在默多克的小说中,真正的洞见和道德价值对人类来说不是不可能的,但它们只能通过"意识的自我反身动力学"来获得。

回忆的确具有降低自我,并达到反思自我、批判自我的功能,但是,默多克反对现代主义作品中充斥的主观主义和自我反省。因为自省是通过对过去的回忆实现的,而这种回忆往往无法完全做到使往日重现,也难以提供回忆正确与否的客观依据,因而常常使回忆发生错误。当然,回忆还会使人陷入自我中心的泥淖,促进个人心理的膨胀和自恋的发展。

在《大海啊,大海》中,查尔斯也正是因为陷入自我中心的沉思,而对现实进行了主观、自恋的解读。查尔斯将自己全部行为的后果都推诿给往事对自己的影响,认为自己对女性和爱情的玩弄态度都是因为当初哈特莉对自己的拒绝,而自己不顾一切地追求成功则是为了向童年时期对自己轻视的詹姆斯进行报复。他越是沉迷于对往事的回忆,便越远离现实,无法看到真相,只有在最后,他才跳脱回忆的梦魇,接受了哈特莉的出逃,看到了詹姆斯对自己的爱,以及自己的自私所导致的可怕后果,自己也才得到了拯救。

因此,回忆的拯救功能要顺利发挥作用,有赖于一个至关重要的概念——死亡,因为这个回忆必须发生在灵魂发生重大变化的背景下,即回忆时的自我已与被回忆的自我不同,发生了质的变化,正是死亡最终促成了这个变化的发生。所以,死亡便是默多克小说中引导人降低自我的另一个重要概念。

在默多克这里,死亡具有极其重要的意义,它与善具有直接的关系。

善与对真正的死亡、真正的偶然和真正的无常的接受联系在一起,只有在接受这些心理上难以承受的一切的背景之下,我们才能全面理解什么是美德……谦卑的人认识到了忍受痛苦和接受死亡之间的距离。或许他不能被定义为善人,但是他是所有人中最有可能成为善人的那种人。①

正是由于对死亡的重视,默多克对以受苦代替死亡这种基督教式的方式非常排斥。她的这种立场被称为"对悲剧性情感的批判"。

因为这种忍受苦难的虚弱行为与尼采的超人所追求的强力意志背道而驰,所以也曾遭到过尼采的强烈批判。尼采认为,基督教结束了古希腊人对个人美德的炫耀,以及为之与他人进行不顾一切的竞争的精神,"基督教用它所捏造的罪发明了令人作呕的、夸张而矫饰的海市蜃楼,基督教在这个世界里引入了虚假的负罪状态",而基督徒们正是通过对身体与灵魂进行折磨来赎罪,以期获得来自天国的通行证的。"基督教对这种折磨的运用已经达到了闻所未闻的程度,并继续冠冕堂皇地采用这种折磨,甚至只要它发现某一种状态没有任何被折磨的迹象,基督教就会天真地抱怨世道的衰落和动摇"。②

与尼采出于对强力意志的赞扬而批判受苦全然不同,大卫·戈登在《艾丽丝·默多克的非我寓言》中认为,默多克对受苦精神的批判是由于:基督教把死亡变成受苦的方式,滋养了而不是剥离了自我主义,这是一种错误的精神药物。默多克曾在多部小说中对以受苦代替死亡的方式进行过批判。在《独角兽》中,汉娜就以受苦的方式成为了蛊惑的中心,大卫·戈登认为,作者就是在借助汉娜这个人物来批评精神受苦,特别是基督教的受苦方式。因此,在小说的结尾,作者还是让汉娜选择了死亡。在《星球消息》中,玛卡斯也是以自杀结束了对受苦的迷恋。这两个类似的结局绝对不是巧合。默多克认为以受苦代替死亡,这是一种非法的转换。"在人类所发明的概念中,很少有比炼狱这个概念有更多的安慰力量。通过受苦在善的怀抱之中赎回邪恶:什么会比

---

① Iris Murdoch, "The Sovereignty of Good over other Concepts", in *The Sovereignty of Good*, London: Routledge, 1970, pp. 103—104.

② 尼采《反基督》,陈君华译,石家庄:河北教育出版社,2003 年,第 3—4、17 页。

之更令人满意,或者像浪漫主义者会说的那样,更令人振奋?实际上,基督教的中心意象引领着它走向了这种非法的转换。"①

法国哲学家西蒙娜·薇依也看到了这种转化,她在《重负与神恩》中认为,不寻求治愈受苦的良药,而是寻求受苦的超自然的用途,这正是基督教之所以无比伟大的根源,当然,薇依对这种转化所秉持的是一种赞赏的态度,因为这种受苦具有拯救意义。"对于默多克而言,具有救赎意义的受苦概念依赖于上帝的存在,因为具有救赎意义的受苦需要一个更宽广的背景给予其意义。"②而这个更宽广的背景恰恰是已经被默多克拆解掉的,她的哲学的前提就是上帝已经缺席。所以,在默多克这里,受苦的救赎意义也就大打折扣了,而死亡的救赎意义也才显得愈发重要。

正是由于相信人在面对死亡时会降低自我,默多克在自己的作品中大量地描写了死亡事件,其数量是相当惊人的,其中既有他人的死亡事件,又有人物直接面对自己死亡的事件。

海德格尔认为人对死亡的理解来自于他人的死亡事件,而非自我的死亡。此在在死亡中才能达到整全,却同时也就丧失了此之在。死亡正是此在向不再此在的过渡,而此在却恰恰已经不可能在经历这种过渡时去领会它。既然当人经验死亡时,他已无法领会,那他是如何来领会死亡的呢?海德格尔认为这只能通过领会他人的死亡来实现。在默多克的小说中,也出现了大量的他人死亡的事件,这些事件也会或多或少地令旁观者心有戚戚,对死亡所带来的虚无感有所领会。但是,他人死亡给人物带来的虚无感毕竟是间接的,而能真正触动人物"利己主义"观念的死亡,也大多只能来自于人们对他人的死亡负有责任这一前提。在默多克的小说中,她更重视的是另一种死亡形式,只有它才能使人真正直接而强烈地感受到降低自我的必要性,那就是直面自己的死亡。

---

① Iris Murdoch, "The Sovereignty of Good over other Concepts", in *The Sovereignty of Good*, London: Routledge, 1970, p. 82.

② Henry Jansen, *Laughter among the Ruins: Postmodern Comic Approaches to Suffering*, New York: P. Lang, 2001, p. 67.

直面自己的死亡而给人物带来拯救在默多克的小说中随处可见。在《布鲁诺的梦》中，已是垂暮之年且身患重病的布鲁诺，正由于直接面对了自己的真实死亡，他的回忆和反思才能发挥拯救作用，使他放弃了以自我为中心的立场。在《大海啊，大海》中，佛教徒詹姆斯曾被自己掌握的宗教能力所迷惑，致使同伴丧命，为了彻底放弃这种对权力的迷恋，他选择了以死亡来拯救自己。此外，《独角兽》中汉娜的自杀，《星球消息》中玛卡斯的死等也都达到了这一目的。

在《黑王子》中，也是死亡完成了对布雷德礼的拯救。由于认识到自己的罪恶，布雷德礼决定放弃为自己辩护的机会，承担起谋杀的罪名，这使他一次性承担了所有行为的后果。最终，布雷德礼病死狱中。死亡完成了对镜像化自我实现的超越，同时，也消解了人与人的差别，从而使他彻底回归了本质。默多克的作品大都是开放性的，不过，在《艾丽丝·默多克小说〈黑王子〉中的第一人称叙述》中，基里安·杜利说《黑王子》是封闭小说也是有道理的，单从主人公的死亡来看就可成立。按照萨特的理论，死亡是人生可能性的终结，人被永远剥夺了选择的权利。不过，如果小说以布雷德礼的死亡作为完成拯救的唯一途径，那将仅是一种精神胜利，会降低小说的现实意义，因为这个死亡的背景是上帝先死亡了，不存在天堂和来生。

但是，坦然面对这个"真实死亡"对形成具有现实意义的拯救必不可少，因为它促成了"比喻死亡"的产生，即对自己以前所持有的错误思想的放弃。学者托尼·米利根甚至认为，"理解真实死亡就是为了形成并引导比喻死亡"[①]。对布雷德礼来说，主动选择被监禁（当时死刑已被取消），他也就直面了自己的"真实死亡"。在默多克看来，接受这个死亡具有重要意义。"接受死亡也就是接受我们自己的无足轻重，这将自动刺激我们不再关注自身。"[②]这与海德格尔对死亡的理解大不相同。在海德格尔的哲学里，死亡也具有极为重要的意义。在海德格尔

① Tony Milligan, "Iris Murdoch's Mortal Asymmetry", *Philosophical Investigations*, Vol. 30, No. 2, 2007, p. 157.

② Iris Murdoch, "The Sovereignty of Good over other Concepts", in *The Sovereignty of Good*, London: Routledge, 1970, p. 103.

看来,死是此在的终结,也是此在最本己的、最不可逾越的可能性。正因为死亡是此在最后的可能性,只有在死亡中,此在才能最终达到与自我的同一,脱离常人回归本真,因此,人注定是"向死而生"。但是海德格尔所说的死亡终究没有逃脱人为自己的操心,因此也是一种利己主义的思考方式。"海德格尔之实存朝自身的'敞开性'实质涉及的是其最终对与他人或他性一切本真的联结的封闭(即便它以人性的形式出现)的存在",因此,海德格尔的死亡概念"已丧失了其引导人超越自身之意义"[①]。

正是理解了默多克的这一思想,托尼·米利根才会说:"海德格尔所说的死亡引导我们关注自身,而默多克所说的死亡则将我们的注意力引向别处,降低我们对自己的关注。"[②]也就是说,接受自己的真实死亡,会使人降低对自我的热情,这有助于破除人对自我中心主义的执迷,使灵魂向他者敞开。有的时候,背弃身体恰恰揭示了灵魂的美丽,对布雷德礼来说,接受真实死亡这种对身体的放弃即意味着其灵魂的新生,也就是旧我的比喻死亡。而正是在比喻死亡与真实死亡之间,回忆才能发挥真正的拯救功能。因为只有获得灵魂新生的布雷德礼才能看到自我与他者关系的真相,认识到镜像化自我实现的根由和悖谬,而如果仍然执迷于先前自我主体的回忆,便无法完成这一功能。所以,回忆的拯救功能最终要归功于死亡,特别是比喻死亡,它没有真实死亡的不可挽回性,却可以完成死亡的拯救功能。

除了"回忆"和"死亡"之外,"自然"是默多克小说中能够引导人降低自我的另一个重要概念。

在默多克的小说中,"自然"是一个不可或缺的角色,甚至常常成为主角和主题。例如,在阴郁、恐怖的封闭小说《独角兽》《天使时节》中,浓雾笼罩的伦敦、有着像食人植物般巨大岩石的海角、悄无声息地吞噬生命的沼泽等表达了困惑、死亡和悲剧的主题。而在追寻小说《网之

---

① 马丁·布伯《人与人》,张健、韦海英译,北京:作家出版社,1992 年,第 238、239 页。

② Tony Milligan, "Iris Murdoch's Mortal Asymmetry", *Philosophical Investigations*, Vol. 30, No. 2, 2007, p. 160.

下》中,车站、港口、树林、公园等过渡性场所则表达了人物漂泊不定的无家状态和精神流浪。人们已经发现,在默多克的小说中,所有的"善人"和具有善的潜质的人,都具有一个共同的特点,那就是习惯于关注自然。例如,在《书与兄弟会》(*The Book and the Brotherhood*)中,杰西就是一个善人,他喜欢帮助别人,并最终为了拯救别人而付出生命。他有一个习惯,就是喜欢散步,并在散步的途中关注身边处于自然界中的事物。树木、狗、商店、车,甚至下水道和垃圾堆都可以成为其关注的中心。在《绿骑士》中,16岁的小女孩莫伊,这个天真无邪的孩子,感到自然中的一切都是有生命的存在,它们能够思想,有感觉。而在《网之下》中,雨果的住处是一个放着家当却大门敞开,到处是飞鸟和鸟粪的地方,廷克寒太太的住处则到处是灰尘和自由活动的小猫。就像那些出场时就是善人的人一样,那些曾经迷失自我后来获得拯救的主人公们,也都像《黑王子》中的布雷德礼、《大海啊,大海》中的查尔斯和《网之下》中的杰克一样,深深地热爱着大自然,并从自然中获得了重要的启示,走向了拯救。

与为"操心"所苦的人类存在不同,自然具有自在之美,这是其能够启示人降低自我的一个重要特质。

按照存在主义的观点,人是自为的存在,是其所不是,这注定其所面临的存在永远只能是其所尚未实现的。因此,人的命运就注定是为了实现所欠缺的可能性而操心。"操心的这一结构环节无疑说出了:在此在中始终有某种东西亏欠着,这种东西作为此在本身的能在尚未成其为'现实'的。从而,在此在的基本建构的本质中有一种持续的未封闭状态。不完整性意味着在能在那里的亏欠。"[①]而自然是自在的世界,没有自为的存在经常感受到的"欠缺"感,因此它是一个自我完满的世界,也就是一个处于和谐与平静中的世界。这种和谐与平静会带给为"欠缺"所苦的人们以安慰,在对自然的关注中忘记自己的种种操心。这会导致暂时放弃利己主义的观察角度,也就是对自我的降低。自然

① 海德格尔《存在与时间》,陈嘉映、王庆节译,北京:生活·读书·新知三联书店,1999年,第272页。

界自在的存在就曾带给《黑王子》中的主人公布雷德礼这种完满和平静感,此刻的布雷德礼达到了本质的回归。"我们曾经有过许多幸福的时刻。但是在海边的第一个早餐有种难以企及的质朴和强度。它甚至没有受到希望的打扰。那是一种完美地交融、休憩和喜悦,它来自爱人和自己的灵魂与外在世界紧密融合并因此而出现一个空间,在那里,石头、草丛、清澈的水和静静的风声都真实地存在着。"(BP,269)正是在自然中,布雷德礼感受到了完满和平静,忘记了自己的个人执着,与自然和他人获得了最好的和谐。

不同于康德对美与善的认识,默多克认为,自然之美能够引导人接近善。康德曾对美与善进行了区别,认为美与利益无关,是远离功利和道德要求的,被认为对宣布美与善的独立关系奠定了基础。默多克却认为,善与美不但不是对立的,相反,美可以指引人接近善。默多克对美与善之关系的理解与柏拉图接近。"柏拉图告诉我们,美是出于本性我们立刻就会爱上的唯一的精神事物,他把美看做是善的指引。"[1]因此,"对我们来说,无论是在艺术中,还是在自然中,对美的欣赏常常是一种世俗的精神经验,而这种精神经验是善之能量的源泉","美就是善可见和可接近的方面"。有评论者曾对《网之下》中对自然事物的大量描写提出了批评,认为这些描写虽然精彩,却有些游离于情节之外,不过,另外的研究者却认为,这些描写恰恰能让我们想起杰克,它有助于塑造杰克这个人物,并为杰克的醒悟铺垫了条件。因为杰克的真实自我怀着对这座城市的热爱,怀着对自然的热爱,而正是这个爱暗示着他爱他人的能力。正像小说中的一句话所表明的,优美的大自然具有治疗效果。当人们不带个人色彩地欣赏自然之美时,会获得一种超脱,"对自我的关注消失了,除了我们所看到的东西,其他的都不存在。美就是可以吸引人们进行无私关注的一种特殊事物"。[2]

当然,自然所具有的"崇高"品性,是其启发人降低自我的一个更为

---

① Iris Murdoch, "The Idea of Perfection", in *The Sovereignty of Good*, London: Routledge, 1970, p. 41.

② Iris Murdoch, "On 'God' and 'Good'", in *The Sovereignty of Good*, London: Routledge, 1970, p. 69, 70, 65.

重要的特质。自然庞杂、神秘,具有无尽的巨大能力,当人意识到自然
的崇高感和其带来的巨大的压迫感,便会使人意识到自己的渺小和无
力,从而达到降低自我的目的。在《布鲁诺的梦》中,面对死亡,布鲁诺
经常把自己看做是可怜而脆弱的动物,小说结尾的大洪水席卷大地,冲
走了布鲁诺,证明了自然的无穷威力。

　　默多克在《大海啊,大海》中对自然的描写及对自然功能的表现非
常具有典型性,接下来,我们将对《大海啊,大海》中的自然书写及其功
能进行细致的解析。

　　《大海啊,大海》直接以自然事物命名,成为默多克自然书写的一个
典范。在这部被称为展示了默多克所有天赋、几乎毫无缺点的小说中,
"自然"绝非仅仅作为一个地点或背景,而是更具主题化功能,与主人公
对自我和外界的认识紧密相关。"我曾经想过写一本日志,不记述那些
无足轻重的人生事件,只记录那些杂感和日常所见:在对天气和其他自
然现象的简单记述中,折射出我的哲学观、我的感悟。"(SS,2)事实也
的确如此。主人公查尔斯对天气和自然景物的描写随处可见,甚至与
对故事的叙述平分秋色。实际上,在这部小说中,自然书写不仅体现在
俯拾皆是的自然景物描写方面,更直接决定了人物塑造、结构安排,并
凸显了自然的拯救功能。

　　在《大海啊,大海》中,自然书写对于塑造人物具有极其重要的作
用,这体现在小说中大量的自然比喻之中。查尔斯习惯于将他人比喻
为自然事物,透过这些自然比喻,我们可以看出查尔斯对自我与他人及
自然关系的认识,并从中见出人物的性格和思维特点,以及作者对人物
的态度。

　　作为第一人称叙述者,查尔斯·阿罗比提及他人时,总是从自己的
角度进行评判和描述,带有强烈的主观性。而他在描述他人时最显著
的一个特点就是习惯于将他人进行自然比喻。这种自然比喻涉及动
物、植物、矿物等自然界中的多种事物,其数量之多,出现之频繁,是相
当惊人的,已无法使我们将其看做偶尔为之的乐趣。实际上,作为默多
克塑造人物的手法,自然比喻直接体现了查尔斯的思维特点和性格
缺陷。

　　对于处于强势地位或是自己厌恶的人，查尔斯通常以或丑陋或凶狠、或狡猾或强势的动物作喻，借助这种丑化比喻来表达自己对他人在心理或语言上的报复或施虐。例如，在形容自己想象中的情敌——哈特莉的丈夫本杰明·费齐时，查尔斯说他是一只"乏味、愤怒的狗"，他的外形则像一头"小公羊"或其他矮小但富于攻击性的"公兽"。对于詹姆斯，这个被满怀嫉恨的查尔斯叙述为竞争者的人，查尔斯对他的比喻是非常奇特的。在形容詹姆斯善于辨别方向、寻找事物时，查尔斯将其比喻为"狐狸"；当自己被佩里格林推下大海，詹姆斯下去拯救他时，查尔斯形容詹姆斯像一只"蝙蝠"一样紧紧贴在岩石上，随后又觉得"蝙蝠"不恰切，而把他比作"蜥蜴"，当詹姆斯弹离礁石时，则像一条"毛毛虫"。在形容被自己抢走了妻子而仍对自己言听计从的佩里格林时，查尔斯称他为"虚张声势的狗熊"，他的声音像"猫在吐痰"，而音量却如同"狮吼"。当然，在形容强势的女性时，查尔斯也采用了类似的丑化比喻。例如，他将愤怒报复的情人罗西娜比喻为"野兽"、"母老虎"，把比自己年长且成功、强势的情人克莱门特比作一只"鹰"。

　　与之相反，在描述处于弱势地位，或自己比较喜欢的人时，查尔斯通常以或脆弱或可怜、可爱的自然事物作喻，借助这种弱化比喻来表达自己对他人的占有、喜爱或轻视。哈特莉因拒绝"拯救"而被查尔斯囚禁，在描写她的恐惧和无奈时，查尔斯将其描述为"被猎捕的动物"、"受惊吓的动物"、"一头病兽"，而在描写哈特莉的无力、脆弱和自己对她的疼惜时，他则称哈特莉像一只温顺的"狗"，"是根被折断的细枝"，自己抱着她时就像抱着一只"小鸟"。此外，他还把柔顺的情人莉齐比作小妖精、小精灵、小天使、小羚羊，把她那浓密的长发比作一簇"茂盛的植物"。自然，查尔斯在描述弱势男性时也采用了弱化比喻。例如，他把可能会抢走莉齐的吉尔伯特也比作"细枝"，以表示自己对他的轻视，而当吉尔伯特来到海边甘做仆人时，又被查尔斯比喻为一条温顺的"狗"。

　　对他人的自然比喻也会随着查尔斯对其认识的转变而改变。在提及哈特莉与本杰明的养子泰特斯时，自然比喻由陌生时的漠然、旁观变为熟识后的亲昵和喜爱。在初次见到攀爬石塔的泰特斯时，查尔斯将其描述为像栖息在石塔之上的"一只苍蝇"。之后曾将他瘦削的脸庞比作"狼脸",眼睛则像自己的"一块石头",在形容泰特斯跳过岩石的矫捷身段时,将他比喻为一只"小羊",他游泳时则像"海豚"一样。

由上可见,以自然事物比喻自己所遇到的每个他人,这绝非一种偶然现象,而是反映了主人公的一种思维惯性。将他人进行主观和倾向性的自然比喻,这体现着查尔斯对自然与他人的客体化、等级化态度。

在处理自我与自然的关系时,查尔斯视自然为被占有和被征服的对象,自己俨然一派主人的姿态。他迫不及待且理直气壮地宣称,自己不仅是所购房屋的"主人",也是周围岩石和石塔的"领主"。他对自然只有征服的欲望,面对大海表现出傲视一切的轻狂。"我是一个技艺高超、无所畏惧的游泳高手,不害怕任何惊涛骇浪"。(SS, 4)他总是在想办法征服自然,例如,通过加长栏杆、拴上绳子来对付岩壁难以攀爬的地方。总之,对于自然,他是占有者和征服者,自然处于低等、客体的地位。

在处理自我与他人的关系时,查尔斯将他人比喻为自然事物,同时也就将他人对象化、低等化、静态化了,相对地,他便将自己摆在了主动的、权威的立场上。自然比喻恰恰表明他从未将他人看做与自己同样的独立主体,而只是将他们看做物,看做客体,这是一种自我中心主义的思维方式。借助自然比喻来塑造人物,正表达了作者默多克对自我中心主义的批判。她曾借莉齐之口对查尔斯展开了批评:"你如同一个出色的舞蹈家,逼着其他人按照你的节奏跳舞。你不把人当人看,你根本就目中无人。"(SS, 45)查尔斯习惯于出于自利目的去物化他人,这是"一种自我服务的世界观,在其中他人只是附属"①。这种自我中心主义的思维必将使他对自我与他人的认识出现错误,借用学者莎古娜·拉玛纳山的说法即为:未醒悟的意识对现象世界的篡改。例如,查尔斯认为司机对自己恨得要命,而实际上,司机却对他感激涕零。正如我们在前文中已经分析过的,詹姆斯、哈特莉、本杰明……所有的人都遭遇了查尔斯的意识过滤和篡改。因此,在《大海啊,大海》中,自然比

① Peter J. Conradi, *Iris Murdoch: The Saint and the Artist*, London: The Macmillan Press Ltd., 1986, p. 19.

喻远非一种简单的修辞手法，这种自然书写方式更担负着塑造人物、表现主题的功能。

在默多克的自然书写中，与自然比喻一样，自然结构也对塑造人物、表现主题具有重要功能。如同柏拉图的洞喻，在山洞中只能看到假象，只有走到洞外，在自然世界中才能发现真实，默多克小说中也常常出现这种封闭式环境，它们既作为实体，也作为隐喻，囚禁了人物的精神，只有走到开放的自然世界中，人物才会获得拯救和新生。默多克笔下的人物常常被困于伦敦、巴黎、纽约等繁华都市，面临精神危机，而他们的获救通常都发生在郊外、海边等乡村地带、自然环境中。都市与自然、封闭与开放的关系就象征着黑暗与光明，困顿与拯救。

《大海啊，大海》也具有这样一个自然结构，从亲近自然到进入都市，最终再回归自然，这个自然结构伴随着查尔斯的人生和精神历程，由自然纯朴到堕落再至获得拯救。他出生在"阿登林场，在枝繁叶茂的英格兰中部长大，这与这个海边的孤礁极其相似"（SS, 27）。正如查尔斯所言，他的出生地和退休后的隐居之地颇为相像，如同一场轮回，只不过，在这几十年的岁月流转中，查尔斯已然经历了远离自然，沉醉于都市浮华，到暮年又试图返璞归真的人生历程，回归自然正是回归纯朴、回归真实的象征。

在"阿登林场"这个属于自然的出生之地，查尔斯度过了自己虽不富裕却美好的童年。在这里，不仅有自然美景，还有至真至纯的自然情感。这里便是他与初恋女友哈特莉的伊甸园，他们曾一起骑着自行车穿行于林荫道、毛茛属植物田、与居民区接壤的荒地。这些回忆成了他终生都在回望，甚至从来没有走出去的乐土，以至于后来为了找回它而犯下了严重的错误。

但是，查尔斯自己走出了这个伊甸园，为了虚荣和成功，他走向了充满浮华、虚伪和堕落的城市，在小说里以伦敦和美国为代表。

这个走向非自然的路程与堂弟詹姆斯一家的影响密不可分。埃斯特尔婶婶便是查尔斯要学习的榜样。埃斯特尔婶婶是一位富有的女继承人，是富裕和成功的美国的象征，那时的他经常陶醉于以埃斯特尔婶婶为代表的美国幻想中，并下定决心要去征服那块土地。堂弟詹姆斯是促使查尔斯不顾一切追逐浮华和成功的另一个重要人物。无论在物质方面还是天资禀赋方面,詹姆斯总是令查尔斯意识到自己的寒酸、困窘和无能,因此他便把詹姆斯看做了一个想要打败的对手,在自己心中激起了强烈的屈辱和野心。为了追求成功,查尔斯离开了实际和象征意义上的自然,在十七岁时,他毅然决然地放弃父母希望他进入的大学而选择了伦敦一所艺校,踏入了剧院这个最浮华、最虚伪也最荣耀的地方。最终他在伦敦和美国都获得了巨大的成功。

但是,这个远离自然环境的过程,也是查尔斯的人性去自然化的过程。剧院带来的浮华和堕落使查尔斯戴上了虚伪的面具。他虽拥有众多女性,却从不付出真心,虽功成名就,却丧失了自然的淳朴。

为了找回自我,他选择了隐退海边。在小说开始的部分,查尔斯已经年逾六旬,厌倦了剧院和城市的喧闹和虚伪,准备忏悔利己主义的一生,于是他又走回了大自然。他花掉了大半积蓄,购买了一幢海边的房子,这既是他第一次真正拥有一幢房子,也是他第一次居住在一个真正离群索居的自然之地。这里偏僻、潮湿、远离喧嚣,生活基本要依靠自然,没有电和供暖系统,做饭要用液化气,买不到《时代周刊》,买不到电池,也没有肉铺。在这种自然简朴的生活中,他所看到的是大海、草坪、星空,以及各种自然事物,虽然清静但并不枯燥,他尽情地仰望云朵,欣赏月光,捡拾石头,观察植物花草,于是便有了小说中大量的自然事物和自然景色描写。

小说中的自然景物描写往往都是与被查尔斯称为最人工、最造作的剧院相对照而展开的,以此来达到彼此映衬,凸显主题的功能。面对着浩瀚辽阔、金光闪闪、白浪荡漾的大海,查尔斯感叹"表面看起来剧院是多么友爱和'温馨',然而它又是多么荒芜和寂寞!"(SS, 15)"往昔的一切是多么鄙俗,多么残酷;现在我得意于自己能够最终彻底摆脱出来,可以坐在阳光下,眺望平静、温顺的大海。"(SS, 34)

剧院与大海之间的对立,代表着都市与自然、封闭与开放的对立,也代表着虚伪、压抑与纯真、自由的对立。在剧院中,人们被环境传染,变得造作、虚伪,"某些自然情感不得不被压抑"(SS, 36)。在那里,查尔斯就像一个暴君,既对自己施虐,也对他人施虐,他一出现在剧场,大家便都战战兢兢、服服帖帖。而在大海边，他放弃了剧院中非自然的生活，反思过去，对一切出于自然的事物都表现出喜爱。比如，小说中除了对自然事物进行了大量描写之外，还对烹调、美食表现出了超乎常态的关注。查尔斯几乎详细记述了每顿饭的食材、做法，甚至在他心情不好的时候仍然坚持了这点。这绝非游离于情节之外，而是查尔斯对另一自然事物，或者说自然欲望的喜爱。查尔斯厌恶繁琐的饮食，厌恶宴会上虚假的客套、礼仪、排场，而享受简单的个人烹饪，亲自把这些食材从自然的状态转化为满足简单、自然的食欲。我们可以看出，在思想、情感和自然欲望等诸多方面，自然都为查尔斯带来了自由和返璞归真，引领他走向自我发现，体现出了拯救功能。

在默多克的小说中，我们常常遭遇柏拉图的洞喻。毫无疑问，在被抛弃了神学层面的默多克式的洞喻中，"自然拯救"对于人物的新生发挥了极为重要的功能。

《大海啊，大海》的确是一个关于拯救的故事。查尔斯从都市来到海边，准备忏悔一生，但他并非一开始就认识到自己的罪恶，而是经历了一段黑暗的挣扎时光，而这段时光就是在他所购买并隐居的"夏福海角屋"中发生的。这个矗立在海礁之巅的古老建筑，破败、幽暗、阴森、恐怖。关于夏福海角屋名称的由来，查尔斯曾向当地人讨教，据说"夏福"是"漆黑"的意思。它与屋外的阳光、大海形成强烈的对比，也成为查尔斯在黑暗中摸索的心灵的一种象征。查尔斯正是住在"夏福海角屋"这幢"黑屋"之中，由最初的被困于幻象，到最终走向真实，走向拯救。

查尔斯是有罪的，在《大海啊，大海》中，有一个非常重要的自然喻象——"海怪"，它多次出现在各种重要场合，而这个海怪被描写为像一条"黑蛇"或利维坦。众所周知，蛇和利维坦在西方文化中都与罪和堕落有关。另外，查尔斯的父亲名叫"亚当"，这必然让我们想起被蛇诱惑而失去乐园的人类始祖。作为"亚当"的后代，查尔斯必然已成为有罪之身。而关于默多克哲学中的"原罪"所指，我们已在前文引述过玛丽亚·安东纳乔的说法，默多克式的原罪指向的是"自我中心主义"。

查尔斯爱自然的能力正是他获得拯救的一个重要基础。他十岁时曾想做一名植物学家，来到海边以后，他沉醉于一切自然的东西，花、草、石头都引起他极大的兴趣，他甚至想过写一份动植物调查报告，成为本地区的吉尔伯特·怀特①。查尔斯受够了剧院那污浊的气氛，抛下一切声名权势来到海边，在别人看来，这是一种巨大的损失，而在查尔斯看来，这使他第一次如此自在、欢乐，而如果继续呆在剧院里，他必将会心灵枯萎。

那么，自然是如何实现其拯救功能的呢？自然庞杂、神秘，具有无尽的巨大能力，它脱离秩序，甚至超出想象，面对这一康德所描述的崇高感和压迫感，人必然会意识到自己的渺小和无力，从而产生降低自我的欲望。查尔斯所经历的正是这一感悟，从傲视、狂妄到承认、敬畏，从恐惧、逃避到和解、和谐，对自然的态度转变也伴随着查尔斯思维方式的转变。

最初，查尔斯对自然抱有居高临下，力图征服、占有的态度，这是一种自我中心主义、力图掌控一切的理性思维。但是大海常常让他受挫，游泳不顺，攀爬困难，常常被割伤、弄破。逐渐地，在难以驾驭的大海面前，他狼狈不堪，力不从心，这终于使他认识到了大海神秘、令人敬畏的面相。"多么令人震惊，这片嬉闹的大海，却能突然爆发出发强大无比的威力！"（SS，6）

意识到大海的神秘、独立和异己，曾使他感到恐惧。当查尔斯第一次在大海中看到海怪时，他惊惧万状，无法动弹。这正代表着思维、理性被自然的神秘所击溃。海怪这一自然喻象在这里正是自然神秘性的一种体现。

这种恐惧，在他被推下大海时，得到更明确的表现，那一刻，人在自然面前的脆弱和无力得到淋漓尽致的呈现。他写道："手、脚、肌肉，所有这些身体的保护机制突然失去作用。不可调和之事猛然加之于脆弱、易折损的肉身之上，或许在这个坚硬的、由矿物质构成的重力世界中，人终究只是异质存在。"（SS，365）

---

① 吉尔伯特·怀特（Gilbert White），英国生态学家，生态思想的奠基人，著有《博物志》，对其所生活地区的动植物生活进行了详尽的记录和考证，影响深远。

　　这次坠海事件使他的理性狂妄、自我中心主义遭到巨大的打击。而他最终得以自愿放弃这种虚妄的自尊和狂妄，则是在他与自然和解之后，在他能够真正意识到自我在自然中的位置之后。

　　接到詹姆斯去世消息的那晚，查尔斯躺在海边，大海和布满繁星的夜空使他受到了启发，他放下了执念，走向了善。莎古娜·拉玛纳山认为，在《大海啊，大海》中，善似乎与一种特殊的意识状态——一种从各种牵绊中解脱自己的状态有关；学着将自我拼命要抓住的东西放手，然后满怀怜悯地进入自身之外的世界。①当查尔斯躺在星空下的海边，他声称在无限的宇宙之下看清了内在的本质，并在睡梦中听到了歌声。他所看清的"本质"就是，自我在无限中的无足轻重。有了这个认识之后，查尔斯便向去除自我中心主义迈出了脚步，也便领略到了人与自然的"和声"之美。而当他能够正确认识自我与自然的关系时，他对自我与他人的关系也就得到了一个崭新的定位，于是对哈特莉放手，摸着詹姆斯从自己这里拿走的石头，所有恩怨冰消瓦解，真正达到了自我与自然和他人的和解与和谐。正是在放弃了对自然和他人的恐惧之后，查尔斯终于看到了这部小说中已经被言传了很久却一直未能得见的另一个至关重要的自然喻象——海豹，并认定这是来赐福的仁慈的动物。

第四节　提升他人——默多克的"他者"神话

　　为了达到在天平上的平衡，默多克一方面降低自我，另一方面又提升他者。这两个过程常常是同时发生的，因为当人们意识到自我的狂妄时，就会开始注意他者。在默多克的小说中，主要有两种方式来成就她的"他者"神话，即打破一元结构和将他人塑造为独立的主体。

　　为了提升他人的地位，默多克在小说中借助多种策略来消解一元结构和独白叙述，这就为他人的存在留下了一定的余地。

---

① Suguna Ramanathan, *Iris Murdoch：Figures of Good*, London：The Macmillan Press Ltd., 1990, p. 67.

　　双重结构和二元模式正是默多克在小说中打破一元模式和独白叙述的一个显在策略。早在 1986 年,在默多克鼎盛时期出版的《艾丽丝·默多克:圣人与艺术家》(Iris Murdoch: The Saint and the Artist)就是分析默多克的经典之作,皮特·康拉迪(Peter J. Conradi)以默多克小说中经常出现的两种人物类型作为书名的组成部分,对默多克小说的结构和思想都做出了深刻独到的分析,被认为在发现默多克小说所具有的独特性方面极具价值。圣人与艺术家体现着默多克小说中迥然不同的两种思想,打破了任何独白叙述的可能。同样,布兰·尼科尔也认为:"在默多克的作品中出现双重结构并不罕见,因为,她(默多克)就是一个优秀的二元思想家和作者。"根据这种二元思想,他在默多克小说中发现了两种对立的叙述态度:圣人式叙述和艺术家式叙述。"'圣人式'的拒绝叙述力量和巴特式的逻辑,即认为每件事情都有意义,而'艺术家式'的则屈服于它。"①

　　默多克小说中的主人公大都属于她所谓的"广义的艺术家",包括拥有神秘权力的"巫师型"人物和真正的艺术家、作家等。他们执着于个人意志、秩序和形式,通过各种权力来建立人为秩序,却常常忽视、歪曲或伤害他人,剥夺他人的主体存在,是被批判的自我中心主义的代表。而"圣人式"人物则与"艺术家式"人物相对,是真正具有拯救功能的一类人,代表一种置身社会肉身的拯救理想。他们具有开阔的视界、客观的态度,接受偶然,尊重他人,真正置身社会之中,从事简单的社会工作,做哪怕是极小的善事。在默多克小说中,随处可见这种以二元模式打破一元中心而产生对话关系的情节。《网之下》中的雨果和杰克,《逃离巫师》中的皮特·史沃德和密斯查·福克斯等都是圣人与艺术家的模式。

　　在《大海啊,大海》中,圣人与艺术家的模式体现在詹姆斯和查尔斯的关系中。与追求模式化生活的艺术家查尔斯的叙述态度相对立的就

---

　　① Bran Nicol, "The Curse of The Bell: The Ethics and Aesthetics of Narrative", in *Iris Murdoch: A Reassessment*, edited by Anne Rowe, New York: Palgrave Macmillan, 2007, p. 106, 110.

是打破模式的詹姆斯的叙述态度。二人的思想信仰、生活状态、价值立场反差极大。

詹姆斯·阿罗比是一个佛教徒,甚至被认为可能是默多克经典中唯一的佛教人物。他的确热衷于佛教,到过中国西藏和印度。他心怀慈悲,连一只苍蝇都不会伤害。他认为查尔斯对哈特莉的痴迷只是为一个虚幻的海伦而战,其实就是对个人欲望的一种执迷,而这种种情感寄托以及贪念和欲望,都只会将人囚禁于一个不真实的世界之中。这些都体现了佛教的思想。当查尔斯被佩里格林推下大海时,查尔斯本应该是必死无疑的,因为人力根本不可挽救。但是,詹姆斯依靠宗教奇迹地将其救起。不过,即使是詹姆斯,也曾有执迷于秩序和权力的欲望,对他来说,这种执迷于秩序和权力的欲望就是使一切尽在掌握的欲望。詹姆斯认为自己掌握了宗教的神秘能力,可以利用这种能力来保证两个人的取暖,于是在爬雪山时不让助手带取暖用具,结果却使助手葬送了性命。最后他采取了极端的方式来放弃这一对权力的欲望,自己了断了生命。在佛教徒看来,这就是放弃一切欲望,万事皆空。

詹姆斯本身就是一个超出查尔斯所固执的理性模式之外的存在。他尊重万物,与人为善,具有开放的视野和见解,这与查尔斯封闭式的自我中心的态度形成了鲜明的对比。因此,詹姆斯能够看到查尔斯真正的问题所在,看到了查尔斯叙述的可疑之处。他指出了查尔斯以多年以前的事情编织成的故事中固有的不真实性,也看到了他从过去来推理现在的错误。詹姆斯劝导查尔斯不要轻视女人,把她们当做奴隶,也不应该臆想本杰明的为人和本杰明与哈特莉的婚姻,而应该放下自己的欲望,去真正地看待他们,关注并尊重身边的人。查尔斯也的确受到了詹姆斯很大的影响,最终对哈特莉放手,让她在世界某个遥远的角落里独自存在,而自己也终于走出了停滞于往昔岁月的封闭式生存,不再做一个拒绝长大的彼得·潘,而是面向一个充满偶然和未知的开放的未来,以成熟的姿态放弃推诿,直面责任,承担后果。

当然,呈现差异并不代表就有对话关系,具有差异的人物的命运总是纠缠在一起,能够交流,却未被吞并,而是在差异中存在影响,在影响中又保留差异,这样才能形成真正的对话关系。因此詹姆斯并不是另

一个独白叙述,两种叙述态度之间是对话性的,因为它们不是非此即彼
的关系。默多克曾经承认自己"在任何可想象的意义上都不是一个信
仰者"①,神秘事物在她的作品中被尊重和展现,这只是打破独白叙述
的一种策略,而与信仰无关。它并不是作为二元中的一元,给出一个别
无选择的出路,而只是作为无数现象中的一种出现在那里。所以,把默
多克的思想概括为"二元思想"实际上并不恰当,默多克所赞同的是一
种多声的对话性,是各种现象的共存,是每个个体独特且自主的存在,
作为一种偶然,消解任何模式化的企图。因此,默多克并未使查尔斯全
盘接受詹姆斯的影响,成为一个四大皆空的佛教徒,一个出世者,而是
使他走上了另一条路,一条世俗的路,在这条路上,查尔斯将去做一些
微小的善事,寻找每一个偶然性个体的意义及其相互沟通的方式。这
是对詹姆斯的扬弃,既放弃了自我中心主义,去关注他人,又没有弃绝
尘世。这正体现了默多克所推崇的"没有上帝的善"——一种执着于世
俗的道德哲学。

　　实际上,默多克的很多小说都存在着这种以双重结构和二元模式
消解一元中心的策略。在《亨利与卡图》中,亨利与卡图是一对从小相
识的好朋友,亨利是一名军人,一直在哥哥的阴影下找不到自己的身份
认同,觉得自己是迷失的亨利,难民亨利,胆小的亨利,逃避的亨利,低
等的亨利……当得知哥哥死了之后,他抑制不住自己的高兴,这倒不是
因为他能够继承的财产,而是因为,从此他就有了自己明确的身份。为
了摆脱过去,他急于卖掉老房子,打发掉旧人,并且散尽家财。但是,他
不爱钱财,能够舍身救人,在亨利的身上,我们的确看到了没有上帝的
善。而卡图虽然一直都在努力追寻宗教,但他远离家庭,无法忍受他人
的缺点,而且不能放弃自己的私欲,后来还杀了人。"'坏'亨利与生活
联系在一起,而且使自己融合进家庭中,相互给予爱护与宽容;'好'卡
图却切断了和家庭、朋友、教堂、上帝的联系,还杀了人",因此,在小说

---

① 转引自 David J. Gordon, *Iris Murdoch's Fables of Unselfing*, Columbia: University of Missouri Press, 1995, p. 70。

的结尾处，亨利得到了幸福，而卡图却只有孤独。[①] 再如，在《网之下》中，艺术家式的人物杰克受到圣人式人物雨果的影响，反思了过去疏离他人和生活而无法看到现实的错误生活方式，决定向雨果学习，但他并未成为另一个雨果，而是决定用半天投入生活，半天从事小说创作，他仍然对被认为制造形式、远离生活的艺术拯救心存希望。此外，《美与善》、《红与绿》、《修女与士兵》……从这些书名中我们也可以看出作者打破一元结构的企图。

比二元模式更复杂的，是以众声喧哗的意识、多条线索的情节解构一元中心和独白叙述的策略。通过分别进入多个人物的意识或梦境来揭示他们各自的内心世界，小说将每个人物都作为独立的主体，呈现了诸多声音和可能性并存的现象。在第一人称小说中，叙述者沉浸于自己的意识中，随意揣测现实和他人，因此他人的意识无法被展现，只能通过他人的行动最终给叙述者以致命一击，令叙述者和读者幡然醒悟。而在第三人称小说中，默多克则充分发挥了作者的权威，深入窥测每个人物的内心秘密，通过丰富他们的内心世界来将他们都塑造为独立的个体。不同的生活状态和内心隐私都得到公平的展现，任何一个看似不起眼的边缘人物都有可能进入中心，每一个默默无闻的人物都拥有无比丰富的心理空间。在默多克这里，似乎没有边缘人物，也无所谓小人物，他们都有着自己丰富的内心世界，每个在他人生活中的陪衬者都是自己意识的主人公。所以，我们发现默多克小说中常常出现多条线索交织成网的结构，难以找到传统意义上的主角和配角，而是诸多人物都得到了深入、立体的刻画。例如在《绿骑士》中，皮特因为身穿一身绿衣，打绿伞，而且在书中担当着拯救、审判与正义的角色而得名，但他并不是小说的绝对中心，除了他，作者的笔触还深入到每一个人的内心深处，皮特的两个朋友路易斯·安德森和让·布莱柯特，路易斯的三个女儿，卢卡斯与克莱门特兄弟，贝拉美等人物也都得到了深入的刻画。

消解叙述权力，塑造不可靠叙述者也是打破一元模式和独白叙述的一个策略。《黑王子》是这一策略的最佳例证。《黑王子》的情节是主

---

① Hilda D. Spear, *Iris Murdoch*, New York: St. Martin's Press, 1995, pp. 84—86.

人公布雷德礼在狱中对往事的回顾。他的叙述既有辩护又有忏悔。但是,他不是唯一的声音。自称布雷德礼狱中好友和小说编者的 P. A. 洛席厄司将布雷德礼叙述中几位当事人的后记也收录在小说中,而他们的叙述却从根本上颠覆了布雷德礼的叙述,包括他的外貌、性格、人品、对往事的叙述,等等。

在布雷德礼的叙述中,他与前妻克莉丝汀离婚是由于忍受不了妻子强烈的控制欲和歇斯底里的发作,并称前妻一直都很想回来重续前缘。而克莉丝汀却在自己的叙述中对此进行了颠覆,说自己是为了追求幸福而不顾布雷德礼的请求主动离开,并声称布雷德礼以及其母亲和妹妹都有精神错乱的问题。通过布雷德礼的叙述,我们认为法兰西斯·马娄是同性恋,他对布雷德礼怀有微妙的情感。而法兰西斯在自己的后记中却声称,布雷德礼才是同性恋,布雷德礼的整个叙述不过是对其爱上阿诺·巴芬的掩饰。阿诺·巴芬的太太芮秋则认为布雷德礼的小说不过是一种疯狂、幼稚的幻想,而布雷德礼本人并不像他自己所描述的那样富有魅力,他只不过是一个滑稽、呆板、笨拙的讨厌鬼、寄生虫。他总是不受欢迎地闯到阿诺家里,是因为他把这对夫妇看做了父母,并爱上了女主人芮秋而非他们的女儿。在芮秋的叙述中,布雷德礼也不是"发掘"阿诺的恩人,反倒是阿诺经常帮助他。至于布雷德礼的叙述中最为重要的一段爱情,他的前妻克莉丝汀和阿诺太太都否认布雷德礼与茱莉安的恋爱,都说布雷德礼爱的是自己。而茱莉安,这个在布雷德礼的叙述中肤浅无知,对诗根本无法理解的女人,在后记中已经成为了诗人,她虽然没有明确否认自己与布雷德礼的相爱,但一直强调那时自己还是个小孩儿,而且现在都已经遗忘了。

这些人物的叙述不仅消解了布雷德礼的叙述,也消解了彼此。每个人都想以语言为自己辩护,各执一词。但是这些语言却相互冲突,于是多重叙述将读者陷入了迷阵中。虽然默多克本人明确反对将自己的作品进行后现代解读,但我们的确在《黑王子》中看到了颇具后现代色彩的风格。这些全部由第一人称完成的叙述都带有明显的自我中心主义色彩,但我们又听不到作者的声音,因此这些不可靠叙述导致了很多不确定性。例如,凶案到底是如何发生的,这是一起偶然事件和一时冲动的结果,抑或是芮秋早就精心策划的圈套来报复辜负了自己的两个男人,布雷德礼是如何入狱的等等都未得到解答。因此,《黑王子》颠覆了自传式小说,不再像传统自传式小说那样保有独白话语和确凿无疑的自信。默多克还模仿性地设置了一位编者发现或接受了一个手稿的情节,这种手法在《呼啸山庄》或《百年孤独》等小说中都有出现,在这些小说中,这种手法是为了凸显手稿的真实性。但在《黑王子》中,编者的作用却是使小说中的人物自己站出来颠覆了主要叙述者的叙述,将其叙述的真实性置于可疑之地。这些人物还公然怀疑编者的身份,自称编者的洛席厄司究竟是实有其人,还是布雷德礼的杜撰,抑或如几个人物所言,不过是布雷德礼另一个自我的化身? 小说中预留了太多的空白点和疑问。

但是,我们很清楚,《黑王子》不是后现代的语言游戏。默多克借用后现代的小说模式要传达的却是自己的现实主义观念。真相之所以被遮蔽,是因为每个人都从自我中心主义出发,而这正是默多克所要进行批判的。谢丽尔·波夫认为,默多克呈现了这样一种境况:她创造了圆形人物,他们是可信的、该受惩罚的;她在附录里呈现了可能性和或然性,然后表明这些附录是不可靠的,它们都只是那些自我中心主义者的延伸。①

正是出于对默多克小说中这种打破独白叙述的策略的认同,布兰·尼科尔将默多克的作品看做标志了"后现代"文化叙述态度转变的一个象征。他认为,这种后现代叙述态度,就是明显地体现在法国哲学家让-弗朗索瓦·利奥塔《后现代状况:关于知识的报告》(*The Postmodern Condition: A Report on Knowledge*)一书中的对元叙事的不信任。而元叙事所确立的正是叙述者无可置疑的绝对权威,它可以为一系列也许并不相关的事情赋予秩序,满足创造"个人寓言"的种种幻想。

---

① Cheryl K. Bove, *Understanding Iris Murdoch*, Columbia: University of South Carolina Press, 1993, p. 81.

　　默多克的小说为我们呈现了一个基督教元叙事严重没落的世界。这个没落可以解释默多克的"艺术家—人物"采用的对叙述的错误运用，他们投入于一种人为的"意义—世界"。在这种意义上，她的作品也许可以看做以另一种方式呈现被托马斯·品钦(Thomas Pynchon)或唐·德里罗(Don DeLillo)这样的后现代小说家所探讨的问题：对元叙事的信任下降的状态或后果是一种偏执的或神经质的主观性。①

　　元叙事所确立的正是叙述者无可置疑的绝对权威，而对元叙事的怀疑也就是对一切独白叙事的怀疑，这种独白叙事执迷于自大狂式的对自我实现的执着，它构造以自我为中心的一元结构，无视他人。而默多克的小说却总是力图打破一元中心，让他人的存在和意义得以呈现。

　　凸显他人作为独立主体的地位，是提升他人，构造默多克式"他者"神话的另一个策略。将他人塑造为独立主体，就是使他人摆脱以自我为中心的"我"对他人的忽视和对象化处理，使"我"意识到，他人不是物，而是同"我"一样的具有独立性的主体。在《布鲁诺的梦》中，作者曾借人物尼格尔之口说过，人们几乎从不考虑他人，他们考虑的是类似于自己的和为了自己的目的而打扮出来的幻象。这就说明了他人要获得自己的主体性是一件多么困难的事情。但是，这又是一件非常重要的事情。

　　　对他者的承认，只有在每个人都明确承认他者有权成为一个主体的条件下，才有可能实现。反过来说，主体如果不承认他者为主体，则主体本身也不能得到他人的明确承认，而且，主体首先就不能摆脱对他者的恐惧，因为，不管怎么说，他者是有排除主体的意图的。

---

　　① Bran Nicol, "The Curse of The Bell: The Ethics and Aesthetics of Narrative", in *Iris Murdoch: A Reassessment*, edited by Anne Rowe, New York: Palgrave Macmillan, 2007, p. 110.

　　　　我们能否共同生存而又各自保持我们不同的特点，全看
　　我们能否互相承认彼此都是主体。①

　　默多克一直努力在做的事情就是让人们意识到他人作为主体的独立性。

　　存在主义将主体定义为不断在超越中追求实现其欠缺的存在者。也就是说，这个主体不可能是他人意识中的固定存在，而是有着自己的无限可能性，因此他就可能溢出叙述者的主观定性和叙述框架，作为不可纳入人为秩序的偶然因素而存在。当这些作为他者的人物以语言和行动打破了第一人称叙述者对他们的叙述时，就消解了叙述者的独白权威。正如尼科尔所说，默多克所描写的正是一个元叙事严重没落的世界。

　　在《砍掉的头》中，马丁是一个第一人称叙述者，通过他的叙述我们得知，马丁正沉浸于深深的自责之中，因为他既欺骗了妻子安托尼亚，也欺骗了情人乔吉，在两个女人中间难做抉择。但是随着事情的发展，我们才随着马丁一起发现了一个惊人的秘密。原来，这个自以为是的叙述者一直被蒙在鼓里，其实最被欺骗的倒恰恰是马丁自己。马丁的妻子安托尼亚对马丁有着双重欺骗，她先是与马丁的朋友帕尔玛有私情而背叛了马丁，后来又与马丁的哥哥亚历山大私通而背叛了他。而马丁的情人乔吉对马丁同样也有双重欺骗，她背叛马丁先是为了亚历山大，后来是为了帕尔玛。所以，马丁不仅被自己的妻子和情人欺骗，还同时被哥哥亚历山大和朋友帕尔玛欺骗。默多克小说中常见的"男性之间的竞争模式"在这部小说中同样得到了近乎荒唐的呈现。默多克就是要以这种近乎闹剧的极端形式表明，这个自以为一切尽在掌握的叙述者是根本就不了解他人的。他人都是独立的存在，有自己的思想和行为，而不是生活在某个人物思想中的固定的存在物。小说的标题《砍掉的头》就是对马丁的讽刺。当马丁与哥哥亚历山大一起观看安

---

　　① 阿兰·图海纳《我们能否共同生存？——既彼此平等又互有差异》，狄玉明、李平沤译，北京：商务印书馆，2003 年，第 230、213 页。

托尼亚的头部塑像时，马丁感到非常恐慌：

> "没有身体就不可能是她，"我说。安托尼亚婀娜多姿的
> 身体是她必然的组成部分。
> "没错，一些人比其他人更身体化，"亚历山大一边摆弄头
> 发以使其不要挡住脸颊，一边回答道。"然而头部毕竟还是最
> 能代表我们，是我们道成肉身的顶点。成为上帝最大的好处
> 就是能够创造头部。"
> "我不喜欢一个被雕刻的单独的头，"我说，"它似乎代表
> 了一种不公平的利益，一种非法的和不完整的关系。"①

头之所以是身体上最重要的部分，就是因为它是意识所在的地方，
有头，一个人才有可能是有生命的，有思想的，因此，有头是使人作为一
个独立的、有生命力的个体存在的最根本的标志，而当头被砍掉之后，
这个人就成了一个非法的、不完整的存在，成了一个冰冷的物。"越是
意识到他人的独立性和不同性，越是看到他人有和自己同样的需要和
愿望这个事实，就越难以把他人看做一个物。"②小说中交错存在的欺
骗都是因为人们相互之间没有把对方看做独立的个体，而只是看做
了物。

将他者塑造为主体，不仅实现了对叙述权威的解构，也体现出他者
对中心叙述者的拯救作用。

传统艺术家小说多关注于艺术家这个特殊群体敏感的内心，沉浸
于对过去、无意识等自我问题的探索。默多克认为，像马赛尔·普鲁斯
特这样的小说家在小说中对过去的披露是一种"审美态度"，携带着所
有的痴迷和幻想，是一种浪漫的谎言。它会使人变得狭隘，执迷于自我
而忽视他人。它可以成就艺术，但不能指向善的或精神的生活方式，存

---

①　Iris Murdoch, *A Severed Head*, New York：Viking Press, 1961, p. 44.

②　Iris Murdoch, "On 'God' and 'Good'", in *The Sovereignty of Good*, London：Routledge, 1970, p. 66.

在着道德上的瑕疵，而默多克则讽刺性地改写了现代主义的艺术家小说。① 在默多克笔下，艺术家的获救之道不在于对自我的过去和无意识的解读，而在于他人那里。因为"在默多克那里，没有与他人的关系，你不可能发现真实"②。在这一点上，默多克与列维纳斯具有同样的立场。列维纳斯认为，自我终究难以摆脱同一性的框架，只有他者存在于自我"外部"，不能被同化为我的一部分，只有他者才可以突破自我的封闭性。因此，列维纳斯认为，要获得解放，他人成为了必不可少的条件。默多克在小说中同样也强调了他人的拯救作用。

在《大海啊，大海》中，主人公查尔斯最初就是一个现代主义式的艺术家的面貌，他以普鲁斯特式的方式试图追忆、重现逝去的时光，以期使往日成为现在和永恒。但是，当查尔斯沉醉于从自我的角度对往事的回忆中时，他看到的都只是自我曾经的欢乐和哀怨，回忆中的人物都是虚幻不真实的。堂弟詹姆斯成了一个虚幻的对手，女友哈特莉成了一个虚幻的海伦，但这都是查尔斯对他人的主观解读，在他的回忆中，只有自我，没有他人。查尔斯能够跳出过去而望见现实，抛弃自己编织的谎言而看到真相，正是得益于他人有意无意间给自己带来的启示。

"死亡是伟大的老师……一个人物牺牲性的死亡成了一个工具，通过它，一种疯狂的戏剧性氛围突然消散，并成为一种新的平静和清晰。"③泰特斯的死就起到了这种效果。他是哈特莉和本杰明的养子，一直被本杰明误认为是查尔斯的儿子，受到不公正的对待。当泰特斯怀着寻找亲生父亲的心态来到查尔斯面前时，查尔斯却利用这个少年，把哈特莉骗到自己的夏福海角屋中囚禁起来，他还向这个孩子许诺帮他打造一个有希望的未来。但是这个美好的生命却突然消逝。出于虚荣，查尔斯未曾警告他远离一片危险的水域，结果导致这个无辜的年轻

① Bran Nicol, *Iris Murdoch：The Retrospective Fiction*, New York：Palgrave Macmillan, 2004, pp. 146－147.

② A. S. Byatt, *Degrees of Freedom：The Early Novels of Iris Murdoch*, London：Vintage, 1994, p. 14.

③ David J. Gordon, *Iris Murdoch's Fables of Unselfing*, Columbia：University of Missouri Press, 1995, p. 71.

人溺水而亡,这给查尔斯带来了巨大的震惊,使他开始反省自己的虚荣与权力欲。

哈特莉的悄然离开也给查尔斯带来了巨大震惊。查尔斯总是幻想着多年以来哈特莉仍然深爱自己,虽然哈特莉也确曾向查尔斯痛哭流涕地诉说过自己的痛苦,但是她并不像查尔斯所认为的那样,像个睡美人一样等待着被拯救,而后与查尔斯厮守终老。但是查尔斯不顾哈特莉的拒绝和他人的劝阻,一意孤行,最终迫使哈特莉和丈夫一起悄悄地迁居国外。这使查尔斯突然明白,原来哈特莉是一个真实的、独立的存在,有自己的痛苦,也有自己的欢乐,而不是被囚禁于查尔斯头脑中那个不受时光影响的幻影。另外,好朋友佩里格林把他推下大海,詹姆斯对自己的拯救和他微笑着死亡所留下的神秘,这些都带给查尔斯巨大的震撼,使他开始反思自己的自我中心主义,并真正看到了他人的独立性存在。

在《黑王子》中,布雷德礼的拯救也与他人分不开。妹妹普丽席拉的自杀和阿诺的死亡深深刺激了布雷德礼沉迷自我的心灵,使他开始思考自己对他者的责任:"虽然我并不想要阿诺死,但是我嫉妒他,并且(至少有时候)我憎恨他。我有负于芮秋并抛弃了她。我忽视普丽席拉。对于发生的可怕事情,我负有部分责任。"(*BP*,337)如果说他对妹妹的死只负有疏于照顾的责任,他对阿诺却有故意伤害的想法,因为他对这个镜像怀有恶欲。因此,在《理解艾丽丝·默多克》中,谢丽尔·波夫认为,默多克在小说中提供了丰富的谋杀动机和犯罪证据,读者可以从中得出证明布雷德礼有罪的可信解释。布雷德礼早已被他的行为指控了,而芮秋只需要扮演一个悲伤的妻子就足够了。最终,布雷德礼承担了不属于自己的谋杀罪名,就是为了完成对自己的拯救。由此可见,在默多克的小说中,所有的自我中心主义者都在与他人的交往中不断获得启示,并最终找到获得拯救的可能,而执迷于自身则永远无法跳出"利己主义"的圈套。

因此,默多克的小说与现代主义小说最大的不同,不是艺术风格方面的现实主义与现代主义之争,而是对人际关系的理解。在现代主义小说中,人与人之间的隔膜和残酷是根本的,而在默多克的小说中,这种隔膜与残酷只是由一种看事情的角度造成的，而打破"利己主义"的最终办法存在于他人那里。他人能够以主体的形式存在就是自我获得拯救的希望。默多克认为开放的小说更接近于艺术的理念，其实，在默多克的小说中，人的命运也是开放的，因为只要他不断地遭遇他人，他就拥有充满偶然的未来，而就在这偶然之中永远蕴含着希望。

第五节　爱、偶然、对话

在哲学领域，默多克是一位明确的道德哲学家，在其文学作品中，她也始终坚持了自己的立场，只不过这个立场不再以直接的方式出现，而是作为一个终极远景，出现在所有人物的上方。萨特也曾试图平衡天平两边"我"与"他"的分量，但在这种平衡中，萨特看到两者的关系是相互争夺权力的斗争，因此得出"他人即地狱"的结论。而默多克却没有如此悲观，在她构建的后现代式的伦理乌托邦中，人与人是沐浴在爱的氛围里的一种平等对话关系。

默多克坚持人物之间的对话关系，但是她对对话的理解与巴赫金不同。巴赫金，这个在 20 世纪中叶的欧洲文化中迷人而又神秘的人物，向文学批评贡献了他的对话思想和复调小说理论。他认为，在当今世界，已经没有人能够宣称自己是绝对真理的掌握者，人们应该只满足于引证，而不应该以自己的名义去说话，更不应该以真理代言人的身份去说话。在巴赫金的对话思想和复调小说理论中，对话不仅存在于人物与人物之间，还存在于作者与人物之间。而默多克却是从上面看着她的人物，从一个故事外的位置与他们对话。因此，默多克的对话思想与巴赫金的对话思想存在着本质性的区别。默多克既同意人物之间要有对话，又坚持现实主义小说中的作者权威，主张作者应在人物之上，即在她的小说中仍然保留了等级式话语。也正是由于等级式话语的存在，人们才认为默多克的小说也只是相对开放。

坚持作者高于人物，这体现了默多克对小说的教化功能的坚持。默多克认为，在 20 世纪人们的道德意识逐渐淡漠，而作家也日渐放弃自己的责任之时，这种坚持愈发重要。在 1978 年的一次访谈中，默多克分析了 20 世纪小说家与 19 世纪小说家的不同：

> 作者的态度和他与人物的关系有明显的不同。作者与人物的关系在很大程度上泄露了他的道德态度，在我们和 19 世纪作家间这种技巧上的不同是一种难以分析的道德改变。通常来说，我们的写作有更多的讽刺性和更少的自信。我们过于胆怯，担心被认为不世故或幼稚。故事更狭隘地与通过一个人物或多个人物所叙述的作者的意识有关。通常没有一个拥有外部权威的智慧的作者进行直接评判或描述。在这个方面，像 19 世纪小说家那样写作，现在似乎像是一种文学技巧，而且有时候也作为一个技巧被使用。正像我早先说过的那样，文学有关于善与恶之间的斗争，但这没有清晰地体现在当今的写作中，在小说中有一种道德胆怯，被呈现的人物通常是平庸的。许多事情导致文学发生变化，对语言的自觉意识也许更像一个表象而非原因。宗教有系统地消逝或弱化可能是在过去的一百年中发生的最重要的事情。伟大的 19 世纪小说家们认为宗教是理所当然的。社会等级和宗教信仰的缺失使得判断更为不确定，对精神分析的兴趣在某些方面使情况变得更为复杂。所有这些变化如此巨大，如此具有挑战性，以至于听起来似乎我们应该比我们的前辈更出色，但是我们却没有！

默多克在很大程度上塑造了自由的人物，但又不放弃自己的权威，因为她坚信这种放弃是不可能的。所以默多克一再强调，语言本身就是一个道德媒介，对语言的各种使用都传达价值，生活浸润于道德中，文学也浸润于道德中，因此，小说家通过他所采用的各种写作都泄露了他的价值立场，而作者的道德判断正是读者呼吸的空气。① 因此，根本就不可能有绝对的开放，因为作者及其价值立场肯定是存在的。而放弃了作者权威反而会导致真理的丧失。

> 忽视了作者必须高于作品人物这条美学法则，而给予作品人物与作者同样的地位，或者相反，他们使作者的地位发生动摇，把他降格到人物的地位。不管选用哪种方法，这些步入歧途的作家把两者放在同等的地位，导致了灾难性的结果：一方面，（作者的）绝对真理没有了；另一方面，作品人物的特殊性也没有了，只剩下一些个别的地位而没有绝对的地位。

这也正是巴赫金的对话理论最为人所质疑的地方。茨维坦·托多洛夫曾直言，巴赫金的对话理论只是一种浪漫的审美理想，是当代世界中个人主义思想和相对主义思想的体现。② 默多克对作者等级式话语权的坚持，就是为了对抗世风日下的道德窘境，因此而建构了自己的后现代伦理乌托邦。

> "后现代伦理学是一种爱的伦理学"……不是自私的爱。是真正相互的爱。

> 爱的痛苦在于存在着不能克服的两元性。爱永远是一种隐藏的关系，这种关系不是压制变化而是保存变化。欲望的痛苦存在于有两个（欲望）这一事实。作为他人的他者不是一种注定要变成我的或者我本身的客体；相反，他退入自身的神秘性……爱欲的意图不是针对一个"将来的事实"，而是针对

---

① Iris Murdoch and Bryan Magee, "Literature and Philosophy: A Conversation with Bryan Magee", in *Existentialists and Mystics: Writings on Philosophy and Literature*, London: Chatto and Windus, 1997, pp. 26－28.

② 茨维坦·托多洛夫《批判的批判——教育小说》，王东亮、王晨阳译，北京：生活·读书·新知三联书店，2002 年，第 84、87 页。

诸如绝对的他物和永恒的难以捉摸性这类的将来。爱抚和欲望行为没有"占有、捕获、熟悉"的意图，如果具有这种意图，爱抚行为将要针对消灭他者身上的变化，因而就会导致自我毁灭。爱抚行为"像是一种与隐藏的某种东西进行的游戏，这种游戏没有任何方案和计划，这种游戏不是与注定要变成我们的（ours）或者我们自身（us）的东西进行的，而是与其他的东西，总是与其他的、永远不可能达到、总是要出现的其他东西进行"。①

在默多克的伦理乌托邦中，爱也是一个核心概念。《黑王子》的副标题即为"爱的庆典"，布雷德礼和自称编者的洛席厄司都一再强调这是个爱情故事，尽管我们并没有从这里看到真正两情相悦的爱情。实际上，我们可以把默多克的所有小说都看做是爱情故事，因为默多克会把所有的故事都镶嵌进一个爱情的套子里。但是，默多克小说中的"爱情"是一个相对宽泛的概念，既指故事表面的爱情结构，更指人们富于创造性的奋斗，以及对一切智慧与真理的追求。而在她的伦理乌托邦中，人们就是在爱的氛围中回归了本质。

在《黑王子》中，爱的庆典是经历了几个层面才实现的。最初，它是布雷德礼对阿诺的爱——这种爱其实是一种自恋的执念，它是一种黑暗爱洛斯，即携带着阴暗性的爱欲，具有破坏力。它接受他人引导，表现为对他人的忽视、冷漠、自私、伤害。不能认识它也就无法真正认识自我和他人。更高一级别的爱，是布雷德礼对茉莉安的爱，这种可以达到忘我的爱情能够使人开始走出自恋的魔圈，关注自我以外的第一个他人。它对布雷德礼突破自恋执念，认识黑暗爱洛斯具有重要的起步意义。最后也是最高的爱，是布雷德礼临终之前真实自我已体会到的对他人的博爱。它通过反观而认识到之前自我的虚幻，终于承担起认同自我的风险和责任，从而彻底走出黑暗爱洛斯，也得以客观地认识

---

① 齐格蒙特·鲍曼《后现代伦理学》，张成岗译，南京：江苏人民出版社，2003 年，第108—109 页。

他人。

在默多克的其他小说中,各种爱的庆典也都大致经历了同样的步骤。只不过,在不同的小说中对几个步骤所展示的侧重点略有差别。例如,在《大海啊,大海》中,对镜像(詹姆斯)的爱以一种变形的方式得到了展现,而对爱情(哈特莉)的执着则更多地突出了其自私、伤人的层面,而对其拯救人的一面,以及查尔斯走向博爱之路的转变,仅在结尾处进行了简单交代和预示。

默多克曾经对爱进行了区分。她把爱分为两种,一种是自私的、低级的爱,另一种是无私的、高级的爱。前者是自我主义的能量,后者则是一种精神的能量,在通过训练和净化之后,爱洛斯转化为精神力量才能具有令人向善的作用。因此,爱情既可以成为让人沉沦的诱惑,又具有令人飞升的魔力。

> 对许多人来说,坠入爱河是他们最强烈的经验,伴之而来的是一种类似宗教的确定性和最极度的不安,因为它把世界的中心从自己这里转向了其他的地方。爱情关系能够导致极度的自私和占有的暴力,企图控制对方以达到不再分开的目的;或者它能够促进无我化的进程,在这个过程中恋爱的人学会去看、去珍惜和尊重非我的事物。①

而人们往往沉沦于低级的爱欲中无法自拔,在《关于"上帝"与"善"》一文中,默多克提到,人类的爱通常占有欲太强,也太机械化,因而难以形成远见卓识,这正是自私的爱和低级的爱的局限性。在《黑王子》中,正是以爱情的名义,布雷德礼向茱莉安隐瞒了自己的真实年龄,丢下精神崩溃的妹妹,还隐瞒了妹妹自杀的消息。在阿诺破坏了他的爱情以后,他撕毁了阿诺的书,不再想去了解阿诺。他向芮秋提到阿诺爱克莉丝汀的信,芮秋认为他是故意的——这是有道理的,至少也是一

---

① Iris Murdoch, *Metaphysics as a Guide to Morals*, London: Chatto and Windus, 1992, pp. 16—17.

种潜意识中的报复心在作祟。

但是当爱被净化和升华以后，它就会具有拯救性功能。它使布雷德礼暂时地突破了对镜像的执迷，使自己向他者开放。在与阿诺的竞争中，布雷德礼执迷于镜像，忽视他者的真实存在，关注只是为了占有。是抛弃恶欲的纯粹爱情使他学会了尊重他者的独立和自由。"我爱了，爱的喜悦在我所在之处创造了一个空间。我涤除了怨愤与仇恨，涤除了构成邪恶自我的所有卑鄙焦虑的恐惧。她存在，并且永远不可能属于我，但这已经足够了。我不得不活着并独自爱着，相信自己能够这样做的感觉几乎使我成为一个神了。"（BP，196）

这就是拯救性的爱，它代替宗教，净化情感，使自私的和个人的爱转变为精神的和普遍的爱。透过茉莉安打开的那扇门，他者开始真正进入到布雷德礼的视界。布雷德礼看到了他者自为的存在，而不是以自己的自为去生硬地将他者限定为自在。于是，他准备阅读阿诺所有的书，意识到自己对他很不公平；他亲切地称呼前妻，与她和解；他最终意识到了自己应该感谢马娄。

"对默多克而言，要正确地看待现实，就是以非常自动化的方式去爱它……那种洞见和那种爱不是通过任何通常的意志行为导致的，而是通过无私的关注行为……对默多克来说，我们不是通过解释世界来发现自己，而是通过爱它。"[1]在默多克的伦理乌托邦中，现实是什么？现实就是我们会发现，我们的周围充斥着他人，而这些他人并不是自我的影子，而是独立的个体。这种发现最初所带来的是一种恐惧感，当正确理解之后，就会带给人一种兴奋感和精神力量。在《崇高与善》一文中，默多克指出，给我们带来这种经验的最重要的形式是视觉，不是对物质自然的视觉，而是对由其他作为个体的人们所组成的我们周围世界的视觉。因此，爱就是意识到个体的存在，是极其困难地意识到自我之外的事物是真实的。[2]

---

① Peter J. Conradi, *Iris Murdoch: The Saint and the Artist*, London: The Macmillan Press Ltd., 1986, p. 107.

② Iris Murdoch, "The Sublime and the Good", in *Existentialists and Mystics: Writings on Philosophy and Literature*, London: Chatto and Windus, 1997, p. 282, 215.

　　反思自我中心主义并重新建立他人的重要地位,这正是默多克关注的问题,因为这是使人在现代得以达成自我实现、回归本质的可行尝试。面对现代性之后"偶性社会"的现实,通过建立人为秩序来逃避并不是一种积极、有效的做法,而应该正视偶然,尊重偶然,把偶然转化为好运,使之成为让人获得解放的机遇。

　　在《星球消息》中,小说中的人物都期望从神秘的主人公玛卡斯那里破解他们自认为他所携带的消息。一些人期待那是对世界的一种理性揭示,另一些人则期望它展示世界的神秘,总之,人们所期望的是对世界的一种普世阐释,但最终他们都失望了。这个消息最终被学者拉玛纳山称为是小说中的旁观者、非重要人物的吉尔德斯所揭示:"每一件事情都是偶然的。这就是那个消息。"但这个认识并没有给他带来不安,相反给他带来了积极、正确的生活方式,能够让他真正投入生活中去与偶然的个体相遇。在小说结尾,吉尔德斯没有了工作,没有了住处,打算住在社会保障所提供的小房子里,努力在底层生活,并尽力去帮助其他人。一直追随玛卡斯却失望而回的卢德斯,在接受了吉尔德斯的建议以后,也选择在普通道德这条道路上去探索答案。以前他一直与家人疏远、隔膜,而在书的结尾部分,他已经决定听从吉尔德斯的建议,回去与家人重新建立联系。他放弃了企图在玛卡斯那里获得的对秩序和形式的执着,而开始向偶然敞开怀抱,真正面对生活中遭遇的无尽的偶然个体,去尊重、理解他们,将他们看做独立的主体去认识,与其建立本质联系。

　　关于"偶然"的概念,默多克首先从萨特那里获得了启发,但又对其进行了扬弃。在《恶心》中,主人公安东尼·洛根丁对偶然是嫌弃的,他感到的是恶心。如果说洛根丁最后的选择表现了萨特对人类借由理性摆脱偶然,进而把握自己命运的信心,萨特对自然的嫌恶却是始终存在的,因为自然是一个自在的存在,完全超乎理性的控制范围,这会给主体带来恐惧。在存在主义本身已经失去了对默多克的吸引力之后,默多克继续被偶然性这个概念深深吸引。但是,她抛弃了萨特的"偶然"中所包含的对无序的恐惧,而赋予了它一个非萨特的积极意义,那就是"不可言喻的人的个体性,这种个体性拒绝我们想依据自己的幻想使他人屈服的愿望"①。当我们真正把偶然作为"经验中不可再分的元素"来认识时,这意味着,它既处于整体之中,又是一个独立的个体。

默多克对偶然的理解也得益于她对康德从自然界中感受到的"崇高"感进行了挪用。康德对崇高的体验来自于自然界,它是与对美感的分析相比较而得到定义的。崇高感与美感的对象是不同的。

> 一座雪峰耸入云端的山脉的景色、一场狂风暴雨的描述、或者弥尔顿对冥界王国的叙述,都激发出欢愉,但又带有恐惧;与此相反,鲜花盛开的草地,溪水蜿蜒、布满牧群的山谷,对神话乐园的描述,或者荷马对维纳斯腰带的叙事,也都引起惬意的感受,但这种感受是喜悦的和欢快的。要使得给我们的前一种印象以相应的强度发生,我们就必须有一种崇高感,而要正确地享受后者,我们就必须有一种美感……崇高令人激动,美则令人迷恋。②

因此,美一定会涉及限制,涉及对象的形式,并在这种形式中带有某种合目的性,而崇高却是无形式、无限制的,另外,从对象所激起的内心体验来说,崇高的情感是由对象所激起的内心的激动,而对美的欣赏在内心引起的却是一种静观、平和。因此,大自然能够激起人们的崇高感,通常正是在于"它的混乱中,或在它的极端狂暴、极端无规则的无序和蛮荒中",面对这一自然景象时,我们感受到一种"激动"的情感体验,而在这种激动中,人们既被自然强烈地吸引,又感到其超出了自己可驾驭的能力,感到自身的无力和渺小,因此又想去拒斥,于是,在康德称之为"消极的愉快"中,理所当然便包含着惊叹和敬重。尽管这种混乱无序可能超越了我们的判断力,超越了我们的表现能力,超越了我们的想

---

① David J. Gordon, *Iris Murdoch's Fables of Unselfing*, Columbia: University of Missouri Press, 1995, p. 104.

② 康德《前批判时期著作Ⅱ(1757—1777)》,李秋零译,见李秋零主编《康德著作全集》第2卷,北京:中国人民大学出版社,2004年,第209页。

象力，然而它越是难以捉摸，越是难以言喻，我们越能将其判断为崇高的。[①]

默多克将康德从自然的无序中感受到的"崇高"移置到人类生活中，认为这种经验带给我们的是这样一种洞见，环绕在我们周围的不是物质，而是其他无数独立的个体。这正是默多克所认为的道德态度："强调世界的无穷无尽的细节，强调无休止的理解工作，强调不要认为一个人已经彻底了解了个体与状况的重要性。"[②]这种谦卑的态度要求放弃自我中心主义的狂妄，正视他人独特的个体性。既然大家都是作为偶然存在的个体，都是地位平等的主体，那么人与人之间就不应该是主体与客体的关系，不应该是物化的关系，不应该是认识的关系，而应该是一种平等的对话关系。

正如前文所述，默多克的对话思想与巴赫金的对话思想存在差异，但两者之间也存在着很多相通之处。默多克"对她的人物保持着公平、不偏袒的态度，或者用她自己更喜欢的说法——'仁慈的客观性'"，这与巴赫金的对话理论颇为相似，布兰·尼科尔认为单就这一点而言，默多克是巴赫金当之无愧的继承人。[③]

默多克推崇以莎士比亚为代表的现实主义作家，认为他们的作品并不把人物作为作家的传声筒，而是给人物很大的自由。她认为，这些作家都具备仁慈、宽广的视域，可以意识到个体之间的差异及其成因。而伟大的作家具有宽容的态度，能够超越自我中心，接受他者，真实地呈现这种个体差异，而不是从自我的角度去想象他人、塑造世界。"大多数伟大的作家都有一种平静、仁慈的视野，因为他们能够看到人们是多么不同和为什么不同。宽容与能够想象远离自己的现实中心有关……伟大的艺术家看到不同于自己的一个有趣的巨大宝藏，不以自

---

① 参见康德《判断力批判》，邓晓芒译，北京：人民出版社，2002年，第82—85页。

② Iris Murdoch, "Vision and Choice in Morality", in *Existentialists and Mystics*: *Writings on Philosophy and Literature*, London: Chatto and Windus, 1997, p. 87.

③ Bran Nicol, *Iris Murdoch*: *The Retrospective Fiction*, New York: Palgrave Macmillan, 2004, p. 66.

己的形象来描绘世界。"①

　　默多克在塑造人物时也总是尽力保持客观，如其所是地去展现人物，让每个人物的独立性和主体性都得到关注和承认。在默多克小说中，除了圣人与艺术家之外，还有两类人物经常出现，且对情节发展和主人公的思想转变具有重大作用，那就是"逃逸的他人"和"重要的边缘人物"。默多克在塑造这四种人物类型时，都将他们看做独立的主体，进行了客观的呈现。

　　在独白小说中，主人公常常成为作者的代言人，主人公的立场与作家立场保持一致。而在默多克小说中，主人公却与作者的意识形成反差，成为被批判、被讽刺的对象，但是作家又尊重现实，客观地展现了这些主人公的魅力。无论是《网之下》中居无定所的落魄青年——翻译者兼作家杰克，还是《大海啊，大海》和《黑王子》中已不再年轻的退休人士查尔斯和布雷德礼，甚至被认为是邪恶之人的密斯查·福克斯（《逃离巫师》）和朱利斯·金（《相当体面的失败》），等等，不论年龄、地位、成功与否，这些艺术家式主人公在小说中都是万人迷式的人物，即使在小说之外，他们也会比小说中的其他人物得到更多的欣赏者。因此，矛盾的现象出现了，"艺术家式"的主人公最丰满、最有魅力，却是作家所批判的执着于个人意志、秩序和形式而剥夺他人主体存在的自我中心主义者。作者通过将艺术家人物塑造为不可靠叙述者、保持对他们的反讽态度、或让其他人物对其进行批判等各种策略，使艺术家主人公的价值立场与整体叙述立场形成差异，而这种差异正体现了作者与主人公的对话，而非作者的独白。

　　而"圣人式"人物是真正具有拯救功能的一类人，他们投身于生活之中，关注他人与世界。例如，《网之下》中的雨果总是无暇空谈，而忙于体验各种社会实践，《大海啊，大海》中的佛教徒詹姆斯仁慈谦卑，善待一切，《逃离巫师》中的皮特·史沃德能够不被诱惑，保持自我，因而

　　① Iris Murdoch and Bryan Magee, "Literature and Philosophy: A Conversation with Bryan Magee", in *Existentialists and Mystics: Writings on Philosophy and Literature*, London: Chatto and Windus, 1997, pp. 29－30.

让小说中最有权势、最邪恶的人产生敬重之情……可以说，这些"圣人式"人物在一定程度上体现了作家本人的思想立场，但作家并没有把她比较钟爱的"圣人式"人物塑造为完人，在他们身上寄予太多赞誉，而是客观地呈现了他们的真实面貌。这些"圣人式"人物远远没有"艺术家式"人物那么鲜活、生动。他们常常生活在混乱肮脏的环境之中，生活单调，且不善言辞，乏味无趣。

"逃逸的他人"和"重要的边缘人物"都以缺席的形式彰显了其绝不可被忽视的在场。

"逃逸的他人"是被忽视，却常给自我中心主义的主人公带来巨大震惊的一类人。他们是"艺术家式"人物身边的亲近之人，例如，消失的恋人，拒绝拯救而逃离的情人，出走或出轨的妻子，等等。《大海啊，大海》中迁居国外以躲避查尔斯打扰的哈特莉是一个典型的代表。在《砍掉的头》中，似乎所有人从马丁那里逃逸了，他的哥哥、朋友、妻子、情人都悄无声息地背弃了他。在《神圣与亵渎的爱情机器》中，从精神分析师那里逃逸的是他的病人，他们向医生撒谎，并嘲笑他，这对不懂尊重他人的主人公是一个极大的讽刺。《星球消息》中抛弃恋人而与秘密情人远走高飞的玛卡斯的女儿，以及一向以笑颜接受丈夫与其情人却内心满怀愤恨并决定出走的弗兰卡，等等。他人的突然逃逸给沉醉于自我中心的主人公当头一棒，击溃了其引以为傲的意志、秩序，使他们意识到，世界充满无法纳入形式之中的偶然，每个人都是独立的主体，都应得到重视和尊重。

"重要的边缘人物"也是常被忽视的人，但他们却常常以出人意料的方式使我们发现，原来他们会成为掌握他人命运的人。例如，在《意大利女郎》中，作为小说标题的那位女仆，从不引人注意，最后却成了唯一的遗产继承人。在《天使时节》中，那个总想进入中心的次要人物，其实却对他人具有至关重要的影响。在《大海啊，大海》中，一个被主人公查尔斯描述为自己的应声虫的人物，却出人意料地展开报复，将查尔斯推下了大海。可以说，在默多克的小说中，即使是那些出场很少的人物也不会被看做无足轻重，他们随时可能成为影响他人命运的人。而每次他们的重要性突然显现的时候，都会使主人公和读者反思自我，注视他人。

第五章　神秘主义诗学：回归本质的艺术努力

在《重估艾丽丝·默多克的道德哲学与神学》中，玛丽亚·安东纳乔分析了默多克哲学在过去的半个世纪里为道德哲学所做出的重要贡献，其中最重要的就是，拓宽了伦理学的范畴，例如，从关注具体的选择与行为到关注形而上层面，即从关注"如何行动是善"转变到"什么是善"这个问题。默多克不赞成道德哲学只关注于选择和行为，她认为，道德哲学不仅主管着人的外在和行为，也会体现在"说话或沉默的模式，对语言的选择，对他人的评判，关于自己生活的概念，认为什么是有吸引力的或值得表扬的，认为什么是有趣的；简而言之，是会持续地体现在他们的反应和对话中的思想结构"①。那么，"我们如何看待和描述这个世界也是道德"②。小说就是作家描述世界的一种方式，毫无疑问，它必然也包含着默多克对回归本质这一主题的思考。在这一章里，我们将聚焦于作者在小说中"描述"世界的一种独特方式——神秘主义诗学，并探究其成因。

本章将分六节进行论述。在第一节中，将简单介绍艺术与道德在默多克这里的意义及其关系。默多克认为，在本质上，艺术与道德同样

①　Iris Murdoch, "Vision and Choice in Morality", in *Existentialists and Mystics*: *Writings on Philosophy and Literature*, London: Chatto and Windus, 1997, pp. 80—81.

②　Iris Murdoch, "Metaphysics and Ethics", in *Existentialists and Mystics*: *Writings on Philosophy and Literature*, London: Chatto and Windus, 1997, p. 73.

具有拯救功能，能带领人回归本质。其独特的神秘主义诗学就是带领人回归本质的艺术努力。第二节将对默多克的神秘主义诗学进行概述，在与其他神秘主义的比较中阐明默多克神秘主义的本质及其独特性。第三节至第六节将对默多克神秘主义诗学的成因及其价值取向进行探析。首先，神秘是由认识的局限和现实的庞杂造成的。默多克认为现实的庞杂超越了认识的界限。以此为武器，她对浪漫主义和传统现实主义的现实观与艺术观进行了批判和修正，在小说中则以呈现宗教奇迹或飞碟等超现实事物、解构作者权威、留置未解谜团等方式来表现现实的神秘。其次，神秘也是由语言自身的局限造成的。默多克既无法同意海德格尔对语言神圣性的推崇，也无法认同德里达对语言意义的解构，而是像其老师维特根斯坦一样，为语言设界，认为语言指涉现实的能力是有限度的，仍有某些领域是语言无法触及的神秘。再次，神秘还是把握自我与世界关系的一种态度。人把自己看做渺小的个体，而把世界看做充满了神秘和未知的无限，当人们由这一发现而引起自我匿名的冲动和发现世界的惊奇时，这便是一种神秘主义的洞见。而神秘主义诗学的价值取向，乃是一种伦理追求，与默多克的道德哲学殊途同归，都是要指引人克服自我中心，走向善，最终得以回归本质。

第一节　艺术与道德

为了道德，柏拉图曾驱逐艺术，为了艺术，王尔德曾放逐道德。在王尔德的唯美主义艺术原则中，道德并没有占据一席之地。他认为，或许那些试图进行说教的艺术形式中存在道德，而那些真正的艺术都应该是无关道德的。显然，他对前者是一种贬抑的态度，而对后者却是推崇的。难道艺术与道德真的是难以相容的吗？默多克不这样认为。她认为自己所提倡的道德哲学的价值之一就是，它没有把艺术与道德对立起来,而是将它们看做同一种事物的两个方面。①

关于艺术与道德的一体关系,我们可以通过《黑王子》得到清晰的认识。主人公布雷德礼的道德观与艺术观紧密地联系在一起,甚至直接决定了布雷德礼的艺术形态和艺术成就。通过前文的分析,我们已经知道小说呈现了布雷德礼的迷误和拯救,为我们展现了布雷德礼两个自我的不同。对比一下布雷德礼言辞的差异性,我们就可以看到他道德观和艺术观的重大改变,以及二者之间的直接关联。

布雷德礼与阿诺·巴芬之间曾发生过一次争执,阿诺指责布雷德礼将他人拒于千里之外,无视他们,劝导布雷德礼要对人好奇,认为好奇是慈善的行为,也是了解细节、成为成功作家的必备条件。而当时的布雷德礼对此不以为然,言辞之间颇寓讥讽,称这种认识只能有助于像阿诺一类的媚俗作家,而好奇非但不是慈善,反而是一种恶意。

当时的布雷德礼只知道遵循常规,过着单调的生活,做着习惯的奴隶,即使是战争也没有影响到他。他对他人毫不关心,不想知道细节,不喜欢偶然,对他来说,连在伦敦之外的地方度过一个夏天都可能成为一种考验。所以布雷德礼没有真正的生活,他喜欢形式,拒斥偶然。此时的布雷德礼沉浸于自我的思想中,将思想拘囿于自恋的狭小空间,只能靠主观臆想来虚构生活,所以根本无力表达出现实的鲜活和生活的真相。这种与他人和生活疏离的道德态度便导致布雷德礼的艺术远离真实,缺乏现实感和生命力。他虽自诩为高雅、严肃的艺术家,但他却无法写出真实的生活,只能对生活进行抽象、空洞的想象和总结,正像他自己所说,他没有办法在书中将思想和人物进行有机的融合,使之成为一个整体,他创造的人物就像阴影,扁平、缺乏生命力,而他的思想只能像格言警句,透露着枯燥说教的无聊和虚弱。这可能也是布雷德礼的书无人阅读的一个原因。

但是,在小说的其他地方,我们看到布雷德礼提到了完全不同的看法。他认为任何一个个体都具有难以概括和解释的复杂性,世界的无

---

① Iris Murdoch, "The Idea of Perfection", in *The Sovereignty of Good*, London: Routledge, 1970, p. 41.

限不仅意味着充满细节，更意味着充满更多种类的细节。艺术家只有真正把握了细节才能看到真实，才能写出真正伟大的作品。转变后的布雷德礼已经意识到细节的重要性，认识到对于一个艺术家而言，任何细节都可能与作品有关，都能够成为作品的灵感和材料来源，成为作品的养分，而要了解这些细节，则需要真正投入生活之中，去接近并了解他人与世界。

由于布雷德礼的人生观和艺术观发生了重大的修正，他也就找到了救赎自己和成就艺术的正确途径。于是，他选择放弃自我中心主义，承担对他人的责任。而当他不再执迷于镜像自我——阿诺的世俗成功时，他恰恰向真正的理想自我迈出了脚步。布雷德礼曾预测自己的绝笔之作可能是自己唯一的一部畅销小说，事实也的确如此，这部假托布雷德礼之名而写就的《黑王子》实现了可写性与可读性、雅与俗、抽象与具体的结合，成为了一部公认的经典之作。

在《偶然、反讽与团结》中，理查德·罗蒂区分了两种书。

> 第一种书籍有助于我们变为自律，第二种书籍协助我们变得比较不残酷。第一种书……牵涉到那些产生独特幻想遐思的独特偶然。追求自律的人穷尽毕生之力，反复营造这些幻想遐思，冀望将所有模糊印记追根究底，从而像尼采所言一样，变成他们想变成的人。第二种书籍与人我关系息息相关，帮助我们注意到我们的行动对他人的影响。

而他又继续将那种可以使我们变得"比较不残酷"的书分为两种。

> 第一种帮助我们看到社会实务与制度对他人的影响，第二种帮助我们看见我们私人的特性对他人的影响……更重要的是，这类书籍使我们注意到自己在自律上所作的努力，或对某一种完美成就的执迷，会如何使我们漠视自己对他人所造成的痛苦与侮辱。这类书籍戏剧化了对自己的义务与对他人的义务之间的冲突。

　　罗蒂高度赞扬了第二种书籍中的第二种,他以纳博科夫的小说《洛丽塔》中关于卡斯边的理发师这一段为例。

　　　　在卡斯边镇上,一位非常老迈的理发师为我剪了一个非常不入流的头发:他叨叨絮絮地谈论他一个打棒球的儿子,说到情绪激动时,还喷出口水在我脖子上,而且偶尔用我的包巾擦拭他的眼镜,或停下他那巨大的剪刀,去剪一些泛黄的旧报纸;我真是心不在焉,以至于当他指着放在那些老旧灰色的洗发液中间的一个相片架时,我才惊讶地发现,原来那一位留着短髭的年轻球员已经死去 30 年了。①

　　也就是说,这种书展示的不是社会实务与制度对他人的压迫,而是从普通的人际关系切入,揭示了一个人在执着于个人喜好的同时会对他人造成的残酷。这种残酷伴随着自律的悖反,它以追求自律即自我实现为前提,却最终无法达成自我实现,反而会带来对主体认识的遮蔽。

　　可以说,默多克的所有小说都属于罗蒂所说的第二种书籍中的第二种。默多克的小说主人公大都属于她所说的广义的艺术家,他们都具有·种追求自我实现的强烈意志。他们自觉地关注自我,执着于实现自我价值,这种自我中心主义的思维方式却在有意无意间对他人进行了漠视或歪曲,也就是对他人造成了残酷。默多克正是通过揭示这种自我与他人的矛盾,并最终警醒人放弃自我中心主义,关注他人,从而使人变得比较不残酷。因此,我们可以说,这些小说实现了艺术与道德的统一,或者说,借助艺术探讨传递了道德。下以《大海啊,大海》为例。从最外在的层面来看,小说是关于自律的,查尔斯就像尼采所说的一样,想成为他想变成的人,他意欲通过对艺术的执着追求而达到这一目的。他竭尽全力追求成功,也确实取得了令人羡慕的成绩,在戏剧导演界,他确立了令人敬畏的响当当名声,退休以后则试图在小说领域写

出杰作。小说的内在层面却将查尔斯对他人所造成的残酷进行了强
调。在小说中，查尔斯以一贯的自我中心主义思维去叙述、歪曲他人，
无视这些人物在现实中的真实面目，令人震惊且伤感的结局最终使小
说成为了使我们变得"比较不残酷"的书。

《意大利女郎》也是力图"让人变得比较不残酷"，而揭示人与人相
处中普遍存在的残酷现实是实现这一任务的首要一步。

在《意大利女郎》中，艾尔莎姐弟所代表的犹太人的悲剧命运是对
这种残酷最强烈的控诉。犹太人的悲剧不仅被看做残酷最极端的恶
果，也成了对现代残酷的普遍隐喻。

艾尔莎对爱德蒙讲述的家庭遭遇重申了犹太人的悲伤历史。艾尔
莎一家原本是俄籍犹太人，内心永远悲伤并酷爱弹钢琴的父亲，准备带
着年幼的子女偷偷逃离俄国。在漆黑的边境大森林里，伴随着刺眼的
灯光和枪声的追逐，在惊慌失措的逃跑途中，父亲被打中了手，再也无
法弹钢琴了，后来伤心过度而死，而姐弟两人从此只能到处流浪。这些
苦难令艾尔莎念念不忘，她的讲述不仅是对自己家庭悲剧的讲述，更是
对民族苦难的讲述。爱德蒙觉得她在讲述自己的故事时就好像一位落
难的公主，在一个陌生的地方讲述着关于祖先的传说。犹太人的悲剧
正是由于一部分人出于自我实现的目的而对他人采取的灭绝人性的伤
害，这是人类历史上迄今最残酷的暴行。

艾尔莎的家庭悲剧不仅连接着历史，更指向了现实。这种苦难绝
不仅仅是一个家庭、一个民族所遭遇的残酷，而是具有远为广泛的指涉
功能，它直接指向了现代社会中仍然普遍存在的残酷现实。正如小说
叙述人爱德蒙所言，这种悲剧并非传说，而是现在仍在上演的故事，每
天发生在每个人身上的故事。事实的确如此。虽然文明在进步，但是
残酷并没有被完全遏制，只是形式发生了一些变化，它褪去了以前的喧
嚣、血腥和直白，变得更安静、更隐秘。不过，它依然继承着残酷惯有的
冰冷和不人道。而揭露这种隐秘的现代残酷，力图将其祛除则是默多
克在自己所有小说中一直努力探讨的问题。犹太人的悲剧是人类历史
进程中最极端的例子，带有早期更多血腥暴力的色彩，但是，这种暴力
并未结束，只是以更为隐秘的方式出现。那就是，人们在追求自我实现

的基础上仍然体现出的排他倾向和对他人的否认、忽视和歪曲，也就是默多克所说的"个人寓言"，以自我为中心的立场而导致的与他人的分离，对他人的漠视或歪曲。这个过程贯穿了残酷，以一种更悄无声息的方式表现了它的暴力和无情。

　　艾尔莎也是现代残酷的牺牲品。人们出于维护各自利益的目的，都否认艾尔莎对过去的叙述，并歪曲她的形象，把艾尔莎描画成一个疯子，一个变态，一个只有肉体欲望而没有感情的人。同样，《意大利女郎》中的所有人物也都成了他人自我中心主义的牺牲品。夫妻之间以及父母与子女之间原本都应该拥有最亲密无间的关系，以关爱和理解为核心。但默多克却在《意大利女郎》中粉碎了一切，以令人触目惊心的方式强调了现代残酷如何遍布于一切人际关系中，哪怕是这种最亲密、最可依赖的亲人之间也无法避免。爱德蒙的母亲是一个性格强硬又狂暴的女人，因为婚姻的不幸，便把全部的爱和希望都转移到两个儿子身上，而这种带着某些畸形的爱逼得长子奥托自我沉沦，次子爱德蒙为了逃离远走他乡，两个儿子都成了母亲执拗于自我实现的牺牲品。但是，作为小说叙述者的爱德蒙为了达成自我实现，也在叙述中透露着自我中心主义。在他的叙述中，随处可见对母亲的抱怨甚至仇视，而他作为儿子却从未努力尝试去理解母亲，完全忽视了母亲的悲剧命运。先是对丈夫失望，继而对儿子失望，母亲后来只得从女仆——意大利女郎那里寻求安慰，也正是带着对儿子的失望和对女仆的感激，她最终把遗产都给了女仆。更可悲的是，类似的悲剧并未停止，奥托和妻子伊莎贝尔仍在将这种悲剧继续。由于母亲施加给奥托的控制，伊莎贝尔一嫁进来就失去了丈夫，而奥托也无力摆脱困境，只能选择堕落，酗酒，与艾尔莎鬼混。他们夫妻二人执着于自我的需求，天天纠缠于彼此之间的指责、仇恨、咒骂，就像两个魔鬼，根本无暇给予女儿关爱和呵护，更没有注意到女儿怀孕、堕胎以及对叔叔爱德蒙的畸形之爱，致使她最终精神几近崩溃，差点掉下悬崖丧命。由此可见，由对他人的歪曲和忽视所带来的残酷，最终只能以悲剧结尾，因为它阻碍了人与人之间真正达成沟通和谅解。在这种境遇里，人们既无法真正认识到他人的真相，也无法突破自我中心主义，拯救自我。

揭示残酷并力图去除残酷，默多克的小说都秉持着这一道德目的，这是因为她具有自己对艺术与道德之关系的固定看法。

默多克坚持艺术拯救论。她认为："对人类的集体拯救或个人拯救，艺术无疑比哲学更重要，但文学是所有之中最重要的。"[1]这是因为，艺术本身就是道德的例证。默多克认为，艺术的经验不仅仅是一种审美经验，更是一种精神经验，是净化意识状态的一种方式，艺术通过揭示人类企图在幻想中寻找安慰的最可理解的例子，最终达到教会人们拒绝这种方式，实现洞见的成功到来。所以，真正好的艺术会教我们如何真正地去看、去爱真实的事物，而不是企图抓住或占有它。艺术可以使我们看到道德的本质，因为它本身就是道德的例证。如此一来，在默多克这里，艺术与道德就相通了。以前人们都是看到默多克小说中圣人与艺术家的斗争，但是，在重新评估默多克时，评论者们逐渐发现了这两种类型的人物其实服务于一个共同的目的。"默多克不是把艺术家描述为'世俗的享乐主义者'，而是一个道德朝圣者，走的是和圣人一样的放弃自我、看见真实的路。艺术本身是忘我的一种技术，也是善的一个例子。"[2]

那么，默多克在艺术中会采取什么方式来表现她的道德思想呢？她没有通过说教的形式，因为她具有一个更高的能力，通过在小说中为神秘保留权利，默多克使自己的小说呈现出了一种独特的神秘主义诗学。

第二节　神秘主义诗学概说

默多克不止一次地谈到，小说要表现未知世界的神秘，她认为哲学与小说不同，哲学追求的是明晰化，是解释，而小说则必须要保有一种

---

① Iris Murdoch, "On 'God' and 'Good'", in *The Sovereignty of Good*, London: Routledge, 1970, p. 76.

② Maria Antonaccio, "The Ascetic Impulse in Iris Murdoch's Thought", in *Iris Murdoch: A Reassessment*, edited by Anne Rowe, New York: Palgrave Macmillan, 2007, p. 93.

神秘。而当时流行的一些形而上小说所存在的弊端就是:"这些作品缺少具体性和诗歌人物的不透明性。它们被用来表现和说服。它们不是停留在自身内部,像思想而不像客体。在这样的世界里有模糊性但没有神秘……没有神秘将使其自称表现了人类状态的真实景象发生错误。"①

正是为了矫正当代小说过于概念化、理性化和透明化的特点,默多克在自己的小说中贯穿了神秘色彩,可以说是具有一种神秘主义的诗学特征。关于默多克小说中的神秘主义表现,在本书绪论中已有较多的文本介绍,这里仅再简单提及一些。在默多克小说里,人的内心世界是最神秘的。在《相当体面的失败》中,结婚20年的丈夫出轨了,妻子才认识到他有着自己丝毫不知的想法。虽然默多克一再声称自己不信宗教,但宗教神秘主义一再在她的小说中得到展现。例如,在《大海啊,大海》中,佛教徒詹姆斯施展宗教奇迹救起了将要葬身大海的查尔斯。飞碟并不是只出现在孩子们的面前,还出现在具有成熟理智的大人们面前,在《哲学家的学生》中,威廉和乔治分别看到了飞碟。可以说,神秘主义不仅是默多克小说的一种元素,更体现了默多克的哲学思想。

在《艾丽丝·默多克:圣人与艺术家》中,皮特·康拉迪将默多克小说的神秘主义概括为"世俗神秘主义"②。它与当时人们对神秘主义的迷恋有关但又并不相同。在默多克生活的年代,各种宗教神秘主义和各种带有迷信色彩的神秘主义非常盛行。米尔希·埃利亚德在《神秘主义、巫术与文化风尚》一书中描述了"始于60年代的对神秘主义日益增强的兴趣"和"70年代的神秘主义的扩张",埃利亚德认为,人们对神秘主义的迷恋来自于对个人生命渺小与无意义的恐惧,而神秘主义会帮助他们提升对自己个人价值的信心。"我们可以说,它们的神秘主义的主题和思想则反映了对个人与集体更新的希望,对人类本来的尊严与力量的神秘的恢复"。例如,人们对占星术的迷恋。占星术在现代年

①　Iris Murdoch, "The Existentialist Hero", in *Existentialists and Mystics*: *Writings on Philosophy and Literature*, London: Chatto and Windus, 1997, p. 115.

②　Peter J. Conradi, *Iris Murdoch*: *The Saint and the Artist*, London: The Macmillan Press Ltd., 1986, p. 123.

轻人中具有重大的影响力源于资产阶级社会的文化危机。

　　虽然这些法国作者并不是在坚持占星术的类宗教功能。然而，发现你的生命与星体现象是相关的的确给你的人生提供了新的意义。你再也不像海德格尔和萨特所描写的那样，仅仅是一个没有个性的个体了，也再也不像萨特曾经说过的那样，是一个被扔到一个荒谬而无意义的世界中的陌生客了，一个注定没有自由，其自由也仅限于其所处之环境和受到历史阶段限制的陌生人了。相反，算命天宫图却向你展示出了一种新的尊严；它向你指出，你与整个宇宙的联系是如何的紧密……尽管，你最终还是一只让根根不可见的绳索牵动着的傀儡，但你已是天上世界的一部分了。而且，有关人的存在的这种先前命定论就是一种神秘物，它意味着，宇宙是按照一种先前制定好的计划向前运动的；人类的生活和历史本身也是遵循着某种模式逐渐接近某个目标的。这个终极目标是神秘的，或者是人类的认识所不可企及的，但是，它至少给一个被大多数科学家都看做是盲目偶然之结果的宇宙赋予了意义，也给萨特认为是多余的人类存在赋予了意义……一场宏大的、宇宙的戏剧在一幕幕地表演着，尽管它不可理解，但你却是这出戏的一个组成部分；因而，你并不是多余的。

　　因此，当时流行的神秘主义有一个共同的目的，"在大多数当代的所谓巫术和神秘主义运动中，人们是怀着极大的热忱来实现这种向某一崇高地位的自我提升的。"①

　　但是，默多克的神秘主义却与此不同，她的"世俗神秘主义"是对后上帝时代的现实与语言现象的概括，根植于默多克以"没有上帝的善"为核心的道德哲学，它绝对不是以提升自我的地位为目的的，相反，倒

　　①　米尔希·埃利亚德《神秘主义、巫术与文化风尚》，宋立道、鲁奇译，北京：光明日报出版社，1990年，第68—69、81—82页。

是为了降低自我,提升世界与他人的尊严和力量。

第三节　神秘主义是现实的本义

　　默多克一向以现实主义者自居,她经常对浪漫主义传统的现实观进行批判,但她也并非完全赞成经典现实主义的现实观,而是对它进行了自己的修正和补充。默多克现实观的核心是:神秘乃现实的本义。她认为,现实自身具有的神秘性将引导人意识到自我的局限,看到外界,关注他者,走向善,最终回归本质。

　　"人永远也无法完全了解现实"①,这句话揭示了认识的局限和现实的无边,这就为神秘留下了余地。以此为基础,默多克既批判了浪漫主义传统的艺术对现实的遮蔽,也无法认同现实主义传统的艺术所秉持的机械现实观。

　　默多克所说的浪漫主义传统是一个更为广阔的概念。她指的是自浪漫主义之后,中经象征主义而延续至包括现代主义在内的诸多艺术流派。在默多克看来,浪漫主义和各种现代主义流派秉承的乃是一致的现实观和艺术观,因此将它们列入一个传统之中。深受默多克影响的查尔斯·泰勒也在《自我的根源——现代认同的形成》中表达了类似的观点,他也认为,在浪漫主义、象征主义和宽泛意义上被称为现代主义的诸流派之间,具有强烈的连续性。与浪漫主义传统相对立的,默多克称之为现实主义传统,以莎士比亚、托尔斯泰等为代表。对这两类传统,显然,默多克更为批判的是浪漫主义传统。她认为浪漫主义传统的艺术遮蔽了现实的真相。

　　浪漫主义传统文学沉迷于对主观主义和自我本能的表现,而忽视了外在现实,这是造成其遮蔽现实的原因之一。

　　浪漫主义传统的艺术都具有向内转的特点,即作品都具有强烈的

---

　　①　Iris Murdoch, "The Existentialist Political Myth", in *Existentialists and Mystics*: *Writings on Philosophy and Literature*, London: Chatto and Windus, 1997, p. 131.

主观性。19 世纪的浪漫主义流派自不必多说，它们倾心于情感的宣泄，甚至达到了肆无忌惮的地步。现代主义同样具有主观性这个特点。借用丹尼尔·贝尔在《资本主义文化矛盾》中所说的话就是，现代主义文化是一种典型的"唯我独尊"的文化，其中心就是"我"。表现主义、超现实主义都是对个人内在生活的梦幻式表达。意识流小说更是专注于个人的内心秘密。简言之，各种现代主义流派的共同主题，就是展现人在荒谬世界中的内心焦虑。几乎每一部文学作品都在揭示人的精神危机，每一个现代人都有困惑、迷惘、分裂、痛苦和绝望。

　　而在默多克看来，浪漫主义传统的小说沉迷于对自我内心世界和本能的表达，只是滋养了自我中心主义，而忽视了现实的丰富性。真正的现实就是，世界是一个人头攒动的大舞台，每个人都在认真上演自己的剧目，他们都应该被如实呈现。而浪漫主义传统的作品却恰恰只关注自我，而无视大千世界中的芸芸众生，无视他人的存在状态。这也正是默多克对专注于人的内在意识的精神分析颇有微词的原因，也是默多克的哲学和小说一再强调"非我"寓言和"他者"神话的原因。

　　重审美形式是浪漫主义传统的小说遮蔽现实的另一个原因，默多克甚至认为，"那种审美形式是真正的邪恶"①。

　　浪漫主义传统的文学都很关注艺术的形式感。这些浪漫主义传统的艺术家倾向于认为，现实可以完全契合地装进艺术家的具有形式的作品中。所有意象、神话、人物都完全服务于作者的主观需要，好像现实就是如此简单，可以以一种理想的状态完全装进自己的艺术形式中。这种对审美形式的追求同时还催生了对艺术自足性的强调。尤其像象征主义更是满足于艺术的自足性，擅长沉浸于自己的世界中创造"精致的瓮"。实际上，浪漫主义传统的艺术家们普遍注重作品的自足性。就像奥斯卡·王尔德所说："可以说，当作品完成时，它就有了一个独立的、自己的生命，而且它可能传递着一个远非上下嘴唇一碰就说出来的信息"，查尔斯·泰勒认为，"这一研究非常有助于对从浪漫主义时期直

---

　　① Richard C. Kane, *Iris Murdoch*, *Muriel Spark*, *and John Fowles*：*Didactic Demons in Modern Fiction*, London：Associated University Presses, 1988, p. 61.

至今日的连续性进行表达"。①

　　默多克认为,浪漫主义传统的小说注重形式,这可以追溯至康德的美学思想。康德认为,崇高与艺术完全无关,因为崇高与理性、秩序相冲突,而美却是要合乎形式的。遵从康德传统的小说创作,特别注重形式的完美,而忽视了现实所具有的崇高感,即默多克所说的个体的无限多样性,所以,默多克说"象征主义一定是反人文主义的"②。这是因为,以审美的态度面对世界,一方面容易使人远离真实的现实,以超脱的形式与现实拉开距离,从而无法把握到现实的真义;另一方面,也容易把世界当做艺术品,为它也强行加上一个形式,这样就会把复杂的世界简单化。

　　默多克的现实观则坚持一个基本原则,那就是,现实是纷繁复杂,无法穷尽的,人永远也无法完全了解现实。

　　默多克认为人无法完全了解现实的原因有两个。一方面,现实太复杂、太广博了,不是任何人可以穷尽的,那么就不该狂妄地说自己已经完全了解了现实。为了说明这个层面,默多克常常使用一些没有形式,无法穷尽的意象来表现现实的丰富性和复杂性。在《大海啊,大海》中,浩瀚无涯、深邃无底的大海是一个中心意象,它就是作者对现实的隐喻。在《逃离巫师》中,默多克还使用了一个意象,那就是一部古书,是小说中唯一一个不被密斯查所迷惑的学者皮特·史沃德一直研究的对象。皮特一直想破译这个古代的文字密码,但始终无果。到小说的结尾,一个被发现的语言文本证明,皮特所有的学者式的线索都是错的,他这些年所有的研究不过是徒劳一场。在这里,默多克想表明的就是,这堆密码就像生活一样,是复杂的,令人捉摸不透,试图彻底抓到它的形式和意义也许注定是竹篮打水。在《沙堡》中,中心意象沙堡也是对现实的隐喻。沙堡看似是有形式、有边界的,但它是由会流动的沙组

　　① 查尔斯·泰勒《自我的根源——现代认同的形成》,韩震等译,南京:凤凰出版传媒集团·译林出版社,2008 年,第 576 页注释1。
　　② Iris Murdoch, "The Sublime and the Beautiful Revisited", in *Existentialists and Mystics*:*Writings on Philosophy and Literature*, London: Chatto and Windus, 1997, p. 263, 273.

成的，在地形、风势的影响下，这个城堡是会不断变化的，出现又消失，成为这种形式或那种形式，它的变化不定就像现实本身一样，是无法对其进行概括和凝固的。此外，星空、网、森林等也都是默多克常用来传达现实之丰富性和复杂性的意象。

除了现实的丰富性令默多克感到人无法完全了解现实之外，还有另外一个原因，那就是，默多克认为人对现实的解读不可避免都带着个人色彩，这样做出的判断都难以摆脱主观性和片面性的特点，因而阻碍人看到现实的真相。为了说明这一点，默多克塑造了很多带有强烈主观色彩而歪曲了现实的叙述者，特别是在她的几部第一人称小说中。通过强调叙述者的主观性和不可靠性，作者意在表明，人们既常常局限于主观而无法看清现实，又常常无法承受很多现实，因此出于自私的目的以幻想扭曲现实。

与浪漫主义传统的现实观不同，现实主义传统更为尊重和忠实于现实。默多克一向抵触将自己归入各种流派中，她唯一不断表示认同的是传统现实主义，不过，她对传统现实主义者的机械现实观也进行了修正和补充。

首先，针对传统现实主义对情节中因果关系的强调，默多克小说突出了变化与偶然性这两个主题。

传统现实主义虽然以镜子艺术观为原则，力图真实地再现现实的真貌，但它却具有明显的人为痕迹，并因此扭曲了现实。这种人为痕迹最重的就是传统现实主义对情节中因果关系的强调。西方文学理论的重要奠基者亚里士多德就十分强调事件的因果关系，他在《诗学》中对情节进行论述时特别强调了"可然律或必然律"。这虽然是针对当时的史诗和悲剧得出的论断，却成为后来长久统摄西方叙事理论的重要观念。20世纪重要的理论家佛斯特在其备受推崇的《小说面面观》中也坚持了这种观点。"我们对故事下的定义是按时间顺序安排的事件的叙述。情节也是事件的叙述，但重点在因果关系上。'国王死了，然后王后也死了'是故事。'国王死了，王后也伤心而死'则是情节。在情节中时间顺序仍然保有,但已为因果关系所掩盖。"①

　　而默多克则强调现实中是充满偶然事件的,这些事件无法以因果关系来概括,因为现实本身并不是一个"被给予的整体",因此要尊重偶然,不要试图从形式中寻求安慰。而传统现实主义过于局限于因果关系的形式中,对丰富的现实进行了删减。默多克认为,惧怕偶然反映了人们对决定论的依赖。"决定论总是以新的形式反复出现,是因为它满足了人们的一种深层渴望:去放弃和摆脱自由、责任、懊悔及各种个人的不自在,屈服于命运和'不可能是另外一种情况'的解脱。"②而相信、接受偶然才是一种积极进取的态度。所以,默多克的小说中充斥了偶然事件。

　　其次,由于对偶然因素的强调,默多克的小说也打破了传统现实主义小说对完整模式的追求。

　　亚里士多德曾一再强调情节的"完整":

　　　　指事之有头,有身,有尾。所谓"头",指事之不必然上承他事,但自然引起他事发生者;所谓"尾",恰与此相反,指事之按照必然律或常规自然的上承某事者,但无他事继其后;所谓"身",指事之承前启后者。所以结构完美的布局不能随便起讫,而必须遵照此处所说的方式。③

　　可以说,现实主义小说所遵从的正是亚里士多德传统,都有一个开端、发展、高潮、结局的模式。但是默多克试图打破这种完整模式。在《反对枯燥》中,默多克写道:

　　　　真正的人打破神话,偶然打破幻想并开启想象之门。想想俄国人,那些掌握偶然的伟大的人。当然过多的偶然会将

---

① 佛斯特《小说面面观》(内部发行),广州:花城出版社,1981年,第70页。

② Iris Murdoch, *Metaphysics as a Guide to Morals*, London: Chatto and Windus, 1992, p. 190.

③ 亚理斯多德《诗学》,罗念生译,北京:人民文学出版社,2002年,第21页。

艺术转变为新闻报道。但是，既然现实是不完整的，那么艺术也就不必太担心不完整。艺术必须总是呈现真实的人与意象之间的斗争；我们现在所需要的就是一个更强大的、更复杂的关于前者的概念。①

　　因此，默多克的小说多拥有一个开放式的结尾。《大海啊，大海》的结尾就是一个很好的例证。"我的上帝，那只可怕的盒子掉在了地板上！有人在隔壁敲击东西，把它从架子上震了下来。盖子已经打开，毫无疑问，无论盒子里有什么都已经出来了。在充满恶魔的人生之路上，接下来会发生什么？"(SS，502)在《艾丽丝·默多克：圣人与艺术家》中，皮特·康拉迪对这一结尾大加赞赏，称其为一个完美的结尾。康拉迪认为，这种未知、开放的结尾，正表明了默多克对形式的批判，表明艺术的形式根本无力涵盖生活的丰富，经验也必然会常常流溢于意识之外，这一违背了亚里士多德传统的收尾方式，正是对传统的"结尾"这个概念本身所进行的嘲讽。

　　再次，将神秘或超现实因素引入自己的现实主义小说中，这也是默多克突破传统现实主义小说创作原则的一个地方。

　　传统现实主义是比较保守、朴素的现实主义，作品中所发生的事情多是作者所处现实中的事，而且多是身边的事。而默多克的小说却超出了这个界限，将神秘或超现实的东西纳入了进来。她会在作品中呈现宗教不可思议的力量，让佛教徒詹姆斯将必死无疑的查尔斯从大海中救出(《大海啊，大海》)；还会让自己的人物看到飞碟等传说中的事物(《美与善》、《哲学家的学生》)；她甚至会展示巫术，例如，《绿骑士》中路易斯的小女儿莫伊能够让石头在屋中自行运转起来，《好徒弟》中的爱德华借助巫术看到已故父亲的影像，《沙堡》中莫尔的女儿所做的巫术，等等。皮特·康拉迪认为，对一些读者来说，默多克对超自然的兴趣的确会成为一个问题，但他认为这些现象对我们来说不应该是无法理解

---

　　① Iris Murdoch, "Against Dryness", in *Existentialists and Mystics*: *Writings on Philosophy and Literature*, London: Chatto and Windus, 1997, pp. 294—295.

的,因为在默多克那里,超自然的事物主要是想象力本身。默多克的确很重视想象对于揭示现实的作用。她认为我们不应局限于"事实"本身,因为事实只是现实的一部分,而现实是一个更广大、更复杂的概念。

> 我们所面对的世界并非只是一个"事实"的世界,而是一个在任何时刻我们的想象力都在发挥作用的世界;尽管那些工作常常可能是"幻想",并可能会成为我们看到"真实存在"的障碍,但并不必然是这样。许多与行为相关的信念并不像自律的科学或学术的信念那样。它们是想象力会发挥一些并非总是坏作用的信念……成为一个人就是要知道比你所能证明的多,就是要以这些熟悉和自然的方式来想象一种"超越事实"的现实。[①]

由此可见,默多克提倡发挥想象的作用来构想一种更广阔也更真实的现实,而这个现实远远超出"事实"这个范围。

一方面她利用想象来图解现实,例如,《大海啊,大海》中不可思议的事情就体现了查尔斯的潜意识和幻想。查尔斯在大海中看到的可怕的海怪既是包括嫉妒在内的自身邪恶心理的外化,也是对大海所造成的恐惧心理的形象展现。而他在窗户上看到的哈特莉的诡异的头颅,也是他对自己拘禁哈特莉的行为后果的担心。这些看似诡异的事情都是人物的潜意识的图像,是对现实的图解。

另一方面,默多克利用想象来补充现实。默多克不信仰宗教,但她会在自己的作品中呈现宗教不可思议的力量,她还会让自己的人物看到飞碟等传说中的事物。这就是作者利用想象力对现实进行的补充。现实并非只局限于科学、理性所能证明、验真的界限,默多克认为现实是无限广大而充满神秘的。在她的小说中,"没有上帝的基督道德在风

---

① Iris Murdoch, "The Darkness of Practical Reason", in *Iris Murdoch*, *Existentialists and Mystics*:*Writings on Philosophy and Literature*, London:Chatto and Windus, 1997, p. 199.

行；但同时，她也没有将神秘和超自然信仰的想象的可能性拒之门外"①。她在自己的作品中展现的神秘事物就是为了补充经验现实所留下的空缺，在默多克那里，神秘就是现实的本义。

既然神秘是现实的本义，那么小说当然要对此进行传达，默多克终其一生都试图通过小说恢复人与世界的神秘性，并由此引导人克服自我中心，走向他人，回归本质。而当现实进入语言，它的神秘性便更上一层。

第四节　神秘主义是语言界限的剩余

就像默多克一部小说的名字所预示的那样，现代人都是"语言的孩子"，失去了对语言的绝对权威，反而被语言主宰。"语言是超验的，是一张终极之网，我们无法在网之下爬行而过"②。默多克进而认为，语言一旦被书写，更具有了无法避免的模糊性。所以当神秘的现实被编织进模糊的语言，现实的神秘和语言的界限更会突显出来，而两者共同构成了默多克神秘主义诗学的基础，共同承担着指引人克服自我中心、走向善，从而回归本质的功能。

对语言的态度，默多克是矛盾的。何伟文教授曾在《语言之病痛，再现之危机》一文中对默多克的语言观进行了详尽的分析。默多克既无法赞同海德格尔对语言神圣性的歌颂，也无法赞同结构主义和后结构主义者们抛弃言说主体、置疑语言言说真理的语言游戏，而是采取了双重的立场，一方面坚持语言指涉现实的能力，另一方面又为语言设了界，在语言的界限之外保留了神秘。

默多克在《意大利女郎》中描写了一对犹太姐弟艾尔莎和大卫。作为犹太人，他们饱受伤害。大卫区分了两种犹太人。

---

① Hilda D. Spear, *Iris Murdoch*, New York: St. Martin's Press, 1995, p. 120.

② Iris Murdoch, *Metaphysics as a Guide to Morals*, London: Chatto and Windus, 1992, p. 234.

有受苦的犹太人和成功的犹太人,或者说是黑暗中的犹太人和光明中的犹太人。她(姐姐)是一个黑暗中的犹太人,而我是一个光明中的犹太人。我会工作,我要成功。我会在艺术方面或者生意方面成功,也许是在艺术生意方面。我要赚很多钱。我不会回忆,不会想起任何事情。她总是回忆——她想的事情太多了,总是想着不属于她的事情。她认为自己是另外的人,那些受苦并死去的人。因此她情愿受苦,葬送青春。我确实很担心,但我又听之任之。我会在这个世界上翱翔。我要生活在光明之中。[①]

姐姐属于前一种,她以语言作为自己存在的证据,直陈事实,而弟弟却想忘记悲伤的过去,以语言混淆事实,编造谎言,说姐姐是疯子。但是最终,他决定回到自己的受难之地,即使可能面临牢狱之灾甚至死亡,因为他已经意识到,只有那个说着自己心里语言的地方,才能让自己真实、有活力,而这里的语言对他而言却是枯燥、缺乏生命力的,失去言说能力的自己在这里只是个躯壳、小丑、玩物,一具行尸走肉而已。通过这部小说,默多克传达了她对语言的矛盾态度:她既认同语言乃存在的家园,但同时也承认语言能够通向谎言。默多克的语言观,既非海德格尔式的信任和神圣化,也非后结构主义式的去神圣化和语言游戏,而是既坚守语言揭示现实的功能,又坚持语言是有界的存在,而语言无能为力的境地便是神秘。

默多克对语言的矛盾态度来自于对当代语言论转向的回应。杰姆逊描述了语言功能和地位的变化:

在过去的语言学中,或是在我们的日常生活中,有一个观念,以为我们能够掌握自己的语言。语言是工具,人则是语言

---

① Iris Murdoch, *The Italian Girl*, London: Penguin Books, 1964, pp. 68—69. 本书其余引文只在引文后加书名缩写"*IG*"和页码,不再另行作注。在翻译小说文字时参考了荣毅、杨月所译的《意大利女郎》,此译本由春风文艺出版社于1988年出版。

的中心，但现代语言学正是在这个意义上成为一场哥白尼式
的革命……结构主义宣布：说话的主体并非控制着语言，语言
是一个独立的体系，"我"只是语言体系的一部分，是语言说
我，而不是我说语言。①

对语言之于人类的重要意义，默多克仍然保留了极大的信心。她
认为，当我们能够言说之时我们才成了精神性的存在，话语就是精神。
话语存在于我们作为人类，作为道德与精神性主体的地方。因此，默多
克认为以话语为媒介的文学便能够揭示真实，因而在众多艺术种类中，
文学于人类的生存和拯救是最重要的。②

但是，默多克已经无法同意海德格尔对语言的过于信任。在海德
格尔那里，语言具有神圣性，它能够言说真相，敞开人的存在的真谛。

> 语言是存在之区域——存在之圣殿（templum），也即是
> 说，语言是存在之家（haus des Seins）。语言的本质既非意味
> 所能穷尽，语言也决不是某种符号和密码。因为语言是存在
> 之家，所以我们是通过不断地穿行于这个家中而通达存在者
> 的。当我们走向一口井，当我们穿行于森林中，我们总是已经
> 穿过"井"这个词语，穿过"森林"这个词语，哪怕我们并没有说
> 出这些词语，并没有想到语言方面的因素。③

在默多克看来，语言已经没有这种明晰性了，它是有界限的存在。
她认为语言言说真相的能力是有界限的。这种思想与其所受柏拉图和
维特根斯坦思想的影响有关，她曾称自己为"维特根斯坦式的新柏拉图

① 弗雷德里克·杰姆逊《后现代主义与文化理论》，唐小兵译，西安：陕西师范大学出版社，1987年，第25—26页。
② Iris Murdoch, "Salvation by Words", in *Existentialists and Mystics：Writings on Philosophy and Literature*, London：Chatto and Windus, 1997, p. 241—242.
③ 海德格尔《诗人何为》，孙周兴译，见孙周兴选编《海德格尔选集》（上），上海：上海三联书店，1996年，第451页。

主义者"。

　　默多克对语言的质疑主要是针对书面语言。何伟文教授认为,对待口头语言与书面语言的态度,默多克受到了柏拉图的影响。柏拉图认为在面对面的具体情境中话语可以得到更准确的理解,默多克对此颇感赞同。而书面语言却仅仅停留于自身,无法做出回应。因为便于被挪移,所以也易于被恶意或平庸的思想所误解,因此,书面语言总是被看做真正直接之交流的辅助。无疑,文学一旦被书写,自然也要面临这种批评。被书写的语言具有无法避免的模糊性。[①]　因此,默多克认为,与书面语言相比,口头语言离真理更近。因为真理只能为当下情境中具体的个人存在,所以只有直接抵达听者的话语才可能令人接近真理和善,而缺乏现场性和直接性的书写反而会使人远离现实和真理。

　　　　只有镌刻在听者灵魂上的词语才能使他获得真理和善;口头上的真理才是一个人的合法之子。书写则破坏了在当时与真理的直接联系。既然真理只为具体的人存在于当下意识、现场辩论之中,那么书写正是使自己远离真理和现实的一种方法。[②]

　　因此,默多克无法同意德里达所提出的书写先于言语的观点,她认为这样只会导致人们热衷于在书面语言中随意玩弄语言,而丢失了现实中语言主体的个别性,于是,"意义就成为了一种自我指涉的内在运动或者语言游戏"。去除了语言的指涉功能,也就丢弃了个人生活的复杂性,只剩下了语言自身的游戏。因此,默多克无法对德里达的意义延异表示认同。"如果所有的意义都被延异了,那么我们关于什么是真实的、什么是可疑的和什么是虚假的之间的通常区别都会被取消,我们就会开始对看上去简单、古老而普通的真理概念和与之相关的道德都失

---

　　① Iris Murdoch, "Salvation by Words", in *Existentialists and Mystics*: *Writings on Philosophy and Literature*, London: Chatto and Windus, 1997, p. 238, 241.

　　② Iris Murdoch, *The Fire and the Sun*: *Why Plato Banished the Artists*, Oxford: Oxford University Press, 1977, p. 22.

去信心。"①因为如果语言的地位凌驾于人类之上，人就失去了主体地位，也就失去了主体对终极意义的追求，这将会令作为道德哲学家的默多克情何以堪。

默多克对语言界限的认识与自己的老师维特根斯坦的观点类似。在《逻辑哲学论》中，维特根斯坦将逻辑与神秘主义相结合令评论者们大为惊奇。在这本书中，一方面，维特根斯坦自信地宣称，世界能够用逻辑的形式以语言得以完全描述，因为凡是可以被思考的都能被清楚地思考，凡是可以表达的，都能清楚地表达。这里可以看出维特根斯坦对语言表达能力的信心。但是，另一方面，维特根斯坦又承认确实存在不可说之物，它们是神秘的，只能自我显示，而对于不可说之物我们则必须保持沉默。这就为语言划定了界限。

默多克也承认语言的界限，认为它无力清晰完全地表现出现实。一方面是由于现实过于庞杂，且充满神秘，语言无力完成这一任务；另一方面，即使对可说的进行了语言陈述，但由于说者和听者都是有思想和情感倾向的个体，因此语言使用者和接受者的主观性和语境的影响等因素都会使语言无法完成它的任务。因此，默多克不认为语言像海德格尔所说的可以通达存在，通达真理，而是或多或少通向谎言。她多次借人物之口来置疑语言言说真相的能力。《网之下》中的雨果，《黑王子》中的布雷德礼，《星球消息》中的玛卡斯，都具有维特根斯坦的许多特质。在《黑王子》中，主人公布雷德礼的叙述、编者的叙述、后记中人物的叙述，每个人物都以语言为自己辩护，但是这些语言却相互冲突，每个人都想以语言确证自己，却只是在彼此虚构，从而使读者陷入迷阵中。在《网之下》中，默多克也塑造了一张制造谎言的语言之网。"语言、交流，全都易于被用来遮蔽而不是揭露。说者和听者将自己的解释放到所说的话语里，理解他们想相信的，通过使用语言创造了一堵误解的墙。……将近结尾时，网之下的人物都被支持误解的语言之网囚禁；直到结尾，杰克和雨果才能够从网之下爬过，逃脱语言的牢笼并进入理

①　Iris Murdoch, *Metaphysics as a Guide to Morals*, London：Chatto and Windus，1992，pp. 193—194.

解的沉默。"①默多克更借人物雨果之口说,真实只能借由沉默才能获得,在沉默里,精神才能真正触及神圣。

　　默多克质疑语言完全言说现实真相的能力,通过为语言设界,默多克也就为神秘主义保留了余地。在小说中,她以被书写的具有模糊性的语言传达着现实的神秘,两者交织在一起,共同使人意识到理性的局限和自我中心的狂妄,启迪着人们思考回归本质的正确途径。

第五节　神秘主义是人把握世界的方式

　　在默多克的小说里,神秘主义是一种生活方式,它关涉到人从整体上把握世界的方式。这在《意大利女郎》中得到了直接的体现。与《网之下》、《黑王子》和《大海啊,大海》一样,《意大利女郎》是默多克的又一本第一人称小说。它强调了人们发现世界的惊喜。

　　小说中的伊莎贝尔就是如此,她经历了由局限于自我到发现自己身处世界,最终借由这种对世界的整体把握而获得解脱的过程。母亲莉迪亚对儿子奥托和爱德蒙具有畸形的爱,她过早地把感情从丈夫那里转移到了儿子身上,有时候爱长子,有时候是次子,那种强烈的爱简直就像是情人之爱。为了摆脱母亲的控制,爱德蒙选择了离家出走,旅居异乡,而奥托则一直无法摆脱母亲的控制。所以伊莎贝尔一嫁进来就失去了丈夫奥托。奥托与伊莎贝尔既无法摆脱又无力抗拒,只能自暴自弃,因此脾气古怪,相互折磨,相互毁灭。这使他们都变得非常疯狂与丑恶。当他们放弃了这些仇恨之后,爱德蒙才发现了一个真实的伊莎贝尔,而伊莎贝尔也发现了一个真实的世界。

　　　　我意识到过去的伊莎贝尔是残缺不全的。现在的她才是
　　完美无缺的。太阳在蔚蓝的天空闪烁,光线穿过玻璃使正在
　　弯腰整理箱子的伊莎贝尔容光焕发。在光晕之中有无数的金

---

①　Hilda D. Spear, *Iris Murdoch*, New York: St. Martin's Press, 1995, pp. 21—22.

点环绕着她。

"你看起来很开心，"我近乎指责地说。

"不，我只是真实了。我能够看见东西了，这就是为什么你也能看见我了。"

"难道以前你看不见吗？"

"看不见。我一直在头上蒙着黑巾生活着。看看这儿，看看窗外。"

我走过去，和伊莎贝尔一起看着外面煤黑色的泥土院子里点缀着一些翠绿的杂草。有两辆汽车停在那里。一只斑猫从一辆汽车下面钻出来，懒洋洋地在一个红砖的棱角处蹭来蹭去。

"你看见那只猫了吗？"

"当然看见了。"

"可直到现在我才能看到它，以前我根本就看不到。现在它存在着，就在那里，而且，它在那儿，我不在，我只是看着它，任其自由自在……当人们突然能够看见这个世界并爱上它，因而使自己获得解脱的时候，就是这个样子。"(IG, 162)

这就是发现世界的惊喜，也是一种神秘主义的洞见。

这种把握世界的神秘主义方式乃是一种整体的世界观，注意到万物之间的联系，在这种联系中，人便回归了本质。

默多克区分了两种人，一种是存在主义者，另一种是神秘主义者。她认为，在 20 世纪，尼采所希望的事情发生了之后，"上帝、理智、社会、进步和灵魂都被静静地碾碎。个体更为名副其实地成为了恐惧和孤独的"，面对这一现实，人们最初的反应是存在主义式的，即抛弃上帝，成为孤独而勇敢的人，相信自己的意志力量，他们甚至对上帝的离去欢欣鼓舞，从某方面看来，人自己就是上帝。但是，默多克认为，这种模式只是一种表面的补救，人们深层的自信是缺失的，这种孤独的个体之路无法带领人回归本质。因此，在存在主义式的反应之后，接下来人们会转向神秘主义式的回应方式。因为人们虽然放弃了传统的宗教，但仍然会被"对现实和统一的精神世界的感觉所纠缠。此处的意象是位于高处和远处的意象。我们还有很多欠缺,我们的目标还很遥远。神秘主义主人公的美德就是谦卑"。[①] 默多克的这一整体世界观或许受到其老师维特根斯坦的影响,维特根斯坦曾说过,将世界看做一个有限的整体,这种感觉是神秘的。当人们意识到世界是一个充满他者的整体,而自己不过是其中小小的一分子,便会自然感觉到自我的渺小与世界的神秘。

因此,这种把握世界的神秘主义方式必然伴随着发现世界和他者的惊奇。学者恩斯特·图根德哈特曾区分了人们对事物的惊异和惊奇两种态度的不同。如果人们对某事物感到惊异,是要追问原因,而如果人们对某事物感到惊奇,则只是对这个事物本身感兴趣,因为它超越了可解释的范围。因此这种惊奇并不是出于认识的目的,而只是注意到。就像维特根斯坦所说,认识到世界是怎样的,这并不令人觉得神秘,而意识到世界存在着,这一点才是神秘的。

默多克的神秘主义即是在整体的观念中面对世界、"注视"世界的生活方式,这种"注视"决不是来自预行解释的冲动,而是要放弃自我中心性才可获得的,是把个体置于整个宇宙的整体中来把握自我与世界。这就类似于图根德哈特对自我中心性与神秘主义的论述。

恩斯特·图根德哈特认为,能够言说命题语言的"说'我'者"具有一种自我中心性,执着于我愿意,我想要,但是,人又有对自我进行总体把握的需要。这种总体把握可以经由两种方式达到,要么将自己理解为朝向外面的——他者、社会等,要么就理解为只是朝向自我。海德格尔在《存在与时间》中所采取的就是后者,即通过自我指涉而进行的总体把握。图根德哈特对此种方式进行了否定。他推崇的是前者,因为它从自己处后退,而这正是神秘主义所追求的。它的核心就是从有意愿的附着物处摆脱出来,此时人们就会看到世界的广大和自己的渺小。"在宇宙——大全——中,人们总是显得很渺小、无力和无知。这里,说

① Iris Murdoch, "Existentialists and Mystics", in *Existentialists and Mystics*: *Writings on Philosophy and Literature*, London: Chatto and Windus, 1997, pp. 224—227.

'我'者和其他说'我'者都面对一种不只是相对的,而是'无法比拟的'伟大来看待自己,他面对着一种无法比拟的力量,他面临着一种与一切在所有个别事物上所学到的、所明白的东西相对立的、无法比拟的谜。"这就是在不再有严格意义上的宗教之后,人们对宇宙的理解,图根德哈特称之为人人可以通达的"此岸神秘主义"。"此岸神秘主义的核心内容就是相对于世界而更少看重自己,也就是说,相对于他在世界中遭遇的其他存在者,当然首先就是他人。"①

默多克的思想也是如此,与恩斯特·图根德哈特的论述非常相似。在前面的论述中,我们已经提到,早在 1986 年,皮特·康拉迪就在其名作《艾丽丝·默多克:圣人与艺术家》中,将默多克小说的神秘主义概括为"世俗神秘主义",这一概念的含义与图根德哈特的"此岸神秘主义"极为相似。这种神秘主义导致的不是畏缩和放弃世界,而是尊重和回归世界,此时,人就会明确地关注到在我之外的他人和世界,实现本质回归。就像《意大利女郎》的叙述者爱德蒙在看到真实以后所领会到的:"我突然感觉到屋子里很暖和,温和的阳光洒满了屋子:我们在阳光下生活,在自然的怀抱中相亲相爱"。(IG,171)

默多克认为,自我要通过注视转向非我的事物,才能从自我中解脱。在这里,要提到一个重要的概念——注视(attention,也有人译作"关注"、"专注")。萨特也有一个注视的概念。但是在他那里,注视代表的是主体的权力。当主体感觉到一个目光的注视时,他就感觉到了另一个主体对其主权的威胁。而默多克对于注视的理解更多受到法国哲学家西蒙娜·薇依的影响。薇依将注视看做祈祷,它与渴望、信念和爱相连,而非关意志。它通过转向他物而将自我弱化。当我们注视外界之时,"我"被摒除,他者则得到了显现。因此,薇依用注视表达了对他物的尊重,也是对自我的倾空。默多克秉承了此概念的这一意蕴。她坦承自己借用了西蒙娜·薇依的词语"注视"。"我使用从西蒙娜·薇依那里借用来的词语'注视'表达这样一种观念,一种能够导向个人

① 恩斯特·图根德哈特《自我中心性与神秘主义——一项人类学研究》,郑辟瑞译,上海:上海译文出版社,2007 年,第 104、129—130 页。

现实的公正而且充满爱意的看视(gaze)"。它并非好奇的观察和研究,而是以公正和爱的态度将目光转向外界。不过,这种对外界的注视不是像照相机拍照,而是具有一种道德态度。"真正的道德洞见有它自己的动力或爱,不是狭隘的自我服务的驱动力——这种驱动力会产生自我幻想,通过自我中心的标准来判断现实,而是一种具有创造力的驱动力,它导向爱的宽容和对他者现实的接受。这种由无私所获得的洞见并不是完全排除了自我,而是对自私的一种主观净化——一种意识,即想象战胜了幻想。"①在默多克看来,只有将意识能量引导向外界,才能打破自我中心主义,使自私得以净化,使人宽容,也才能让人看到现实,即,世界遍布着无数主体,他人并不是自我的影子。

玛丽亚·安东纳乔曾对这个无我的过程进行了概括:第一个运动是远离自我,通过对外界物体的注视,自我从意识中消失。这个运动是自动的,注视新的物体就会同时抑制自我,因为这会把心理能量从自我之处重新导向外物。第二个运动是返回自我,在这个过程中,之前自我所关注的东西现在看起来没有那么重要了,因为它们被放进了一个更广大的感知和心理领域中。②通过注视,人会发现在自身之外,是一个无限广大的世界,面对宇宙的浩繁,人无法再执着于自我,他将突然领悟到一个真理,自身是渺小的,这就使放弃自我中心主义成为一种可能。因此可以说,发现世界是神秘主义的洞见,这种将世界作为一个整体去把握的方式,将会引导人亲近他者,回归本质。

第六节　神秘主义是一种伦理追求

在维特根斯坦那里,伦理是不可说的,它是超验的领域。但是默多

---

① Maria Antonaccio, "The Ascetic Impulse in Iris Murdoch's Thought", in *Iris Murdoch: A Reassessment*, edited by Anne Rowe, New York: Palgrave Macmillan, 2007, pp. 94－95.

② Maria Antonaccio, *Picturing the Human: The Moral Thought of Iris Murdoch*, Oxford: Oxford University Press, 2000, pp. 135－136.

克却要试图言说这个不可说的领域。在默多克的伦理王国中，居于中心的概念——善也是神秘的。

默多克对善的理解受到柏拉图的影响。在柏拉图那里，善居于高高在上的理念的王国，是人们永远渴望却难以企及的思念。在默多克的道德哲学中，善也有类似的地位，不过，她又不完全同意柏拉图对善的理解。

> 柏拉图把善人描绘为最终能够看到太阳的人。我从来也不确定如何理解这个神话的这一部分。尽管把善描述为注视的中心或焦点是正确的，但是，不能认为善是"可见"的，因为它不能被经验、描述或定义。当然，我们或多或少会知道太阳在哪里；但想象看着太阳会是什么样子并不很容易。或许真的只有善人才知道那是什么样；或许看着太阳只会导致强烈的眩晕并且无法看到其他东西。[1]

可见，在默多克的伦理王国里，善就是太阳，它是光源，"会如其所是地向我们揭示所有事物"。但是太阳本身却是我们无法去直接注视、去亲自触摸的。善具有"不可定义性和难以描述的特质"，是"超验的"。因此，善是神秘的。就像独角兽一样，它是美丽纯洁的，但却处于传说之中。皮特·康拉迪在《艾丽丝·默多克：圣人与艺术家》中认为，默多克小说中的"独角兽"这个形象就是对善的象征。它是难以获得也难以定义的，任何试图使其具体化或定义它的企图最终必然徒劳无功。

除了善本身的超验性和不可定义性构成了善的神秘，神秘主义也存在于人们的伦理实践中，即在人与他人的关系中追求善。

要接近善，人就要放弃自私之心，而这是一种痛苦而漫长的修炼，因为默多克认为，"在很大的程度上，我们都是机械性的创造物，是无比

---

① Iris Murdoch, "On 'God' and 'Good'", in *The Sovereignty of Good*, London: Routledge, 1970, p. 70.

强大的自私力量的奴隶,而这种自私力量的本质我们几乎从未理解"①。放弃自私之心就要关注他人。这种关注不是研究,不是好奇,而只是尊重,尊重他人的神秘性。

他人的神秘性来自他人的主体性和独立性。阿兰·罗伯—格里耶认为,传统批评非常重视作家塑造真实、典型的人物形象的能力,以此来确认真正的小说家。正如伊恩·P.瓦特所言,小说家们是通过模仿现实中为个人取名来赋予其特殊性的方式来命名人物的,这个具有了专有名字的人物,就代表性地成为了一个具有特殊性的个体,因为专有名字只能指向一个对象,而普遍名词却指向类从而消泯个体。因此,传统小说家们在塑造人物时,通常都是通过赋予人物一个姓名来使其具有现实性和特殊性。这个专有名字必然携带着人物的家族信息,有时还会揭示人物的经历、性格甚至命运信息。而在现代主义小说中情况却又不同,就像罗兰·巴特所说的一样,在当今的小说中,人物正在逐渐被废弃,取消专有名字即是例证。由于现实性遭到忽视,人物代码也被大大削减,人物沦为表达概念的符号。这正是现代主义小说与现实主义小说的一个不同之处。伊恩·P.瓦特认为小说的兴起与个人主义的兴起、对个人价值的重视有密切关系,而到了现代时期,个人主义得以产生的理性基础已经被破坏,人的完整性、确定性和自信心已经被隆重出场的非理性重击,在这种背景下,人物的塑造发生了改变,即不再强调其现实性,而是大肆张扬其虚构性。人物或者被削减个人信息,沦为如卡夫卡《城堡》中的 K 一般的无根存在,或者被淹没于行动、情节之中,沦为作家们所推出的某种理念的随从。

默多克对现代主义小说中对人物的处理方式非常不满,强烈反对现代主义者笔下这些苍白的概念化人物。"她一再重申,小说有责任通过描绘不屈从于情节需要和为理念设置的现实主义的人物来如其所是地描绘世界,努力讲述关于世界的真相。"②现代主义者笔下的人物被取消

---

① Iris Murdoch, "The Sovereignty of Good over other Concepts", in *The Sovereignty of Good*, London: Routledge, 1970, p. 99.

② Bran Nicol, *Iris Murdoch: The Retrospective Fiction*, New York: Palgrave Macmillan, 2004, p. 3.

了名字、处境、职业等附加条件之后，被塑造为一个概念，也就取消了附属于人物的个人复杂性和神秘性。默多克在自己的小说里执着于对人物的现实主义塑造方式，目的也是为了强调对他人神秘性的尊重。

在《意大利女郎》中，默多克借意大利女郎这个形象表达了自己对人物神秘性的尊重。

为了突出对他人的发现，作者采用了一个有趣的形式，以一个仆人作为小说的标题，而这个仆人却并非小说的主人公。"意大利女郎"是个非常普通的仆人，普通得无人在意她的真实姓名，只是以她的故乡来代指。她是爱德蒙小时候的保姆，是家里一直喜欢雇佣的意大利女郎中的一个，总是默默无闻地坐在角落里，没有人留意到她，人们甚至觉得这些意大利女郎就是一个人。

默多克以"意大利女郎"来指代一个人，是模仿了现代主义作家们对人物的处理，通过取消具有个性的她的专有名字，来表示她被忽视的地位，人们并没有把她当做一个独立自足的主体，而只是看做一个可有可无的附庸。

把这样一个无足轻重的人物作为小说的标题，作者意在突出他人神秘性的显现。母亲去世后，家里人都在费尽心力地寻找她的遗嘱，最后发现意大利女郎就是母亲遗产的唯一继承人。一直被忽视的她突然成了掌握这家人命运的人。此时人们才开始注意到这个意大利女郎的神秘存在。作者故意从不展现意大利女郎的内心世界，就是为了保留她的神秘性。正是这种神秘性证明，她是独立自足的主体。随着她人格的独立，她的名字——玛丽亚·玛吉斯特莱蒂才被爱德蒙想起，这个专有名字的回归意味着她的特殊性的回归。她获得了和其他人一样的主体性和神秘性。就像爱德蒙所说的："直到现在，我才十分清楚地发现，玛吉是一个独立的、私密的而且是让人捉摸不透的存在。即便如此，我要留给她做人的权利——保持神秘的权利和令人惊讶的权利……毕竟，我们的老保姆就是一个谜"（*IG*，132）。为他人留有保持神秘的权利，这证明我们都是相对的存在，"我们不是孤立的能够自由选择的人，不是我们所审视的一切的君王，而是堕入现实的愚昧无知的创造物,而关于这个现实的本质我们却常常借由幻想而进行歪曲"①。因此,没有人拥有唯我独尊、忽视他人的特权,而应该尊重他人的神秘性。

在另一部小说《独角兽》中,默多克则为我们呈现了完全相反的情况。与遭受漠视的"意大利女郎"相反,美丽而神秘的女主人公汉娜是小说中绝对的核心人物,所有的人都被她深深吸引,并试图施以拯救。但汉娜却拒绝了拯救,选择自杀而死。汉娜的悲剧不仅是个道德悲剧,也是一个孤独的悲剧。因为人们虽向汉娜投去了目光,但从来没有人真正地看见汉娜,他们在汉娜身上所看到的始终只是个人的镜像,汉娜成为了他人意志和想象的牺牲品。这种观看不是向外的延展,而是内倾性的自恋,人们在他人那里看到的只是自己。汉娜以死亡所达成的逃逸,实现了对个人主体性和神秘性的确证。

后现代伦理学者列维纳斯也强调他人的神秘性。他坦言,自己的理论也是依靠柏拉图关于善的论述来指引的,因此,他也将善置于遥远的彼岸。这个"关于他者的思想家"认为,经由意向性来判断他人就难逃唯我论的困境。因此从自我意识出发"对与他人的关系所作出的任何分析都先天不足。现象学停留在光的世界中,这个自我独居的世界中没有作为他人的他者,对于自我来说,他人只是另一个自我,一个他我(alter ego)"②。他认为真正的异质性只能来自他者,他者存在于自我和世界"外部",不能被同化为我的一部分,只有它才可以突破自我的封闭性。所以,在列维纳斯那里,他者是原初的、彻底的和神秘的。有人曾对这种完全的异质性达成沟通的可能提出质疑,认为这种伦理关系将会沦为乌托邦和幻想,缺乏具体的实践意义。列维纳斯否定了这种说法,他认为,当我们将这种自我与他者的关系转化到人与他人的关系中时,将会使我们在面对他人时给予更多的宽容和善意。在与他人的交往中,列维纳斯也强调他人的外在性和神秘性。正是出于这个理

---

① Iris Murdoch, "Against Dryness", in *Existentialists and Mystics*: *Writings on Philosophy and Literature*, London: Chatto and Windus, 1997, p. 293.

② 埃马纽埃尔·列维纳斯《从存在到存在者》,吴蕙仪译,南京:凤凰出版传媒集团·江苏教育出版社,2006年,第103—104页。

由，列维纳斯把自我与他人的关系称为无限。与海德格尔降低存在者而提升存在不同，列维纳斯淡化存在而强调存在者，尤其是他人的地位，认为这种思维所通向的并非一个真理，而是将通向一种比存在论更古老的伦理学。

关于他人的思想，默多克与列维纳斯有很多相似之处。不同的是，默多克完全抛弃了列维纳斯牵扯不断的宗教背景，完全从世俗中的伦理出发。而且，默多克也没有列维纳斯在我—他关系中的不对称处理。列维纳斯认为，他人是永远的弱者，因此我对他人便负有无法还清的债务。在列维纳斯那里，他人过于神秘，过于遥远，让人无法接近。默多克的伦理观建立在平等的基础上。因为，默多克的"他人"是世俗中与我能够面对面的他人，他人的神秘性并非来自遥远的彼岸，而是来自他人的主体性和独立性。默多克曾以"注视"表达了一种正确的观看态度。在这一借用自法国哲学家西蒙娜·薇依的概念中，默多克要强调的是对主体之欲望和权力的摒弃，我们向他人投射的应该只是尊重和爱的目光，而他人的独立性和神秘性也将由此得以真正显现。"毕竟，他人是我们的世界中最耐人寻味的部分，从某种意义上来说是最酸楚和最神秘的异己。"而默多克曾称自己的文章都是围绕着世间最神秘的自我与他人的关系来进行的，"人类个体的全部神秘性就在这里——我们彼此之间是多么不同！"①

尊重他人的神秘性，就是尊重他人的独立性和主体性，而在将他人看做主体而非物这个基础之上，便能够在自我与他人之间展开真正属于主体之间的关系，这样也才能最终带领人回归与他人的本质联系。

---

① Iris Murdoch, "Art is the Imitation of Nature", in *Existentialists and Mystics*: *Writings on Philosophy and Literature*, London: Chatto and Windus, 1997, p. 257, 254.

结　语

在英国，同时拥有哲学家和小说家双重身份的人并不常见。默多克就是这样一个人，而且，难得的是，在这两个领域她都做出了一定贡献并得到了肯定。在哲学领域，默多克获得了一批杰出的支持者，例如斯坦利·赫华斯（Stanley Hauerwas）、苏珊·沃尔夫（Susan Wolf）、威廉·史威科（William Schweiker）、查尔斯·泰勒、马莎·纳斯鲍姆（Martha C. Nussbaum）……在《形而上学的价值：评艾丽丝·默多克的哲学著作》（*The Virtues of Metaphysics：A Review of Iris Murdoch's Philosophical Writings*）中，玛丽亚·安东纳乔认为，他们都曾使用默多克的中心见解发展了自己的思想。我们也可以在理查德·罗蒂、麦金太尔（A. Maclntyre）等人那里发现默多克思想的影子。在小说领域，默多克同样拥有众多追随者。亚历克斯·雷蒙（Alex Ramon）在《一位文学前辈：艾丽丝·默多克和卡罗尔·希尔兹》（*A Literary Foremother：Iris Murdoch and Carol Shields*）中曾提到，卡罗尔·希尔兹在 1998 年的一次访谈中承认，自己会读默多克出版的每部作品。科尔姆·托宾（Colm Toibin）、帕特里克·盖尔（Patrick Gale）、玛丽娜·华娜（Marina Warner）、坎迪亚·麦克威廉（Candia McWilliam）、阿兰·霍灵赫斯特（Alan Hollinghurst）、A. S. 拜厄特等也都曾受到默多克的影响。查蒂·史密斯（Zadie Smith）和伊恩·麦克尤恩的小说中也有着强烈的默多克式的元素，安妮·罗曾对默多克的《黑王子》

和伊恩·麦克尤恩的《赎罪》这两部相隔近 30 年的小说进行了比较,发现了很多相似之处。随着默多克的去世,很多读者和研究者将目光转向了在世作家,默多克似乎逐渐淡出了人们的视野,但是,近些年有两个关于默多克的国际性的研讨会分别在牛津大学圣安妮学院和金斯顿大学(Kingston)举行,2004 年,艾丽丝·默多克研究中心在金斯顿大学成立,这些迹象都表明,"对默多克的学术兴趣开始上涨"①。许多像威尔森(A. N. Wilson)一样的人相信,"现在她的声名是有所降低,但它一定会再次崛起"②。

要理解默多克的小说和哲学,首先要把握一个基本前提,那就是宗教的离场。"她认为宗教的终结是她所生活的世纪的最重要的事件。她希望哲学与宗教交流,来捍卫'内在生活'的观念。爱与世俗的神圣对她是至关重要的。"她的思想虽然深深扎根于世俗,但其关注的重点不是两性战争、民族权力、政治利益和社会变迁,而只是一个有关于"人"的普遍问题,是"上帝死亡之后的生活问题"③,这个问题的中心就是人的本质问题。由于信仰的存在,上帝将人与他人、自然、世界紧密地联系在一起,因此,上帝就代表着本质归属。但是,随着上帝之死,本质失落,人与人之间变得疏离或者残酷。在彷徨与痛苦中,人们不断探索。既然人已完全跌落于世俗之中,也只能在世俗之中寻找回归本质的途径,那就是抛弃上帝这个超验维度,在人与人之间直接寻找建立本质的可能。将本质回归完全建立在自我身上,是一种个人主义的自恋和狂妄,而将本质回归完全建立在他者那里,则会导致自我的迷失,这两种不平衡的模式都无法使人真正回归本质。默多克认为自己的道德哲学将为人们提供一个可行的方式。

然而,在 20 世纪五六十年代有一种观点认为,"道德哲学是一个女

① Nick Turner, "Saint Iris? Murdoch's Place in the Modern Canon", in *Iris Murdoch: A Reassessment*, edited by Anne Rowe, New York: Palgrave Macmillan, 2007, p. 121.

② A. N. Wilson, *Iris Murdoch: As I Knew Her*, London: Hutchinson, 2003, p. 11.

③ Peter J. Conradi, "Oedipus, Peter Pan and Negative Capability: On Writing Iris Murdoch's Life", in *Iris Murdoch: A Reassessment*, edited by Anne Rowe, New York: Palgrave Macmillan, 2007, p. 196, 193.

性的主题,一种软弱的选择"①,因为,它违背了当时流行的在世俗享乐中对自我的张扬,对物质的追求和个人强力意志的实现。而默多克的道德哲学所反复批判的正是唯我论,因为它是人回归本质的最大障碍。它看待、衡量一切事情的出发点始终是自己,是名副其实的自我中心主义,因此,默多克认为,要摆脱唯我论,就要改变我们看事情的角度。通过把"如何行动成为善"转变为"什么是善"这个问题,不仅会导致伦理学开始重视对内在生活和对意识的发现,呼吁一种"哲学心理学",使人们意识到思想和意识状态对道德的重要作用,而且,它最终想导致的是人们看待世界的方式的转变。有了这个转变,人们才能真正将目光转向自我之外,从而发现一个独立的世界,也才能真正看到他人作为主体的独立性和特殊性。就这样,作为形而上学的善就替代了上帝的超越地位,引领着世俗中的人们意识到彼此的独立性和主体性,以达成对本质的回归。在这个日益多元化的时代,默多克的思想将持续发挥其重要的指导意义。因为,正如丹尼尔·贝尔在《资本主义文化矛盾》中所认为的那样,人类已经进入了后工业社会,而它的中心任务就是处理人际关系。

就像曾在《自我的根源——现代认同的形成》中承认自己从默多克那里"受益颇多"的查尔斯·泰勒所说的那样:

> 至今还存在着一类虔诚,它仍然包围着我们这个时代的艺术和艺术家,它来自如下的意识:它们所展现的东西具有巨大的道德和精神的意义,即是说,在它之内存在着生命的特定深度、充分性、严肃性或深刻性的关键,或者说,它是一个特定整体性的关键……对于许多我们时代的人来说,艺术已经占据了类似于宗教那样的地位。②

---

① Marije Altorf, "Reassessing Iris Murdoch in the Light of Feminist Philosophy: Michele Le Doeuff and the Philosophical Imaginary", in *Iris Murdoch: A Reassessment*, edited by Anne Rowe, New York: Palgrave Macmillan, 2007, p. 180.

② 查尔斯·泰勒《自我的根源——现代认同的形成》,韩震等译,南京:凤凰出版传媒集团·译林出版社,2008 年,第 126 页注释 4、第 580 页。

　　毫无疑问,艾丽丝·默多克就是这样一位作家。默多克研究专家安妮·罗就曾这样评价过默多克,认为她把文学作为一种救赎,一个理解人类脆弱的工具,一个帮助读者比人物更清晰地看到世界的工具,并通过展示这样做的困难来激发宽容和原谅。① 在默多克看来,艺术和道德,它们的本质是相同的,那就是爱,而爱就是意识到个体性。这段话可以被看做是默多克小说的一个注解。布兰·尼科尔认为,在 20 世纪后期的创作环境中,关注于叙述并非默多克的独创,但关注于圣人与艺术家的本质却是默多克独有的。围绕着道德与艺术,人们区分出圣人与艺术家,但是默多克笔下的艺术家所走的其实也是一条朝圣之路,这是默多克对伦理学所做出的一个重要贡献,她的神秘主义诗学就是一种带领人回归本质的艺术努力,启发人们转向文学和其他的叙述形式来理解道德哲学。对此,多米尼克·海德(Dominic Head)就深表认同,他在评价二战后文学时,非常看重文学的伦理立场,并将默多克放在《剑桥现代英国小说简介:1950—2000》的结尾,强调了默多克的道德哲学对二战后英国小说家的影响,以及叙述形式在伦理中的重要作用。而这一伦理学的文学转向,在 20 世纪 90 年代才达到了顶点。

---

① Anne Rowe, "'Policeman in a Search Team'; Iris Murdoch's The Black Prince and Ian McEwan's Atonement", in *Iris Murdoch : A Reassessment*, edited by Anne Rowe, New York: Palgrave Macmillan, 2007, p. 157.

参考文献

一、英文文献

(一)默多克著作

1. Iris Murdoch, *Under the Net* , London: Penguin Books, 1988.

2. Iris Murdoch, *The Flight from the Enchanter* , London: Chatto and Windus, 1962.

3. Iris Murdoch, *The Sandcastle* , London: Penguin Books, 1975.

4. Iris Murdoch, *The Bell* , London: Chatto and Windus, 1958.

5. Iris Murdoch, *A Severed Head* , New York: Viking Press, 1961.

6. Iris Murdoch, *An Unofficial Rose* , New York : Viking Press, 1962.

7. Iris Murdoch, *The Unicorn* , New York: The Hearst Corporation, 1963.

8. Iris Murdoch, *The Italian Girl* , London: Penguin Books, 1964.

9. Iris Murdoch, *The Red and the Green* , New York: Viking Press, 1965.

10. Iris Murdoch, *The Time of the Angels* , London: Chatto and

Windus，1979.

11. Iris Murdoch，*The Nice and the Good*，New York：Viking Press，1968.

12. Iris Murdoch，*Bruno's Dream*，New York：Viking Press，1969.

13. Iris Murdoch，*A Fairly Honourable Defeat*，New York：Viking Press，1970.

14. Iris Murdoch，*An Accidental Man*，London：Chatto and Windus，1971.

15. Iris Murdoch，*The Black Prince*，New York：Viking Press，1973.

16. Iris Murdoch，*The Sacred and Profane Love Machine*，New York：Penguin Books，1974.

17. Iris Murdoch，*A Word Child*，New York：Viking Press，1975.

18. Iris Murdoch，*Henry and Cato*，New York：Viking Press，1977.

19. Iris Murdoch，*The Sea，the Sea*，New York：Penguin Books，1980.

20. Iris Murdoch，*Nuns and Soldiers*，New York：Viking Press，1980.

21. Iris Murdoch，*The Philosopher's Pupil*，London：Vintage，2000.

22. Iris Murdoch，*The Good Apprentice*，New York：Viking Press，1985.

23. Iris Murdoch，*The Book and the Brotherhood*，London：Penguin Books，1988.

24. Iris Murdoch，*The Message to the Planet*，New York：Viking Press，1989.

25. Iris Murdoch，*The Green Knight*，London：Chatto and Windus，1993.

26. Iris Murdoch，*Jackson's Dilemma*，London：Chatto and Windus，1995.

27. Iris Murdoch, *Existentialists and Mystics: Writings on Philosophy and Literature*, London: Chatto and Windus, 1997.

28. Iris Murdoch, *The Fire and the Sun: Why Plato Banished the Artists*, Oxford: Oxford University Press, 1977.

29. Iris Murdoch, *Sartre: Romantic Rationalist*, London: Penguin Books, 1989.

30. Iris Murdoch, *Metaphysics as a Guide to Morals*, London: Chatto and Windus, 1992.

31. Iris Murdoch, *The Sovereignty of Good*, London: Routledge, 1970.

32. Iris Murdoch, *Acastos: Two Platonic Dialogues*, London: Chatto and Windus, 1986.

(二)研究资料

1. Ellen Abernethy Ashdown, *Form and Myth in Three Novels by Iris Murdoch 'The Flight from the Enchanter', 'The Bell', and 'A Severed Head'*, Ann Arbor: UMI, 1975.

2. Maria Antonaccio, *Picturing the Human: The Moral Thought of Iris Murdoch*, Oxford: Oxford University Press, 2000.

3. Maria Antonaccio, The Virtues of Metaphysics: A Review of Iris Murdoch's Philosophical Writings, *Journal of Religious Ethics*, Vol. 29, No. 2, 2001.

4. Maria Antonaccio, *Iris Murdoch and the Search for Human Goodness*, Chicago: The University of Chicago Press, 1996.

5. F. B. A. Asiedu, Intimations of the Good: Iris Murdoch, Richard Swinburne and the Promise of Theism, *The Heythrop Journal*, Vol. 42, No. 1, 2001.

6. Zahra A. Hussein Ali, A Spectrum of Image-Making: Master Metaphors and Cognitive Acts in Murdoch's Bruno's Dream, *Orbis Litterarum*, No. 52, 1997.

7. John Bayley, *Iris and the Friends: A Year of Memories*, London:

Duckworth, 1999.

8. John Bayley, *Elegy for Iris*, New York : Picador USA, 2000.

9. Kate Begnal, *Iris Murdoch : A Reference Guide*, Boston: G. K. Hall, 1987.

10. Michael O. Bellamy and Iris Murdoch, An Interview with Iris Murdoch, *Contemporary Literature*, Vol. 18, No. 2, 1977.

11. Michael O. Bellamy, *The Artist and the Saint : An Approach to the Aesthetics and the Ethics of Iris Murdoch*, Ann Arbor: UMI, 1976.

12. Harold Bloom, *Iris Murdoch*, New York: Chelsea House, 1986.

13. Cheryl K. Bove, *Understanding Iris Murdoch*, Columbia: University of South Carolina Press, 1993.

14. Sissela Bok, Simone Weil and Iris Murdoch: The Possibility of Dialogue, *Gender Issues*, Vol. 22, No. 4,2005.

15. Douglas Brooks-Davies, *Fielding, Dickens, Gosse, Iris Murdoch and Oedipal Hamlet*, London: The Macmillan Press Ltd. , 1989.

16. Elizabeth Burns, Iris Murdoch and the Nature of Good, *Religious Studies*, Vol. 33, No. 3, 1997.

17. A. S. Byatt, *Degrees of Freedom : The Early Novels of Iris Murdoch*, London: Vintage, 1994.

18. A. S. Byatt, *Iris Murdoch*, London: Longman, 1976.

19. Peter J. Conradi, *Iris Murdoch : The Saint and the Artist*, London: The Macmillan Press Ltd. , 1986.

20. Peter J. Conradi, *Iris Murdoch : A Life*, New York: W. W. Norton and Company, 2001.

21. Elizabeth Dipple, *Iris Murdoch : Work for the Spirit*, Chicago: The University of Chicago Press, 1982.

22. Gillian Dooley, Iris Murdoch's Use of First-person Narrative in The Black Prince, *English Studies*,Vol. 85, No. 2, 2004.

23. Dylan Evans, *An Introductory Dictionary of Lacanian Psychoanalysis*, London: Routledge, 1996.

24. Lisa M. Fiander, *Fairy Tales and the Fiction of Iris Murdoch, Margaret Drabble, and A. S. Byatt*, New York: Peter Lang, 2004.

25. Jeanne Riney Froeb, *The Fiction of David Storey, John Fowles and Iris Murdoch*, Ann Arbor: UMI, 1977.

26. Michael Giffin, Framing the Human Condition: The Existential Dilemma in Iris Murdoch's the Bell and Muriel Spark's Robinson, *The Heythrop Journal*, Vol. 48, No. 5, 2007.

27. David J. Gordon, *Iris Murdoch's Fables of Unselfing*, Columbia: University of Missouri Press, 1995.

28. Tammy Grimshaw, The Social Construction of Homosexuality in Iris Murdoch's Fiction, *Studies in the Novel*, Vol. 36, No. 4, 2004.

29. Dominic Head, *The Cambridge Introduction to Modern British Fiction*: 1950−2000, Cambridge: Cambridge University Press, 2002.

30. Robert Hoskins, Iris Murdoch's Midsummer Nightmare, *Twentieth Century Literature*, Vol. 18, No. 3, 1972.

31. Christopher J. Insole, "Beyond Glass Doors···The Sun no Longer Shining": English Platonism and the Problem of Self-love in the Literary and Philosophical Work of Iris Murdoch, *Modern Theology*, Vol. 22, No. 1, 2006.

32. Deborah Johnson, *Iris Murdoch*, Brighton: The Harvester Press, 1987.

33. Henry Jansen, *Laughter among the Ruins: Postmodern Comic Approaches to Suffering*, New York: P. Lang, 2001.

34. Richard C. Kane, *Iris Murdoch, Muriel Spark, and John Fowles: Didactic Demons in Modern Fiction*, London: Associat-

ed University Presses, 1988.

35. Frederick R. Karl, *The Contemporary English Novel*, New York: Farrar, Straus and Cudahy, 1962.

36. Megan Laverty, *Iris Murdoch's Ethics: A Consideration of Her Romantic Vision*, London : Continuum, 2007.

37. Wendy Lesser and Iris Murdoch, Interview with Iris Murdoch, *The Threepenny Review*, No. 19, 1984.

38. Wendy Lesser, The Sacred and Profane Iris Murdoch, *The Threepenny Review*, No. 3, 1980.

39. Tony Milligan, Iris Murdoch's Mortal Asymmetry, *Philosophical Investigations*, Vol. 30, No. 2, 2007.

40. Mary Midgley, Sorting out the Zeitgeist, *Changing English*, Vol. 7, No. 1, 2000.

41. Bran Nicol, *Iris Murdoch: The Retrospective Fiction*, New York: Palgrave Macmillan, 2004.

42. Ben Obumselu, Iris Murdoch and Sartre, *ELH*, Vol. 42, No. 2, 1975.

43. Valerie Purton, *An Iris Murdoch Chronology*, New York: Palgrave Macmillan, 2007.

44. Suguna Ramanathan, *Iris Murdoch: Figures of Good*, London: The Macmillan Press Ltd. , 1990.

45. Anne Rowe, *Iris Murdoch: A Reassessment*, New York: Palgrave Macmillan, 2007.

46. Anne Rowe, *The Visual Arts and the Novels of Iris Murdoch*, New York: The Edwin Mellen Press, 2002.

47. Margaret Moan Rowe, Iris Murdoch and the Case of "Too Many Men", *Studies in the Novel*, Vol. 36, No. 1, 2004.

48. Rubin Rabinovitz, *Iris Murdoch*, New York: Columbia University Press, 1968.

49. Julie Sanders, *Novel Shakespeares: Twentieth-century Women*

Novelists and Appropriation, New York：Manchester University Press，2001.

50. Hilda D. Spear，*Iris Murdoch*，New York：St. Martin's Press，1995.

51. George Soule，*Four British Women Novelists：Anita Brookner，Margaret Drabble，Iris Murdoch，Barbara Pym*，Lanham：Scarecrow Press，1998.

52. A. N. Wilson，*Iris Murdoch：As I Knew Her*，London：Hutchinson，2003.

二、中文文献（包括外文著作中译本）

1. 米尔希·埃利亚德《神秘主义、巫术与文化风尚》，宋立道、鲁奇译，北京：光明日报出版社，1990 年。

2. 金斯利·艾米斯《幸运的吉姆》，谭理译，长沙：湖南人民出版社，1983 年。

3. 齐格蒙特·鲍曼《后现代伦理学》，张成岗译，南京：江苏人民出版社，2003 年。

4. 齐格蒙特·鲍曼《现代性与矛盾性》，邵迎生译，北京：商务印书馆，2003 年。

5. 约翰·贝利《当贝利遇到艾丽斯》，李永平译，北京：新星出版社，2006 年。

6. 丹尼尔·贝尔《资本主义文化矛盾》，赵一凡、蒲隆、任晓晋译，北京：三联书店，1989 年。

7. W. C. 布斯《小说修辞学》，华明、胡晓苏、周宪译，北京：北京大学出版社，1987 年。

8. 马丁·布伯《人与人》，张健、韦海英译，北京：作家出版社，1992 年。

9. 马丁·布伯《我与你》，陈维纲译，北京：生活·读书·新知三联书店，2002 年。

10. A. 丹图《萨特》，安延明译，北京：工人出版社，1986 年。

11. 德布尔《胡塞尔思想的发展》，李河译，北京：生活·读书·新知三联书店，1995 年。

12. 笛卡尔《谈谈方法》，王太庆译，北京：商务印书馆，2000 年。

13. 范岭梅《善之路——艾丽斯·默多克小说的伦理学阐释》（博士学位论文），北京：中国社会科学院，2004 年。

14. James Phelan、Peter J. Rabinowitz 主编《当代叙事理论指南》，申丹、马海良等译，北京：北京大学出版社，2007 年。

15. 佛斯特《小说面面观》（内部发行），广州：花城出版社，1981 年。

16. 富尔基埃《存在主义》，潘培庆、郝珉译，上海：上海译文出版社，1988 年。

17. 约瑟夫·弗兰克《现代小说的空间形式》，秦林芳编译，北京：北京大学出版社，1991 年。

18. 詹姆斯·费伦《作为修辞的叙事——技巧、读者、伦理、意识形态》，陈永国译，北京：北京大学出版社，2002 年。

19. 鲍·季·格里戈里扬《关于人的本质的哲学》，汤侠声、李昭时等译，北京：生活·读书·新知三联书店，1984 年。

20. 贡巴尼翁《现代性的五个悖论》，许钧译，北京：商务印书馆，2005 年。

21. 海德格尔《存在与时间》，陈嘉映、王庆节译，北京：生活·读书·新知三联书店，1999 年。

22. 海德格尔《海德格尔选集》，孙周兴选编，上海：上海三联书店，1996 年。

23. 哈维《后现代的状况》，阎嘉译，北京：商务印书馆，2004 年。

24. 戴卫·赫尔曼《新叙事学》，马海良译，北京：北京大学出版社，2002 年。

25. 何伟文《论默多克的小说〈逃离巫师〉中的权力和权力人物主题》，《外国文学评论》2004 年第 3 期。

26. 何伟文《论默多克小说〈黑王子〉中的形式与偶合无序问题》，《外国文学评论》2006 年第 1 期。

27. 何伟文《语言之病痛　再现之危机——论艾丽丝·默多克的语言观》,《外国文学研究》2008 年第 2 期。

28. 黑格尔《精神现象学》,贺麟等译,北京:商务印书馆,1981 年。

29. 胡塞尔《现象学的方法》,倪梁康译,上海:上海译文出版社,1994 年。

30. 胡全生《英美后现代主义小说叙述结构研究》,上海:复旦大学出版社,2002 年。

31. 霍布肆《利维坦》,黎思复、黎廷弼译,北京:商务印书馆,1986 年。

32. 洛朗·加涅宾《认识萨特》,顾嘉琛译,北京:生活·读书·新知三联书店,1988 年。

33. 汉斯一格奥尔格·加达默尔《哲学解释学》,夏镇平、宋建平译,上海:上海译文出版社,2004 年。

34. 勒内·基拉尔《浪漫的谎言与小说的真实》,罗芃译,北京:生活·读书·新知三联书店,1998 年。

35. 姜宇辉《德勒兹——身体美学研究》,上海:华东师范大学出版社,2007 年。

36. 弗雷德里克·杰姆逊《后现代主义与文化理论》,唐小兵译,西安:陕西师范大学出版社,1987 年。

37. 康德《康德著作全集》,李秋零主编,北京:中国人民大学出版社,2004 年。

38. 康德《判断力批判》,邓晓芒译,北京:人民出版社,2002 年。

39. 克尔凯郭尔《恐惧与颤栗》,一谌、肖聿、王才勇译,北京:华夏出版社,1998 年。

40. 克尔凯郭尔《论反讽概念——以苏格拉底为主线》,汤晨溪译,北京:中国社会科学出版社,2005 年。

41. 约瑟夫·科克尔曼斯《海德格尔的〈存在与时间〉——对作为基本存在论的此在的分析》,陈小文等译,北京:商务印书馆,1996 年。

42. 马克·柯里《后现代叙事理论》,宁一中译,北京:北京大学出版社,2003 年。

43. 寇世忠《默多克的〈网下〉与维特根斯坦哲学》,《郑州大学学报》(哲学社会科学版)2005 年第 6 期。

44. 库比特《后现代神秘主义》，王志成、郑斌译，北京：中国人民大学出版社，2005 年。

45. 兰瑟《虚构的权威——女性作家与叙述声音》，黄必康译，北京：北京大学出版社，2002 年。

46. 李国山《言说与沉默——维特根斯坦〈逻辑哲学论〉中的命题学说》，天津：南开大学出版社，2004 年。

47. 吉尔·利波维茨基《空虚时代：论当代个人主义》，方仁杰、倪复生译，北京：中国人民大学出版社，2007 年。

48. 埃马纽埃尔·列维纳斯《从存在到存在者》，吴蕙仪译，南京：凤凰出版传媒集团·江苏教育出版社，2006 年。

49. 勒维纳斯《上帝·死亡和时间》，余中先译，北京：生活·读书·新知三联书店，1997 年。

50. 理查德·罗蒂《偶然、反讽与团结》，徐文瑞译，北京：商务印书馆，2003 年。

51. 柳鸣九主编《从现代主义到后现代主义》，北京：中国社会科学出版社，1994 年。

52. 陆炜等《20 世纪英国文学史》，青岛：青岛出版社，2004 年。

53. 马惠琴《重建策略下的小说创作：爱丽斯·默多克小说的伦理学研究》，北京：对外经济贸易大学出版社，2008 年。

54. M. 麦金《维特根斯坦与〈哲学研究〉》，李国山译，桂林：广西师范大学出版社，2007 年。

55. 《马克思恩格斯选集》，中共中央马克思、恩格斯、列宁、斯大林著作编译局编译，北京：人民出版社，1995 年。

56. 马尔库塞《现代文明与人的困境——马尔库塞文集》，李小兵等译，上海：上海三联书店，1989 年。

57. 米勒《解读叙事》，申丹译，北京：北京大学出版社，2002 年。

58. D. C. 米克《论反讽》，周发祥译，北京：昆仑出版社，1992 年。

59. 艾丽丝·默多克《沙堡》，王家湘译，北京：外国文学出版社，1985 年。

60. 艾丽丝·默多克《意大利女郎》,荣毅、杨月译,沈阳:春风文艺出版社,1988年。

61. 艾丽丝·默多克《独角兽》,邱艺鸿译,南京:译林出版社,2000年。

62. 艾丽丝·默多克《大海啊,大海》,孟军、吴益华、秦晨译,南京:译林出版社,2004年。

63. 艾丽丝·默多克《黑王子》,萧安溥、李郊译,南京:译林出版社,2008年。

64. 艾瑞斯·梅铎《网之下》,阮叔梅译,台北:木马文化事业有限公司,2006年。

65. 艾瑞斯·梅铎《黑王子》,江正文译,台北:木马文化事业有限公司,2004年。

66. 纳博科夫《洛丽塔》,于晓丹、廖世奇译,长春:时代文艺出版社,2000年。

67. 尼采《反基督》,陈君华译,石家庄:河北教育出版社,2003年。

68. 莫里斯·梅洛—庞蒂《知觉现象学》,姜志辉译,北京:商务印书馆,2003年。

69. 萨特《存在与虚无》,陈宣良等译,北京:生活·读书·新知三联书店,1987年。

70. 罗兰·斯特龙伯格《西方现代思想史》,刘北成、赵国新译,北京:中央编译出版社,2005年。

71. 施皮格伯格《现象学运动》,王炳文等译,北京:商务印书馆,1995年。

72. 查尔斯·泰勒《自我的根源——现代认同的形成》,韩震等译,南京:凤凰出版传媒集团·译林出版社,2008年。

73. 阿兰·图海纳《我们能否共同生存?——既彼此平等又互有差异》,狄玉明、李平沤译,北京:商务印书馆,2003年。

74. 恩斯特·图根德哈特《自我中心性与神秘主义——一项人类学研究》,郑辟瑞译,上海:上海译文出版社,2007年。

75. 托多罗夫《巴赫金、对话理论及其他》,蒋子华、张萍译,天津:百花文艺出版社,2001年。

76. 茨维坦·托多洛夫《批判的批判——教育小说》，王东亮、王晨阳译，北京：生活·读书·新知三联书店，2002年。

77. 王恒《时间性：自身与他者——从胡塞尔、海德格尔到列维纳斯》，南京：凤凰出版传媒集团·江苏人民出版社，2006年。

78. 维特根斯坦《哲学研究》，汤潮、范光棣译，北京：生活·读书·新知三联书店，1992年。

79. 维特根斯坦《逻辑哲学论》，贺绍甲译，北京：商务印书馆，1996年。

80. 薇依《重负与神恩》，顾嘉琛、杜小真译，北京：中国人民大学出版社，2003年。

81. 约翰·韦恩《误投尘世》，吴宣豪译，南京：译林出版社，1998年。

82. 肖茵《从〈黑王子〉看艾瑞斯·默多克的艺术观点》，《外国文学研究》2003年第1期。

83. 卡尔·雅斯贝尔斯《现时代的人》，周晓亮、宋祖良译，北京：社会科学文献出版社，1992年。

84. 亚理斯多德《诗学》，罗念生译，北京：人民文学出版社，2002年。

85. 杨大春《感性的诗学：梅洛－庞蒂与法国哲学主流》，北京：人民出版社，2005年。

86. 杨大春《语言、身体、他者——当代法国哲学的三大主题》，北京：生活·读书·新知三联书店，2007年。

87. 殷企平《给当代小说治病——试论默多克的小说观》，《外语教学与研究》1999年第8期。

88. 岳国法《形式与偶然——评艾丽丝·默多克的小说观》，《河南教育学院学报》（哲学社会科学版）2005年第1期。

89. 伊恩·P.瓦特《小说的兴起》，高原、董红钧译，北京：生活·读书·新知三联书店，1992年。

90. 王雅华《超越女性话语，走向"无我"境界——艾丽斯·默多克小说的美学追求，兼论〈在网下〉》，《国外文学》2006年第4期。

91. 丹·扎哈维《主体性和自身性——对第一人称视角的探究》，蔡文菁译，上海：上海译文出版社，2008年。

南开大学出版社网址：http://www.nkup.com.cn

投稿电话及邮箱：　022-23504636　　QQ：1760493289
　　　　　　　　　　　　　　　　　　QQ：2046170045(对外合作)
邮购部：　　　　022-23507092
发行部：　　　　022-23508339　　Fax：022-23508542

南开教育云：http://www.nkcloud.org

App：南开书店 app

　　　　南开教育云由南开大学出版社、国家数字出版基地、天津市多媒体教育技术研究会共同开发，主要包括数字出版、数字书店、数字图书馆、数字课堂及数字虚拟校园等内容平台。数字书店提供图书、电子音像产品的在线销售；虚拟校园提供 360 校园实景；数字课堂提供网络多媒体课程及课件、远程双向互动教室和网络会议系统。在线购书可免费使用学习平台，视频教室等扩展功能。